밀양 사람 김원봉이오

밀양 사람 김원봉이오

초판 1쇄 인쇄 2019년 4월 19일
초판 1쇄 발행 2019년 4월 26일

지은이 | 김하늘
펴낸이 | 金湞珉
펴낸곳 | 북로그컴퍼니
편집부 | 김옥자·김현영·김나정
디자인 | 김승은·송지애
마케팅 | 이예지·차가은
경영기획 | 김형곤
주소 | 서울시 마포구 월드컵북로1길 60(서교동), 5층
전화 | 02-738-0214
팩스 | 02-738-1030
등록 | 제2010-000174호

ISBN 979-11-89166-81-6 03810

· 이 도서의 국립중앙도서관 출판예정도서목록(CIP)은 서지정보유통지원시스템 홈페이지(http://seoji.nl.go.kr)와 국가자료공동목록시스템(http://www.nl.go.kr/kolisnet)에서 이용하실 수 있습니다.(CIP제어번호: CIP2019014742)

역사인물소설

김하늘 지음

밀양 사람 김원봉이오

북로그컴퍼니

작가의 말

뒤늦은 소환

학교에서 배운 임진왜란 역사에서 의병을 일으킨 사람은 곽재우, 김덕령, 조헌, 고경명, 정문부, 사명대사, 서산대사 등이다. 의병 가운데 가장 먼저 일어난 사람은 곽재우라고 배웠다. 곽재우가 붉은 옷을 입어서 홍의장군이라 불렀다며 영웅으로 받들었다.

하지만 임진왜란에서 처음으로 의병을 일으킨 사람은 정인홍이다. 흩어진 관군을 모으고 곽재우, 전치원, 김면 등과 손잡고 낙동강 둘레에서 일본군을 막아냈다. 다음해에 임금이 의병장이라는 공식 직함과 정3품 제용감이라는 벼슬을 제수했으나, 정인홍은 자신이 일으킨 의병 활동으로 백성이 고통받았다며 거절했다.

그 후 정인홍은 의병 역사에서 삭제되었다. 인조반정으로 죽임을 당하고 폐족이 되었기 때문이다. 광해군이 왕위에 올라 대사헌 벼슬을 내렸으나 결코 권력을 탐하지 않았기에 관직에 나가지 않았고, 왕권이 안정되어야 바른 정치가 이루어지며, 붕당을 타파해야 한다고 주장한 강직함마저 광해군을 따른 역적이라는 굴레와 함께 역사에서 사라져버렸다.

남명 조식이 낙향해서 키운 최고 제자였으나 스승 방에 들어온 뱀을 패대기쳐서 죽인 일로 원혼이 된 뱀이 사사건건 방해했다며, 잔인한 사람으로 비하하는 왜곡만 난무했다.

그랬던 정인홍이 최근에야 의병장으로 주목받기 시작했다. 광해군이 '폭군'이라는 어두운 역사에서 벗어나 '중립 외교'라는 밝은 역사로 거듭났기 때문이다. 광해군에게 충성한 정인홍도 광해군에게 씌운 폭군이라는 굴레가 억울하다는 시각과 함께 드디어 소환되었다. 중립 외교가 중요해진 우리 현대사 덕분이다. 하지만 너무 늦은 소환이다.

이런 사례는 너무도 많다. 베트남 혁명 영웅 호치민이 조선 실학자 정약용이 쓴《목민심서》를 언제나 들고 다녔다는 사실을, 그동안 우리는 레드 콤플렉스에 갇혀 스스럼없이 말하지 못했다. 이 또한 베트남을 적국으로 여기지 않게 된 덕분에 소환된 역사다.

역사란, 기록하는 역사가가 현재 서 있는 자리에서 필요한 사람을 불러내는 소환이다. 소환은 언제나 까닭이 있게 마련이다.

우리는 그동안 약산 김원봉을 소환할 수 없었다. 밀양 사람이지만 해방조국에서 북으로 넘어갔기 때문이다. 공산주의자가 아니었으므로, 조선의용대가 팔로군으로 갈 때는 사령관이면서도 같이 가지 못했다. 하지만 해방조국에서 북으로 갔다는 사실 때문에 공산주의자로 몰렸고, 우리 현대사에서 폐족이 되어버렸다.

그 때문에 이봉창, 윤봉길 의거보다 훨씬 이전에 일으킨 박재혁, 김익상, 김지섭, 김상옥, 최수봉, 나석주를 비롯한 수많은 의열단 의거도 제대로 소환되지 못했다. 일제가 내건 현상금이 임시정부 김구 주석보다 두 배나 많은 의열단장으로, 조선의용대 사령관으로, 광복군 부사령관으로, 임시정부 군무부장으로 일제와 맞서 싸운 투쟁도 모두 삭제되고 말았다.

해방조국에서 남북 단일대오를 이루어내기 위해 북으로 갔고, 북에서 '남북정치지도자연석회의'를 이끌어낸 일도 제대로 평가받지 못한 역사가 되어버렸다. 일본을 몰아내는 단일대오를 위해 국민당이든 공산당이든 누구와도 손잡은 일은 남쪽에서 공산주의자로 몰렸고, 북쪽에서는 장개석 스파이로 몰렸다. 모두와 손잡으면 모두와 벗이 되지만 그 모두가 편을 나누어 갈라서면 모두에게 적이 되고 마는 운명을 약산을 통해 절절히 보게 된다.

이 이야기를 쓰기로 결심하면서 약산이 혁명가로 몸을 세우기 직전에 공부한 밀양 표충사에 가서 마음을 다졌다. 내가 약산을 쓰게 된다면 너무도 큰 영광이라고 여러 번 되뇌었다.

"약산!

끝까지 남북 분열을 막으려 몸부림친 당신을 이제야 소환한 저를 용서하십시오. 어느 시대보다 남북 단일대오가 절실해진 지금, 당신을 소환한 이 시대가 단일대오를 이루는 데에 너무 늦지 않았기를 간절히 소망합니다."

2019년 봄

김하늘

차례

5 해방이다, 광복이다!

지도로 보는 김원봉 일생

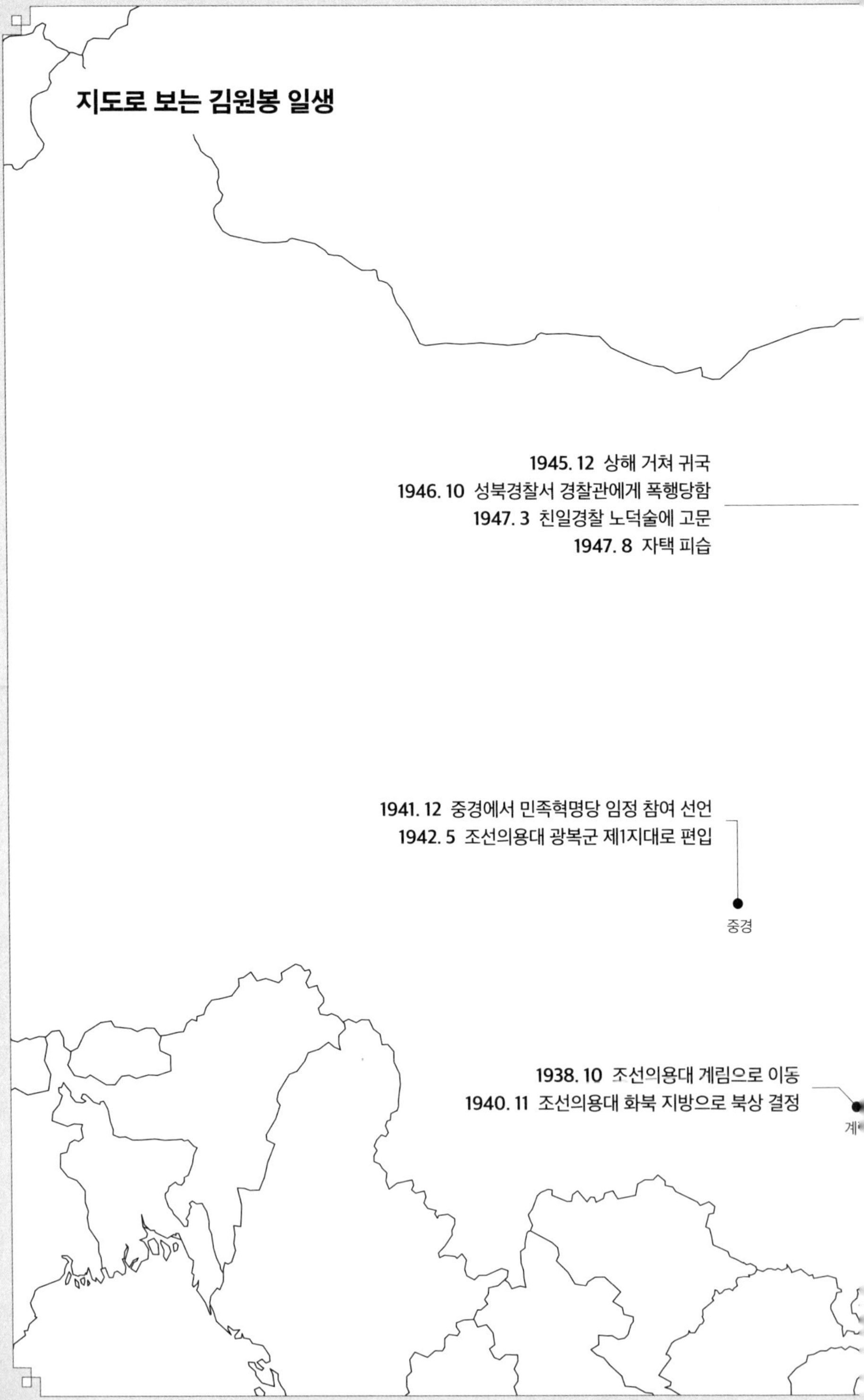

1945. 12 상해 거쳐 귀국
1946. 10 성북경찰서 경찰관에게 폭행당함
1947. 3 친일경찰 노덕술에 고문
1947. 8 자택 피습
1941. 12 중경에서 민족혁명당 임정 참여 선언
1942. 5 조선의용대 광복군 제1지대로 편입
중경
1938. 10 조선의용대 계림으로 이동
1940. 11 조선의용대 화북 지방으로 북상 결정

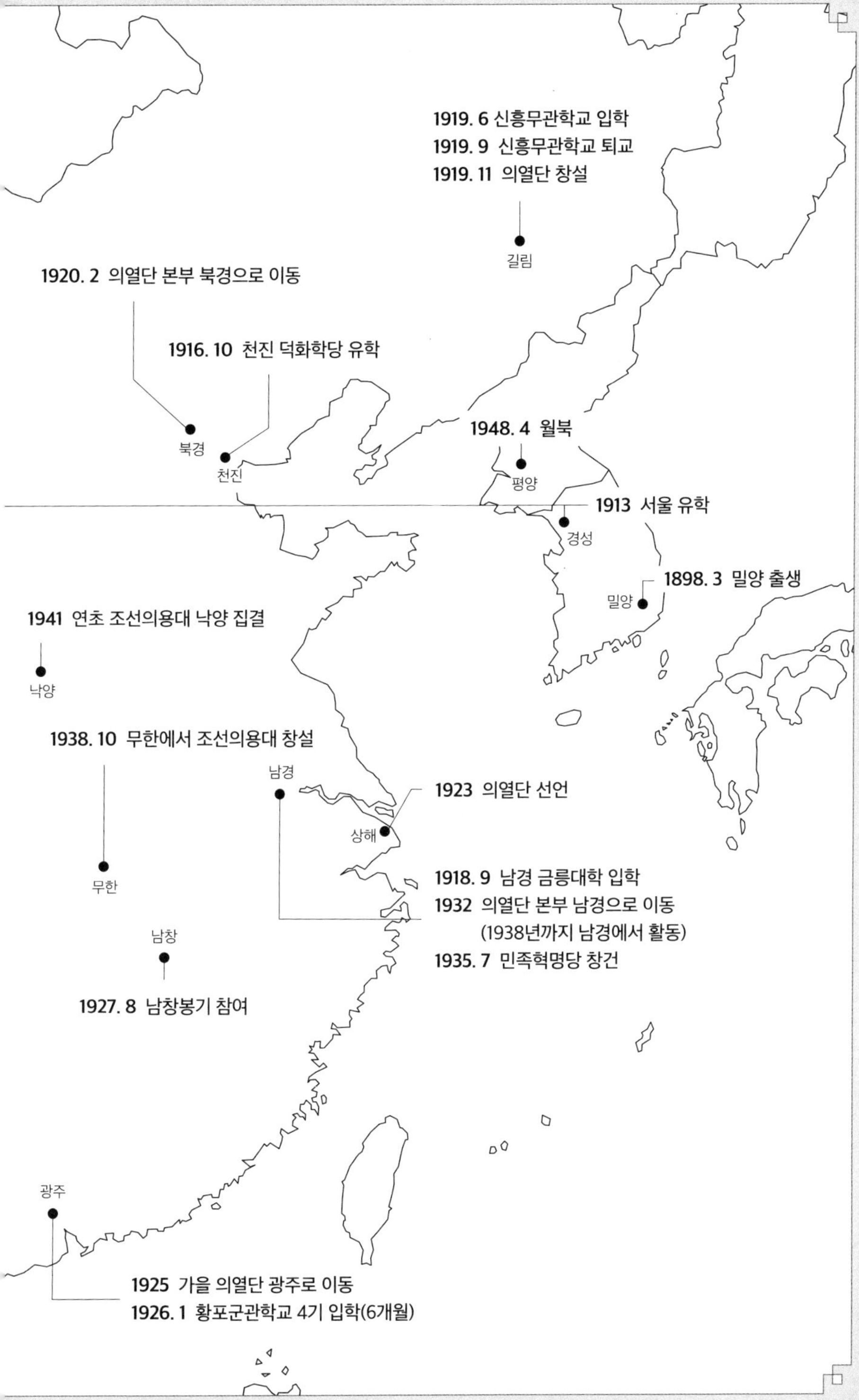
1919. 6 신흥무관학교 입학
1919. 9 신흥무관학교 퇴교
1919. 11 의열단 창설
길림
1920. 2 의열단 본부 북경으로 이동
1916. 10 천진 덕화학당 유학
북경
천진
1948. 4 월북
평양
1913 서울 유학
경성
1898. 3 밀양 출생
밀양
1941 연초 조선의용대 낙양 집결
낙양
1938. 10 무한에서 조선의용대 창설
남경
1923 의열단 선언
상해
무한
1918. 9 남경 금릉대학 입학
1932 의열단 본부 남경으로 이동
(1938년까지 남경에서 활동)
1935. 7 민족혁명당 창건
남창
1927. 8 남창봉기 참여
광주
1925 가을 의열단 광주로 이동
1926. 1 황포군관학교 4기 입학(6개월)

프롤로그

해방이 되어도 해방은 오지 않았다

이러면 안 된다. 여기는 중국도 아니고, 일본도 아니다. 해방된 내 나라다. 좌우로 갈라져버렸다고 해도 이래서는 안 된다. 좌익단체를 표적으로 삼은 백색테러가 그칠 줄 모른다. 나 또한 암살 시도도 몇 번 넘기고, 테러도 여러 번 피했다. 민족혁명당 청년대가 앞뒤 좌우를 둘러싸고 호위하지 않는다면 여운형 동지나 장덕수 동지처럼 누가 시켰는지 밝힐 수도 없는 총탄에 벌써 쓰러졌을 몸이다.

테러를 저지르는 단체는 백의사다. 누구나 안다. 백의사 뒤에는 이승만이 있고, 이승만 뒤에는 미군이 있다는 사실 또한 모르는 사람이 없다. 누구나 쉬쉬하는 공공연한 비밀이다. 하지만 미군정은 아무런 조치를 취하지 않는다.

1947년 3월 22일에 조선노동조합전국평의회가 주도하는 24시간 총파업이 벌어졌다. 작년 가을에 벌어진 9월 총파업과 대구10월항쟁을 잇는 민중행동이다. 이를 빌미로 작년보다 더 끔찍한 백색테러가 벌어졌다. 미군정이 뒤에서 조종하는 우익청년단체는 파업에 참여했거나 안 했거나 모든 청년단체를 습격했다. 2천 명이 넘는 사람이 한꺼번에 검거당했다.

민족혁명당 청년대가 온종일 내 곁을 지키고 있으니 다행스럽게도 나는 테러를 당하지 않았다. 하지만 쳐들어온 경찰이 겨누는 총 앞에는 달리 방법이 없었다. 미군정 법정은 미군이 내세운 포고령 위반이라며 벌금형을 선고했다. 참 궁색한 처분이다. 처음부터 내게 감옥살이를 시킬 생각이 없는 체포였다. 나에게 징역형을 내리면 미군정에 맞서는 민중봉기가 일어날 테니 겁먹은 탓이다.

"장택상이 이를 갈고 있습니다."

미군정에서 풀려나기는 했으나 이대로 끝나진 않을 거라며 김성숙이 크게 걱정했다. 장택상은 독립자금 모금을 거부하다 대한광복회에 처단된 대구 부호 장승원 아들이다. 대한광복회는 고모부 황상규가 활동한 독립운동단체다. 일제에 충성을 다한 장택상은 해방되자마자 수도경찰청장이 되었다.

김성숙이 걱정한 일은 사흘도 지나지 않아 현실이 되었다. 집으로 경찰이 들이닥쳤다. 그때 나는 화장실에 있었는데 끌려 나와야 했다. 볼일을 다 볼 시간조차 기다려주지 않는 무례함에 분노가 치밀었다. 손목에 수갑을 채우는 경찰이 노덕술이라고 자기 이름을 밝혔다.

"나를 두고 이를 많이 갈았지?"

해방 전 동래경찰서와 경기도경찰서 고등계 형사주임으로 있으면서 수많은 우리 동지를 체포하고 악랄하게 고문한 최고 악질이다. 해방이 되자 수도경찰청장 장택상에게 빌붙어 수도경찰청 수사과장 자리를 꿰찼다. 그는 독립운동가에게 좌익이라는 굴레를 씌워 잡아들이고 반민족행위특별조사위원회 요원을 암살하려 했다. 직접 대면하니 치가 떨려 어금니가 절로 악물어졌다.

"이승만 어르신과 손만 잡으면 부귀영화가 굴러 들어올 텐데 왜 거부해, 세상 물정을 모르는 거야?"

노덕술은 경찰서 취조실에 들어서자마자 이승만이 사람을 수차례 보냈는데도 모두 거절한 까닭을 캐물었다.

"이승만은 혁명동지가 피 흘리며 죽어갈 때 하와이와 미국에서 변호사라고 거들먹거리며 편히 살았소. 그가 어찌 독립운동가요?"

"어디서 국부이신 이 박사를 모욕해!"

'이 새끼!'라는 욕지거리와 함께 노덕술이 오른손을 휘둘렀다. 평소 같으면 그리 힘들이지 않고 피했겠지만 의자 뒤로 손이 묶여 있어서 왼뺨에 번쩍이는 불을 피할 수 없었다. 반백 년 인생에서 처음으로 뺨을 맞았다. 노덕술을 메다꽂아버리는 장면도, 묵사발을 만들어버리는 장면도 마음속으로만 그려야 했다. 그저 노덕술을 죽일 듯이 노려

보는 것 말고는 할 수 있는 일이 없었다. 그도 찔리는 구석이 있으니 눈길을 슬그머니 피해버렸다. 하지만 악명 높은 왜놈 순사라는 명성이 거저 생기지 않았을 터, 금세 태도를 바꾸어 느물거렸다.

이 꼴을 당하려고 목숨 걸고 독립운동을 했단 말인가! 왜놈 앞잡이가 큰소리치는 이 판국은 결코 우리가 목숨 바쳐 갈구한 해방조국이 아니다. 서러움이 심장을 후벼 파는 듯하다. 왼뺨에 남은 얼얼한 통증은 아픈 축에 들지도 못했다.

"김구가 임시정부 주석이었다고 지금 저렇게 떵떵거리고 있지만, 일본이 김구 목에 내건 현상금이 김원봉 당신 것에 비하면 새 발에 피야. 채 5할밖에 안 되잖아."

노덕술이 칭찬하는 척 추켜세웠으나 모욕감만 더 커졌을 뿐이다. 아무 대꾸를 하지 않자 더 이상 취조도 하지 않았고, 아무런 죄목도 들먹이지 않았다. 오전 오후로 취조할 때 들어와 할 말이 없느냐고 묻기만 했다. 드러내놓고 말을 안 해도 이승만 편에 붙을 결심을 했느냐는 물음이다. 그러나 노덕술은 번번이 아무 말도 듣지 못하고 물러갔다.

사흘 만에 나서는 경찰서는 정문까지 가는 길이 너무나도 멀었다.

자꾸만 무릎이 꺾였다. 주저앉기라도 한다면 유리창 너머에서 보고 있을 노덕술에게 비웃음거리가 될 뿐이다. 이를 악물고 다리에 힘을 주었다. 정문 앞에서 민족혁명당 청년당원 수십 명이 나를 기다리고 있었다. 내가 중부경찰서에 들어갈 때부터 모여 내내 자리를 뜨지 않았다고 했다. 고맙다며 맨 앞에 선 당원과 손을 잡는 순간 다리에서 힘이 쭉 빠졌다. 주저앉으려는 찰나에 양쪽에서 내 팔을 붙잡았다. 누군가에게 부축을 받는 일도 평생 처음이다.

"해방을 위해 중국에서 일본놈과 싸울 때도 이런 수모를 당하지 않았는데, 해방조국에서 친일파 경찰 손에 수갑을 차이고 말로 다 못할 수모를 당하다니."

내 입에서 나온 서러움과 분노에 청년당원 모두 탄식을 내뱉었다. 이 나라, 우리 민족, 그리고 내 앞날! 그 어느 하나도 순탄하지 않으리라는 불길함과 불안이 더욱 엄습해왔다.

1

소년독립군, 조국 해방을 꿈꾸다

일장기를 똥통에 빠뜨린 소년독립군

“황제가 수결하지 않았다. 아무 효력도 없는 조약이다.”

1905년, 일제는 우리나라 외교권을 빼앗았다. 을사년에 맺었다고 일제는 을사조약이라 불렀다. 그러나 할아버지는 조약이란 나라끼리 자진해서 맺는 협정을 말한다며, 일본군이 고종황제가 계신 경운궁을 포위하고 정부대신 몇 명을 겁박해 강제로 맺었으니 조약이 아니라 늑약이라고 했다. 포위된 궁 밖에서는 많은 백성이 반대 시위를 벌였다.

그때 나는 고작 여덟 살이었다. 주먹으로 방바닥을 쾅쾅 내리치는 할아버지 울분을 잘 이해하지 못했고, ‘외교권 박탈’이 어떤 의미인지도 제대로 알지 못했다.

2년 동안 기회를 엿본 고종황제는 을사늑약이 무효임을 세계만방에 알리고, 우리나라를 도와줄 나라를 찾기 위해 네덜란드 헤이그에서 열리는 만국평화회의에 특사를 보냈다. 하지만 외교권이 없는 나라에서 보낸 특사는 회의장에 입장조차 할 수 없었다. 특사로 간 이준과 이상설, 이위종은 각국 언론을 상대로 기자회견을 열어 일제 침략을 알리고 도움을 청했으나 어느 나라도 도우려 나서지 않았다.

고종황제도 특사도 모르는 사실이 있었다. 미국과 일본은 이미 밀약을 맺어, 대한제국을 일본이 차지하고 필리핀을 미국이 차지하기로 약속했다. 일본이 명성황후를 시해한 을미사변 때, 고종황제가 러시아 공사관으로 피한 인연을 들어 러시아는 우리나라를 도와주리라 믿었지만, 러시아도 러일전쟁에서 패한 후로는 일본과 갈등을 피하려고만 했다. 세계 어디에도 힘없는 대한제국을 도와줄 나라는 없었다. 이준은 울분에 차 자결했고, 일제는 일본을 망신 주었다며 고종황제를 퇴위시키고 순종황제가 왕위를 잇게 했다. 순종황제는 취임식에 참석조차 하지 않았다.

외교권을 빼앗긴 2년 뒤, 1907년에는 대한제국 군대가 해산되었다. 이에 반발해 전국 13도에서 항일의병이 일어났다. 하나로 모인 항일의병은 13도창의군이라는 이름으로 서울로 밀고 들어가, 일본군을 무찌르고 일제를 몰아내려 했으나 실패하고 말았다. 다음해인 1908년 일제는 동양척식주식회사를 세워 우리나라 자본을 수탈했다. 1909년 대한의군 사령관인 안중근 장군이 우리나라를 침략한 원흉 이토 히로부미를 하얼빈 역에서 저격하는 의거를 일으켰다. 그러나 외교권도, 군대도, 경찰도, 차례차례 없어지고 자본마저 일본 손에 넘어간 나라는 다시 일어서지 못했다. 결국 다음해인 1910년 경술년에 대한제국은 일본 손에 넘어가고 말았다.

나라가 망했다는데 눈물을 흘리는 사람도, 울분을 토하는 사람도 없었다. 열세 살밖에 안 된 내 눈에는 나라가 망했는데 백성이 울지 않는다는 사실이 무척 의아했다. 할아버지는 백성 탓만은 아니라고 했다.

"관리는 관리대로 양반은 양반대로 높으나 낮으나 백성 피만 빨았다. 왜놈 세상이든, 중국놈 세상이든, 조선 양반 세상보다 못하랴 싶은 마음이라 그럴 게다."

정수리에 화살이라도 맞은 듯, 할아버지 말이 뇌리에 깊이 박혔다.

"일본이 우리나라 이름을 대한제국에서 조선으로 바꾸었지만, 고종황제가 대한제국을 세우기 전에도 조선이었으니 똑같은 조선이라고 여겨 큰일 아닌 걸로 생각하는 거다. 임금도 황제에서 왕으로 호칭이 바뀌었지만 백성에게는 그 자리에 그대로 있는 것처럼 보이고, 또 일본이 직접 우리나라를 다스리지 않는 것처럼 보이잖니. 그러니 별일 아니라고 여기는 마음인 거지. 그래서 더 큰일인 거야."

역관으로 전국을 누빈 할아버지는 어지럽게 돌아가는 세상을 손바닥 들여다보듯 잘 읽었다.

"말을 안 들으면 죽음뿐이다!"

일본 총독은 무조건 복종하라며 겁을 주었다. 독립이라는 말만 꺼내도 헌병에게 붙들려 갔다. 헌병 주재소 천장에 거꾸로 매달고 매를 때렸다. 온 나라가 왜놈 공포에 떨었다. 학교 선생님도 헌병 흉내를 내느라 칼을 옆구리에 차고 수업을 했다. 그 꼴이 너무 보기 싫었다. 일본 사람이 되라는 공부는 더더욱 하기 싫었다. 세주와 나는 망국을 온몸으로 느끼며, 언젠가는 왜놈에게 꼭 복수하겠다고 맹세했다.

4월 29일은 일본 왕 생일인 천장절이다. 그날을 축하하기 위해 일본인은 물론이고, 우리 학교 교장도 덩달아 호들갑을 떨며 운동장 위에 이리저리 줄을 치고는 만국기처럼 일장기로 뒤덮겠다고 했다. 학생마다 일장기를 들려서 '천황폐하 만세!'를 외치며 밀양 거리를 행진까지 하겠다고 잔뜩 들떠 있었다.

"피가 거꾸로 솟는 것 같다는 게 이런 심정을 두고 하는 말일 거야."

돌아가는 꼴을 가만 볼 수 없던 나는 며칠 동안 속으로 곱씹은 말을 내뱉었다. 내 말을 들은 세주도 많이 속상하고 답답한지 주먹으로 목 아래 가슴을 탕탕 쳤다.

"같이 할 거지?"

무슨 일을 할지 밝히지도 않고 물었지만 세주는 잠시도 망설이지 않았다.

"당연하지."

어떻게 할까가 문제지, 할까 말까는 문제가 아니라는 세주 말에 더 큰 용기가 솟았다.

우리는 천장절 바로 전날에, 모든 행사 준비가 끝났다고 교장이 안심하고 있을 때 일을 치르기로 계획을 짰다.

세주와 나는 교무실 청소 당번에게 수업이 끝난 뒤 청소를 대신 가겠다고 인심을 썼다. 영문도 모르는 당번은 좋아라만 할 뿐, 갑작스러운 호의를 의심하지 않았다. 다른 아이는 모두 건성건성인 교무실 청소를 세주와 둘이서 진심처럼 구석구석 쓸고 닦았다. 어느 구석에 무엇이 놓여 있는지 알아내기 위해서다. 청소를 마치고 나가며 교무실 창문 하나에 걸쇠를 눈속임으로만 걸어놓았다.

숙직 선생이 아무리 눈을 부릅뜨고 있다고 해도 밤을 꼴딱 새울 리는 없다. 자정 무렵이 되면 업어 가도 모를 만큼 깊이 잠이 들 게 뻔하다. 달빛을 더듬어서 손잡이를 단 일장기와 아침에 운동장에 걸릴 만국기 뭉치를 찾아냈다. 청소하며 익혀둔 그 자리에 그대로 있었다. 어깨에 둘러메고 학교 뒷산으로 올라갔다. 산굽이를 살짝 돌아 최씨 문중 묏등에 팽개쳤다. 천장절 행사는 이미 끝난 셈이다. 일장기에 성냥을 그으려는 세주 손을 붙잡았다.

"불태워버리는 건 너무 경건해. 왜놈 깃발에 걸맞은 대접이 아니야. 변소에 빠뜨려버리자."

"그래, 좋은 생각이야. 일장기에는 똥통 대접이 마침맞다."

세주가 옳다며 맞장구를 쳤다.

일장기 뭉치를 둘러업고 학교로 돌아갔다. 개 짖는 소리에 가슴이 덜컥해도 내색하지 않았다. 변소 뒤에 있는 똥 푸는 덮개를 열고 일장기 뭉치를 빠뜨렸다. 똥 푸는 작대기로 일장기 뭉치를 꾹꾹 눌러서 완전히 잠기도록 가라앉혀버렸다.

"이제 날만 새면 초상집 되겠다. 빈손으로 '천황폐하 만세!'를 외치면 꼴 참 좋겠지?"

세주가 낄낄거리며 막 웃다가, 갑자기 무슨 생각이 난 듯 걸음을 뚝 멈추었다.

"혹시 아침에 아이들한테 빨아서 들라고 하면 어떡하지?"

세주 말에 가슴이 덜컥 내려앉았다. 별걸 다 시키는 일본 사람이니 똥 묻은 일장기를 나눠주고 냇가에 가서 빨아 오라고 할지도 모른다. 은근히 걱정이 되었다.

"지금이라도 도로 꺼내서 태울까?"

세주가 돌아서려 했다. 세주 팔을 붙잡고 고개를 크게 저었다. 똥물에 빠진 일장기를 꺼낼 수도 없지만 젖은 일장기에 불이 붙을 리 없다.

"똥 묻은 일장기 흔들었다고 소문나면 교장 모가지 날아갈걸."

세주를 안심시키려고 이번에는 내가 일부러 더 크게 낄낄댔다.

다음 날 행사 준비 당번으로 학교에 일찍 간 아이는 변소 뒤에서 똥통을 향해 자꾸만 절을 하는 교장과 그 옆에서 사색이 돼 통곡하는 교감, 교장과 교감을 향해 죽을죄를 지었다며 연거푸 허리를 숙이는 숙직 선생까지, 참으로 귀한 구경을 할 수 있었다.

세주와 나란히 꿇어앉아 있는 교장실로 우리 할아버지가 들어섰다. 적삼에 하얀 두루마기까지 모두 갖춰 입은 할아버지는 걸음도 당당했다.

"너희 할아버지 선비 같아."

세주가 내 귀에 대고 속삭였다. 할아버지는 역관이었고, 역관은 중인이라 양반보다는 챙이 좁은 갓을 썼지만 갓망건을 격식대로 갖춘 차림은 여느 선비 못지않게 풍모가 당당했다. 교장이 세주와 나를 퇴학시킨다고 겁박했지만 할아버지는 전혀 굽실거리지 않았다.

"말씀대로 처분하시지요."

고개조차 까딱 않자, 교장이 도리어 기가 막힌다는 표정을 지었다. 교장으로부터 뒤돌아선 할아버지는 세주와 나를 번갈아 보고는 달아오른 뺨을 번갈아 만져주며 혀를 끌끌 찼다.

"귀한 자식에게 손찌검이 다 뭐람."

혼잣말이라기에는 소리가 아주 컸다. 교장 들으라고 하는 말이다.

할아버지는 교장을 거들떠도 보지 않고 세주와 나에게 앞장서라고 하더니 뒤따라 나왔다. 나이 어린 사람이 어른 앞에서 걸으면 안 되는 법도를 할아버지가 스스로 깨버렸다.

"요놈들, 이 할아비를 왜놈 앞잡이한테 아쉬운 소리 하게 만든 놈들."

학교를 벗어나자마자 할아버지가 나와 세주 정수리에 꿀밤을 한 방씩 꽁꽁 먹였다. 머리를 두 팔로 감싸 쥔 세주가 내 등 뒤로 피했다.

"학교가 어디 거기뿐이더냐."

할아버지는 하늘을 향해 칼칼칼칼 웃었다. 어디 감히 어른 앞에서 걷느냐고 호통을 쳐도 할아버지가 화난 게 아니라는 눈치를 챘다. 세주와 마주 보고 히익 웃었다. 세주는 할아버지 뒤를 바짝 따르며 가슴을 쫙 펴고 팔자걸음 흉내를 냈다가 꿀밤만 한 대 더 맞았다.

시장통 국밥집으로 세주와 이끌려 들어가 맛난 국밥이랑 빈대떡을 얻어먹는 것까지는 참 좋았으나, 그 자리에 있는 모든 사람 밥값을 낸 할아버지 기분풀이 덕분에 나는 세주와 더불어 소년독립군이라는 유명 인사가 되었다.

동화학교에서 덕화학당으로

밀양 읍내에 있는 동화학교에서 나와 세주를 편입생으로 받아주었다. 동화학교 전홍표 교장 선생님은 목숨이 붙어 있는 한, 단 하루도 우리나라를 빼앗은 일본에 맞서는 투쟁을 게을리하면 안 된다고 일깨워주었다.

교장 선생님이 가르쳐준 투쟁을 하려면 체력을 키워야 한다는 생각에 여러 학생이 뜻을 모아 '연무단'을 만들었다. 체력 단련만큼 정신 단련도 중요하다며 교장 선생님이 구해준 세계 위인전이나 한국 역사, 지리, 중국 병법 같은 책으로 공부도 게을리하지 않았다. 체력과 정신을 단련하면서 동지애도 크게 자리를 잡았다. 이 연무단에서 맺은 인연은 머잖아 일합사로 이어지고, 의열단을 세우는 밑거름이 되었다.

개천절이면 온 학교 학생이 '개천가'를 부르며 밀양 거리를 행진하고 단군 할아버지가 홍익인간 정신으로 나라를 세운 뜻을 널리 알렸다. 교장 선생님을 눈엣가시로 여기던 일제는 재정 부족을 이유로 폐교령을 내렸다. 폐교를 막으려고 밀양에서 돈깨나 있다는 사람을 모두 찾아다녔다. 소년독립군 유명세가 톡톡히 몫을 해냈다. 제법 많은 돈을 모을 수 있었다.

"학교 운영비 때문이 아니라 너희들에게 독립과 민족혼을 가르친 내가 보기 싫어서 내쫓고 싶었던 거다. 공연히 너희들이 애만 썼구나."

교장 선생님은 돈봉투를 열어보지도 않고 고개만 가로저었다. 나라 잃은 백성이 모은 뜻은 아무리 수가 많아도 왜놈 앞에서 아무 힘도 발휘하지 못했다.

결국 동화학교는 문을 닫고 말았다.

"내 여동생이 잘 보살펴줄 게다."

할아버지는 나에게 서울행을 권했다. 서울에서 나를 맞이해준 사람은 할아버지와 의남매를 맺은 여승이었다. 스님할머니 집에서 학교 다닐 길을 알아보려고 했다. 하지만 스님할머니는 말만 스님이었다. 왜놈에 빌붙은 부잣집을 드나들며 입에 발린 소리나 해주고 얻은 재물로 기름지게 살고 있었다. 나라가 망했거나 말았거나 왜놈 발밑에서 백성이 신음하거나 말거나, 제 한 몸 잘살 궁리나 하는 주제에 승려는 무슨 승려냐고, 땡중에 불과하다고 생각한 나는 채 몇 달도 안 돼서 그 집을 박차고 나와버렸다.

밀양으로 돌아온 내게 할아버지는 표충사에 들어가 공부를 하라고 했다. 서울에서 공부할 사정도 못 되고, 밀양에는 더 이상 들어갈 학교가 없는 사정을 헤아려 내린 결정이었다. 표충사에서 보낸 1년은 여러 병법 책을 읽으며 앞으로 어떻게 살아갈지에 대해 깊이 고민한 시간이었다.

표충사를 떠난 나는 2년간 무전여행으로 전국을 돌아다니다 밀양으로 돌아왔다. 산천을 유람하며 고모부가 이어놓은 많은 사람을 만났다. 황상규라는 이름을 대면 어디서든 통했다. 만나는 사람마다 고모부를 삼국지에 나오는 관우처럼 용맹하다는 뜻으로 관운장이라 했다. 여러 사람을 만나면 만날수록 왜 고모부가 중국에 따라간다는 나를 만류했는지 알게 되었다. 독립은 주먹싸움 기술과 병법 공부만으로는 이룰 수 없다는 깨달음을 얻었다.

의분으로 일어선 의병이 아니라 일본 군대보다 힘이 더 센 군대가 있어야 한다. 지금 세계에서 일본보다 더 센 군대는 독일 군대뿐이니 독일로 가야 한다는 결론에 닿았다. 독일로 가려면 우선 독일어를 배워야 한다. 독일어를 배우려면 독일과 중국이 같이 세운 학교인 덕화학당에 들어가야 한다. 독일을 중국에서는 덕국이라고도 부르는데, 덕국에서 '덕'을 따고 중국이 중심이라는 중화사상에서 '화'를 따서 이름이 덕화학당이었다. 중국 천진에 있다. 하지만 학비가 문제였다. 아버지는 농사짓고 살자 할 테고, 할아버지한테 말을 꺼내기에는 염치가 없다.

고향에 돌아왔지만 당장 길이 보이지 않아 아무 일도 못하는 채로 시간만 보내고 있을 때, 친구 한봉인이 찾아왔다. 밀양 읍내에서 가게 점원으로 일하고 있는 한봉인은 입꼬리를 살짝 치켜 올리며 어색한 웃음을 짓고는 종이에 싼 돈뭉치를 내 앞으로 내밀었다. 가게 점원이 무슨 돈이 있느냐는 말이 무색하게 뭉치가 제법 두툼했다.

"내가 너 유학비 하나 감당 못할까 봐?"

한봉인은 그동안 월급을 모은 돈이라고 했다.

"너는 예나 지금이나 독립군이잖아! 앞으로도 독립군일 테고."

한봉인은 내 학비가 독립군 군자금을 내는 셈이라고 했다.

"넌 우리 대장이잖아. 네가 공부를 해야 우리도 똑똑한 독립운동단체 조직원이 되지."

미안해 말라는 말을 들으며, 무척이나 염치없지만 돈을 소중히 받아 들었다. 그리고 중국행 열차에 몸을 실었다.

덕화학당에서 공부한 지 한 학기가 지났다. 첫 방학이라 고향으로 곧장 달려가고 싶었으나 나는 이제 고향이나 그리워하는 어린애가 아니다. 중국 땅 끄트머리에 자리 잡은, 압록강을 사이에 두고 신의주와 마주 보는 단동 역에 내렸다. 플랫폼으로 내려서자 강바람이 여름을 품고 있던 열차 안 공기를 금세 잊게 해주었다. 여름이라 습기를 잔뜩 머금었어도 강바람답게 상큼함을 품고 있다. 영남루 아래를 감아 도는 남천에서 부는 여름 바람을 꼭 닮았다. 역을 빠져나오자 눈앞에 압록강이 펼쳐졌다. 다리 건너로는 조선 땅 신의주도 보였다. 지난봄에는 밤 열차로 지나가는 바람에 강을 제대로 보지 못했는데 널따란 강폭이 표충사를 나와 팔도 유람하며 본 한강 같기도 하고 낙동강 같기도 하고 금강 같기도 했다.

손일민 선배가 찾아오라는 반약여관은 압록강을 향해 팔을 벌리듯 옆으로 기다랗게 펼친 모습이다. 손 선배는 일장기 똥통 사건 때 우리 집으로 직접 나를 찾아와서 처음 알게 되었다.

"밀양 사람 어깨를 한 뼘이나 높인 기특한 녀석이 바로 너구나!"

나를 보자마자 허리를 덥석 끌어안아 번쩍 들고는 이마를 부비며 연신 고맙다고 했다. 그날로 나와 세주는 손 선배가 이끄는 청년단에 들어갔다. 청년단이 남천강변에서 하는 체력 훈련도 같이 하고 주먹 싸움도 배웠다.

손 선배는 4년 전 중국 망명길에 올랐는데, 중간에 일본 경찰에게 붙들려 평양경찰서에서 1년 동안 갇힌 일로 온 밀양에 명망이 자자했다. 손 선배가 옆에 서 있는 사람을 소개해주었다. 백야 김좌진 장군이라고 했다.

"밀양 사람 김원봉입니다."

"밀양 일장기 똥통 의거를 일으킨 소년투사 약산을 이제야 만났구려, 반갑소."

나는 허리를 조금 숙이고 김좌진 장군이 내미는 손을 마주 잡았다. 김좌진 장군은 충청도 홍성 사람이다. 나보다 아홉 살이 많은데도 말을 놓지 않았다. 열다섯 살에 집안에서 부리던 노비를 모두 해방시키고 풀려난 노비가 먹고살 수 있도록 땅까지 나누어 주었다. 군자금을 모으다 일본 경찰에 붙들려 2년 반이나 형무소에 갇히기도 했다. 소문만으로도 고개가 절로 숙여질 사람이다. 풍모도 장군님이라고 불러도 전혀 이상하지 않을 당당함을 풍겼다.

"공부는 어렵지 않니? 졸업 후에는 독일로 가려 한다고?"

손 선배는 내가 덕화학당에서 무엇을 배웠는지 무척 궁금해했다. 전 세계에서 가장 강력한 군대가 독일군이니, 독일에 가서 사관학교에 들어가 군대 양성하는 법을 배워서 나라를 되찾는 데 힘을 보태겠다는 포부를 밝혔다. 손 선배는 또 연신 대견하고 고맙다며 어깨를 토닥여주었다.

덕화학당은 익히 들은 대로 교장도 독일인이고, 독일인 선생도 여럿 있었다. 독일 사람이 서투른 중국어를 섞어서 가르치는데 나는 중국어도 독일어도 모르니 처음에는 한마디도 알아들을 수가 없었다. 하지만 궁하면 통한다는 말이 마침맞았다. 조선 사람이라고는 나 말고는 그림자도 없어서 조선말을 쓸 기회가 아예 없기 때문에 중국어도 독일어도 금세 귀에 들어왔다.

내가 독일에 갔다가 돌아오면 서간도와 길림성, 그리고 러시아 땅 연해주에 흩어져 있는 의병과 동포를 하나로 모아 든든한 군대를 만들자는 손 선배 말에 힘이 불끈 솟았다. 손 선배는 목소리가 크지는 않지만 사람을 끌어들이는 힘이 참 강하다.

"독일만큼 힘센 군대를 만들어 압록강과 두만강을 건너서 밀고 내려갑시다. 왜놈을 남해 바다에 몰아넣어버립시다."

김좌진 장군은 목소리에도 힘이 넘쳤다. 군자금도 넉넉히 모으고 만주와 연해주의 동포마을이 자리를 단단히 잡을 수 있도록 만들어 나가겠다는 결기가 대단했다. 산울림이라도 된 듯 내 심장까지 쿵쿵 요동쳤다.

만주로 건너온 독립군 부대가 있지만 당장은 자리를 든든히 다져서 먹고사는 문제 해결이 우선이라 지금 당장 군대를 만들 수 없는 현실이다. 손 선배는 나더러 광복회에 먼저 가입하라고 권유했지만 얼른 대답이 나오지 않았다.

"약산은 광복회원은 아니지만 광복회원보다 더 열렬한 광복투사가 아니오. 가입만 해놓고 활동을 안 하는 회원이 많은 단체는 허깨비가 되고 만다오."

김좌진 장군이 껄껄껄 웃으며 광복회에 가입하면 독일로 가는 데 오히려 걸림돌이 될지도 모른다며 손사래를 쳤다. 나는 다음 학기를 마치고 독일로 가겠다는 결심을 밝혔다. 광복회 가입을 서둘지 않겠다는 뜻을 이렇게 밝혔다. 독일에서 군대를 몰고 돌아왔을 때 힘을 합칠 사람이 많으면 많을수록 좋다. 사람이 많으면 힘이 커지기 때문이다.

그런데 여름방학이 끝나기도 전에 덕화학당은 문을 닫고 말았다.

중국 유학길이 망명길이 되다

2년 동안 이런 궁리를 하고 저런 계획을 세운 끝에, 두전 형님과 명건, 그리고 나는 중국 남경에 있는 금릉대학으로 유학을 떠나기로 했다. 할아버지는 재작년에 덕화학당이 문을 닫아서 한 학기로 끝난 중국 유학을 무척 아쉬워했다. 덕화학당에서 독일어를 더 많이 배워 오면 당신도 배우시겠다고 크게 기대를 걸었는데 세계대전으로 학교 문이 닫혀버렸다.

덕화학당 문이 열리기만 마냥 기다릴 수 없어 다른 학교로 간다는 말에 아버지는 헛기침만 큼큼 하다 나가버렸다. 아버지 등을 향해 할아버지는 빙그레 웃기만 했다. 계모는 서른 마지기 농사일이 아버지 혼자 힘으로 벅차다며, 자기 소생은 아직 어려 농사일 못 돕는데, 장남이 장가들어 가업을 이을 생각은 않고 밖으로만 돌면 어쩌느냐고 투정을 했다. 아버지를 대신하는 말이다. 열아홉 살이나 된 경봉이가 있는데 무슨 걱정이냐는 할아버지 말도 계모를 향해서만 하는 말이 아니다. 좀처럼 속내를 열지 않는 아버지더러 들으라는 말이다. 계모가 그대로 전할 테니까.

"원봉이는 축구를 해도 씨름을 해도 언제나 으뜸이다. 어디에 세워놔도 우뚝 솟아 보이지 않니? 이 난세에 농사만 짓고 있을 사람이 아니다."

할아버지는 계모 앞에서 나를 한껏 치켜세웠다. 역시 아버지한테 전하라는 뜻이 더 많이 담겨 있다. 할아버지는 보료 밑에서 돈뭉치를 꺼내 건네며 몸이 우선이니 끼니 거르지 말라고 중국어로 당부했다. 덕화학당 다닐 때 중국음식에 익숙해졌다고, 걱정 마시라고 나도 중국어로 대답했다. 할아버지는 역관 출신답게 일본어와 중국어에 막힘이 없다.

"살 날 얼마 안 남은 할아비한테 무슨 불효냐?"

내가 금릉대학에서 공부하고 독일로 가려면 방학이 되어도 돌아오지 못할 거라고 하자, 할아버지는 웃는 얼굴로 가볍게 호통을 쳤다. 하지만 남자는 집을 나가면 뜻을 이루기 전에 돌아오지 않는 법이라며 입꼬리를 쭉 올렸다.

"왜놈이 쫓겨 가는 꼴을 꼭 보고 싶구나. 독일 군대든 중국 군대든 네 손으로 이끌고 오너라."

할아버지는 어느 나라 군대라도 우리 손에 있으면 우리 군대라고 했다.

서울역에서 두전 형님과 명건이가 기다리고 있었다. 두전 형님과 명건이가 나와 이어진 인연은 2년 진에 다녔던 서울 중앙학교 때다. 학교 행사로 웅변대회가 있었는데, 그 주제가 '사회 발전은 종교에 있느냐, 교육에 있느냐?'였다. 웅변대회에 나간 나는 '종교는 수천 년 이 나라에 뿌리를 내리고 있지만, 세상이 어지러운지 나라가 망하는지는 관심도 없이 염불만 해대고 기도만 해대고 있다. 그러니 나라가 왜놈 손에 들어갔다. 백성이 무지하니 나라가 망해도 울분조차 못 느낀다. 교육이 제대로 되었더라면 민중이 깨우쳐 어지러운 세상을 바로잡고 나라도 지켜냈을 테니 사회 발전은 당연히 교육에 있다'고 열변을 토했다. 다른 출전자와 확연한 차이로 쏟아진 우렁찬 박수 소리는 그만큼 유명세를 딸려주었다.

웅변대회에서 나를 인상 깊게 본 두전 형님이 교실로 나를 찾아왔다. 두전 형님을 따라간 하숙집에서 명건이도 만났다. 우리는 생각하는 방향이 같았고 서로 의기가 잘 통해 쉽게 친해졌다. 우리 셋은 목숨을 바쳐 조국 독립을 쟁취하자는 다짐도 잊지 않았다.

나는 산처럼 살겠다는 약산若山, 두전 형님은 물처럼 살겠다는 약수若水, 명건이는 별처럼 살겠다는 여성如星이라고 호를 지었다. 여성은 약수 형님과 나 사이에 서서 허리를 한 팔씩 감고는 좌우를 돌아보았다.

"우리 셋이 꼭 도원결의 같지 않으우?"

동래 사람 약수 김두전, 밀양 사람 약산 김원봉, 대구 사람 여성 이명건! 이렇게 셋이 힘을 합치면 중앙학교도 들었다 놓겠다며 허세를 부렸다. 그 2년 전이 엊그제 같다.

단동 역에 내리자 몸이 오소소 떨렸다. 아직 9월인데도 단동은 밀양보다 훨씬 서늘했다. 북쪽은 북쪽이다. 반약여관에는 사흘 뒤에 온다며 기다려달라는 손일민 선배 기별이 우리를 기다리고 있었다. 이럴 줄 알았으면 서울 구경이나 실컷 하다가 올걸 그랬다는 여성에게 단동 구경 실컷 하라고 달랬다. 금릉대학 입학허가증이 있고, 대학생 교복을 입고 있으니 기차에서 일본 경찰이 시비를 걸지 못했다. 조선 사람이라면 누구나 당하는 짐 뒤짐조차 당하지 않았다. 학생이라는 신분은 여러모로 참 편리하다.

사흘 뒤 여관으로 찾아온 사람은 손 선배만이 아니었다. 고모부와 김좌진 장군도 같이 왔다.

"조카님이 남경에서 대학생이 된다는데 안 와볼 수가 있어야지."

고모부가 말은 그렇게 했지만 꼭 해야 할 말이 있어서 왔다는 눈치를 못 챌 정도로 나는 바보가 아니다. 고모부가 활동한 대한광복회가 올봄에 대구에서 장승원을 처단한 일로 온 나라, 온 밀양이 들썩였다. 조선 땅에서 조선 사람으로 사는 부자면서 독립자금을 안 내놓는 사람은 왜놈이나 다를 바 없다며 죽음을 안겼다. 아무리 재물이 많은들 죽음과 바꿀 만큼 가치 있진 않을 텐데 참 어리석은 장승원이다. 그러나 나는 대한광복회가 벌이는 활동에는 쉽게 찬성이 되지 않았다.

"조선 부자 한 명 죽인다고 독립이 당장 오는 건 아니잖아요."

장승원을 죽이는 바람에 쫓기는 신세가 된 고모부가 딱해서 한 말이었으나 고모부는 고개를 가로젓지 않았다. 고모부는 내가 어떤 말을 해도 '아니다'라며 면박을 주거나 반박한 적이 없다. '네 말이 맞다'며 일단 다 들어준다. 다 들은 다음에 생각을 바로잡아주곤 했다. 덕분에 고모부한테는 내 속내를 다 털어놓을 수 있다.

"일본 손길 안 미치는 만주에 나라를 세우려 한다."

조선 사람이 모여 사는 마을을 만들고, 조선 백성으로 마을을 이룬 다음, 고종황제를 모셔올 계획을 세웠다고 고모부가 담담히 말을 이어나갔다. 임금이 여기 있고, 백성이 임금과 더불어 있으면 군대를 만들어 일제와 전쟁을 벌일 수 있다고 했다. 서간도나 북만주나 중국 땅에 흩어져 있는 독립군을 하나로 모아 힘을 합치려면 황제를 모셔 오는 길밖에 없다는 말은 맞다. 그런데 일제 감시를 뚫고 황제를 모셔올 방법이 과연 있을까. 일반인도 국경 넘기가 이리 어려운데!

남경으로 향하는 길은 길고 지루했다. 지금 내 마음처럼 설렘이라고는 눈곱만큼도 없는 답답한 여정이 되고 말았다.

금릉대학 입학 허가증이 있어도 입학 결정은 얼른 나지 않았다. 중국 사람 만만디에 속이 탔지만 내 나라가 아니니 항의조차 만만치 않았다. 두 달이나 허송세월을 하고서 11월 1일부로 입학이 되었다. 가을학기가 반이나 지나버렸다. 이제라도 공부를 해보자고 마음을 다잡았는데 독일이 연합군에 항복했다는 소식이 들려왔다. 이제 독일은 강력한 군사대국이 아니라 만신창이가 된 패전국 신세다. 독일로 가려는 계획을 포기할 수밖에 없었다. 나를 포함해서 독일로 가려고 뜻을 모은 청년 모두 실망이 이만저만이 아니었다. 밀양에서 품고 온 계획이 완전히 어그러져버렸다. 그렇다고 조선으로 되돌아갈 수도 없다. 모든 계획을 다시 세워야 한다. 하지만 기죽을 내가 아니다.

"온 세계가 격랑에 휩쓸렸네요. 이럴수록 정확한 상황 판단이 우선입니다."

모인 사람을 향해 내가 어렵게 입을 뗐다. 아직 실망은 이르니 전 세계가 전쟁을 정리하는 판에 끼어들어 묘수를 펼쳐보자고 했다. 다행히 내 말에 모두 찬성했다. 남경에 모인 많은 사람이 흩어져버리면 어쩌나, 어렵게 결행한 망명을 포기하는 것으로 결론을 내야 하나, 졸인 마음이 한결 가벼워졌다.

여러 날 머리를 맞대고 생각을 모았다. 독일로 갈 수 없으니 중국 땅에서 스스로 군대를 양성하는 계획을 세웠다. 조선에서 가까운 서간도에 군사기지를 세우자는 결론이 났다.

실패로 돌아간 일본 대표 암살 계획

"신한청년당이 파리평화회의에 대표단을 보낸다고 하네요."

군사기지 세우는 의논을 여러 날 하고 있는데 여성이 상해에서 온 소식을 전했다. 신한청년당은 김규식과 여운형, 장덕수를 비롯한 여럿이 상해에서 만든 독립운동단체다. 제1차 세계대전을 어떻게 처리하느냐를 정하는 파리평화회의에 대표단을 보내 일제 강점이 무효라고 세계만방에 호소하고, 일본이 조선에서 물러가야 한다는 여론을 만들어보려 한다는 소식이었다. 나라는 없어도 신한청년단이라는 이름으로 나라처럼 외교전을 펼치려는 시도다.

"바보짓입니다. 파리평화회의는 세계대전에서 승전한 나라들이 모여서 패전한 나라가 지배했던 식민지를 어떻게 처리할지 정하는 회의예요. 일본은 승전국인데, 일본 식민지인 조선 문제에 누가 관심을 갖겠습니까?"

나는 모인 사람을 향해 소용없는 짓이라며 헤이그 특사 때처럼 기회조차 얻지 못할 테고, 결국은 실망만 하게 될 테니 미리 큰 기대를 갖지 말자고 했다.

"츠암 나, 역시 힘센 놈은 누구 할 것 없이 다 가증스럽다니까요."

여성이 내 말을 받아 덧붙였다. 나는 상황을 더 자세히 설명했다.

평화회의는 평화라는 구호를 들고 모였지만, 실상은 패전국이 지배한 식민지를 승전국끼리 나누어 차지하려는 음모다. 서로 패전국을 차지하려고 다투면 자칫 전쟁을 하게 될 수도 있으니, 승전국끼리는 전쟁을 피하자는 속셈이다. 세계 평화와는 아무 관련도 없으면서, 회의에 명분을 얻으려고 평화라는 말을 붙였을 뿐이다. 그러므로 파리 평화회의에 대표단을 보내는 일은 아무 소용없는 짓이라는 내 의견에 반론을 제기하는 사람은 아무도 없었다.

"이왕 이렇게 된 거, 차라리 우리는 왜놈 대표를 처단하는 대표단을 보냅시다."

일본을 무력으로 응징하자는 내 제안에 모두 놀라는 표정이 되었다. 지금은 우리가 외교를 벌인다고 하더라도 다른 나라에 사정하고 동정심에 호소해서 처분만 기다려야 하는 일이니 결국 허울뿐이다. 외교라는 그럴듯한 말에 속지 말자고 모두를 설득했다.

"이런 일은 내가 적격이요!"

상해 오송동제대학에 다니는 김일이 나섰다. 1914년 봄 열일곱에 표충사를 나와 두 해 동안 전국을 누비고 다닐 때, 부산에서 만난 동지 김철성이 중국으로 와서 귀화한 후 이름을 김일로 바꾸었다.

책 몇 권만을 바랑에 넣어 지고 명산 승지를 찾아 떠난 무전여행이었다. 지리산과 계룡산, 경주와 부여 등 옛 왕조의 도읍지를 둘러보며 우리 민족의 뿌리와 앞으로 나아갈 길이 무엇인지 많은 고민을 했다. 그런 시간 속에서 지리산과 계룡산 같은 절경을 돌아보고는 왜 금수강산이라고 하는지 깨달았고, 경주와 부여를 비롯한 옛 도읍을 돌아보며 왜 유구한 역사라고 하는지 깨달았다.

많은 사람을 만나서 독립에 대한 의견을 들었고, 개인이 아무리 싸워도 독립은 오지 않으며, 일본은 호락호락한 상대가 아니라서 군대를 키워 일본을 이 땅에서 몰아낼 수밖에 없음을 깨달았다. 그 여정 가운데 영주에서 강택진을 만났고, 부산에서 김철성을 만났다. 목숨을 나누어도 아깝지 않을 동지다.

나는 직접 가겠다며 김일을 만류했다.

"약산은 둔전 사업 해야지."

하지만 약수 형님이 내 말을 딱 잘라버렸다. 이번엔 자기한테 양보하라며 여성도 말렸다. 더는 나서지 못했다. 몇 사람을 조직해서 보내자고 했지만 김일은 혼자 가겠다며 뜻을 굽히지 않았다.

"도마 안중근 선생도 홀로 결행하셨소."

김일은 안중근 의사가 이토 히로부미를 처단할 때도 혼자였다며 함께 가겠다는 사람을 모두 물리쳤다. 여럿이 몰려가면 오히려 비밀 유지가 어렵다면서 권총과 실탄을 꾸려 홀로 파리로 떠났다.

기유년에 하얼빈에서 도마 안중근 선생이 이토 히로부미를 쏘았듯이 김일이 일본 대표를 쏘고 '대한 독립 만세!'를 외친다면 파리평화회의에 온 많은 언론이 대서특필하게 될 테니 전 세계에 퍼져서 큰 효과를 거둘 수 있다. 하지만 그다음은 절망이다. 우리 편은 아무도 없는데 왜놈을 쏘고 나면 김일은 범죄자가 된다. 일본에게 넘겨지면 사형을 면치 못할 테니, 차마 김일을 볼 낯이 없다.

"내 제삿날 술 따르는 거 잊지 마라."

김일은 웃었지만 나도, 다른 사람 그 누구도, 아무도 마주 웃어줄 수 없었다. 여성은 함께 가지 못하는 것을 내내 아쉬워했다.

"이번이 네 차례가 아닐 뿐이다."

나는 가야 할 길이면 누군가는 가야 하고, 언젠가는 자기가 갈 날이 올 테니 김일에게 너무 미안해 말라고 여성을 다독여주었다. 내 당부가 여성 마음을 조금은 가볍게 한 것 같아 다행이었다.

그러나 파리평화회의가 끝났는데도 거사 소식은 들려오지 않았다. 얼마 후 김일은 빈손으로 돌아왔다. 권총과 실탄을 도둑맞았다는 말에 모두 어안이 벙벙해져버렸다.

"일본 대표가 누구인지도 알아냈고, 그놈 숙소가 어딘지, 어느 길로 회의장을 드나드는지 다 파악했는데."

회의 당일 아침, 저격을 준비하려고 짐을 열어보니 권총이 없었다고 했다. 김일은 아직도 믿기지 않는다며 좌우를 번갈아 돌아보고 거듭 사과했다.

"그러니까 왜 문단속을 허술히 해서 도둑을 맞으셨어요."

여성이 핀잔을 주자, 총하고 실탄만 없어졌고, 돈은 물론이고 다른 물건은 손도 안 댔더라고 했다. 김일은 누군가 이 거사를 방해하려고 한 짓이라고 짐작했다.

"그 사람이 왜놈이었으면 권총만 훔치지는 않았을 거요."

김일을 아예 죽였거나 붙들어 갔을 거라는 내 말에 모두 고개를 끄덕였다. 상관도 없는 다른 나라 사람 짓은 더더욱 아니라는 말에 모두 내 앞으로 바짝 다가앉았다.

"파리평화회의가 저격 사건으로 중단되면 뜻을 이룰 수 없는 사람이 벌인 일일 거야."

내 말이 맞다며 약수 형님도 끄응 신음소리를 냈다. 모두 입을 딱

다물었다.

"김규식이 신한청년당 대표로 갔다지?"

약수 형님은 알고 있으면서도 새삼스럽게 물었고, 김일은 고개를 끄덕였으며, 여성은 '츠암 나' 끄응 앓는 소리를 냈다.

"일본 대표가 죽으면 회의는 엉망이 될 테고 독립 호소를 못하게 됐을 테지……. 그러니 우리 일을……."

여성이 말을 채 끝내기도 전에 김일이 탁자를 두 주먹으로 쾅쾅쾅 내리쳤다.

"빌어먹을!"

총을 구하고 가짜 여권을 만들고 활동비를 받아서 파리까지 갔다가 실패했다는 미안함에 고개조차 들 수가 없었는데, 실패 원인이 같은 동포라는 짐작은 김일을 더욱 고통스럽게 만들었다. 나는 확실하지 않으니 앞질러 생각하지 말라 당부하고 왜놈을 죽이지는 못했지만 우리 동지가 무사하니 다행으로 여기자며 김일을 위로했다.

"약산 형님은 참 속도 좋으시오."

옆에서 보고 있던 여성이 김일 어깨를 토닥이는 나를 향해 '츠암 나' 소리를 열 번도 넘게 메아리처럼 냈다.

"내가 따라갔어야 했는데……."

여성이 푸념으로 한 말이었으나 나에게는 푸념으로만 들리지 않았다. 어깨가 확 내려앉았다.

"첫 번째 계획이 실패할 것에 대비한 두 번째 계획을 세웠어야 했어."

후회는 되돌릴 수 없을 때 한다는 말이 등골을 찌릿 파고들었다. 안

중근 의사도 사실은 혼자서 결행하지 않았다. 이토 히로부미가 다른 역에서 내릴 때를 대비해 예상되는 역마다 여러 동지를 배치했다. 예비 계획을 세우지 않은 후회가 이미 되돌릴 수 없는 지금에야 가슴을 후벼팠다. 잘못된 결과를 놓고 하는 남 탓은 참으로 어리석다. 신한청년당이 대표단을 파견한다는 사실을 알았으면서도, 우리끼리 미리 뜻을 모으지 않은 잘못이다. 만약 김일이 저격에 성공했다면 신한청년당도 지금 우리처럼 당황하고 실망했겠지. 우리를 원망했겠지. 여운형도 김규식도 장덕수도 믿지 못할 상대가 아닌데 우리 독단으로 계획을 짠 잘못이다. 독립운동에 나선 동포끼리 돕지는 못할망정 서로를 방해하는 건 너무 끔찍한 일이다. 단일대오라는 말을 자꾸만 되뇌었다.

3.1만세운동이 일어났지만……

내 나라 내 땅이 아니니 군대를 세운다고 해도 군량을 얻을 길이 없다. 스스로 농사를 지어서 해결할 수밖에 없다. 농사를 지어야 군량이 확보되고, 군량이 확보돼야 군대를 모을 수 있기 때문이다.

약수 형님이 땅을 구해서 봄부터 농사를 지어보자며 서간도로 간 지 한 달여가 지나, 심양으로 오라는 전보가 왔다. 그런데 오라는 곳이 길림성 동문 밖에 있는 명고옥이다. 명고옥은 일본 사람이 운영하는 여관이다. 왜 하필 거기에 묵었을까 의문이 들었다. 하지만 여성은 마냥 들떠서 콧노래를 흥얼거렸다. 약수 형님이 마땅한 땅을 구한 모양이라며, 여성은 농토로 쓸 땅은 어떻게 가꾸고, 군사학교는 어떻게 짓고, 군인은 어떻게 모집할지 이 궁리 저 궁리를 하느라, 온몸이 배배 꼬이는 긴 기차 여행이 지루하지도 않은 모양이다.

"아무래도 교장은 황상규 선생이 좋겠죠? 아닌가, 약수 형님이 직접 맡는 게 좋을까?"

교장을 모시는 문제까지 상상을 펼쳤다.

"강도를 당했다."

명고옥에 들어서자마자 약수 형님은 한숨부터 쉬었다. 약수 형님 말이 선뜻 믿기지가 않았다. 감시를 피하려고 왜놈 여관에 묵었는데 강도를 당하다니. 그런데 강도가 김좌진 장군이라는 말에 더 놀랐다. 우리는 당장에 김좌진 장군이 묵고 있다는 여관으로 찾아가 얼굴을 붉히고 따졌다.

"일본 사람이 운영하는 여관에 조선인이 묵었으니 당연히 밀정인 줄 알았소."

김좌진 장군이 더 의아해했다. 일본 경찰에게 의심을 받지 않으려고 왜놈 여관에 묵은 것까지는 좋았으나 반대로 독립군으로부터 의심을 받고 말았다. 약수 형님을 납치한 김좌진 장군 일행은 약수 형님 몸에서 3천 원이 나오자, 진정으로 독립운동을 하러 온 사람이 맞다면 우리 독립군에게 그 돈을 내놓지 않겠냐고 했단다. 안 된다고 하면 영락없이 밀정으로 몰려 목숨을 잃을 상황이라 거부할 수 없었다는 약수 형님 말에 김좌진 장군은 미안하다며 선선히 돈을 돌려주었다. 서로 오해로 벌어진 일이니 더는 따질 수가 없었다.

명고옥으로 돌아왔어도 약수 형님 얼굴은 펴지지 않았다.

"쉽지가 않구나."

땅을 구할 수가 없다며 한숨만 자꾸 쉬었다. 조선 사람이 중국으로 쳐들어오려는 줄 안다며, 땅을 팔면 조선 사람 땅이니까 조선 땅이 되고 중국 사람은 쫓겨난다며 겁을 먹는다고 했다. 군대를 키운다는 소문까지 나서 중국 관리가 나서서 땅을 팔지 못하게 막는 판이 되었다.

"하늘이 무너져도 솟아날 구멍이 있댔어요."

여성은 별로 실망하지 않는 눈치였다.

"저렇게 넓은데, 끝도 안 보이는 저 만주 벌판에 우리가 자리 잡을 땅뙈기 하나가 없을까 봐요?"

나도 여유를 가지고 찾아보자는 말밖에 달리 할 말이 없었다. 조선 땅에 들어온 일본 사람이 논밭을 산다고 했을 때 아무도 팔지 않았듯이 중국 사람도 조선 사람이 쳐들어오려는 줄 안다면 땅을 팔지 않을 게 분명하다.

일본이 토지조사사업이라는 명목으로 조선 땅을 강제로 빼앗지 않았다면 일본 사람 그 누구도 우리 농토를 한 뼘도 차지하지 못했을 거다. 자기 소유의 땅을 나라에 신고하라고 했지만, 백성들은 땅은 나라님 소유라며 신고하지 않았다. 뿐인가. 일본 사람 말은 무조건 듣기 싫다고 안 하고, 문중 땅이지 어떻게 내 땅이냐고 안 하고, 어렵다고 안 하고, 귀찮다고 안 했다. 그러나 일제는 임자 없는 땅은 나라 소유라며 모두 빼앗아가 버렸다. 그다음에는 조선임야조사령을 내려서 주인 없는 산도 다 나라 땅이라며 빼앗아가 버렸다. 일본에 나라를 빼앗겼으니 일본 땅이 되어버렸다. 일제는 빼앗은 땅과 산을 일본에서 건너온 일본 사람에게 싸게 팔아넘겼다. 우리 땅이 그대로 일본 사람 차지가 되어버렸다. 그제야 너도나도 나라 빼앗긴 실감을 했지만 이미 때는 늦어도 너무 늦은 다음이었다.

"처음부터 무모한 일을 벌였나 봐."

둔전으로 삼을 대농장을 만드는 일은 이룰 수 없겠다는 절망감이 자꾸 밀려왔다.

서간도만 고집하지 말고 중국 땅 어디라도 다녀보자고 약수 형님과 여성, 나는 북경으로도 가보고 천진으로도 가보았다. 그러는 사이 해가 바뀌어 1919년이 되었지만, 둔전을 이루는 꿈은 벽처럼 가로막힌 상태를 벗어나지 못했다. 제남으로 가서 땅을 알아보는 어느 날 여성이 신문 한 장을 구해 왔다.

"조선에서 난리가 났대요!"

1919년 3월 1일에 파고다공원에서 만세운동이 일어났다는 기사가 실려 있었다. 조선을 독립시켜달라고 백성이 거리로 쏟아져 나와 시위를 벌인다는 소식이었다. 작년에 길림에서 고모부가 김규식을 비롯한 신한청년당 사람들과 함께 발표한 대한독립선언서가 국내에 영향을 준 덕분이라는 내 말에 여성이 맞장구를 쳤다.

"전국으로 퍼져나간대요."

온 나라에서 맞서 일어나면 금세 일제를 몰아내게 된다며 여성은 한껏 상기되었다.

"한 사람이 한주먹씩만 보태도 왜놈은 먼지처럼 사라질걸요!"

여성 말대로 백성이 모두 의병인데 한 줌도 안 되는 왜놈 따위가 어쩌랴 싶었다. 이제야 조선 사람이 모두 떨치고 일어나 왜놈에 맞서게 되었다며 우리 모두는 한껏 들떴다.

하지만 다음 날 여성이 구해 온 독립선언서는 기대와 멀어도 너무 멀었다.

"비폭력이라고? 이게 무슨 얼치기 같은 소리야?"

결국 만세만 부르다가 만다는 내용에 허탈한 웃음만 났다.

"독립시켜주세요!' 하면 일본이 자애로운 표정으로 친절하게, '네에 알겠습니다. 받으세요. 여기요, 독립!' 이러기라도 한단 말이야?"

내 말에 너나없이 공감하며 실망스러워했다.

"우리는 건설하나 남은 파괴치 않는다? 아니 도대체 누가 그런 멍청한 생각을 했대요?"

여성은 독립선언서를 집어 던져버렸다. 나도 확 찢어버리고 싶을 만큼 화가 솟았다. 일본은 우리나라를 빼앗은 강도다. 돌려달라고 사정만 해서야 어떻게 나라를 되찾는다는 말인가! 일본이 주면 감사히 받겠고, 안 주면 그냥 안 주나 보다 하겠다니, 이 무슨 얼빠진 투쟁 선언이란 말인가! 한숨만 자꾸 나왔다.

그런데 만세 사건은 실망만으로 끝나지 않았다. 시간이 지날수록 참담한 소식이 전해졌다. 왜놈이 총칼로 조선 사람을 짓밟는다는 소문에 손발이 떨리는 분노가 치밀었다. 전국에서 수많은 사람이 들고 일어났다는 말은 잡아들여야 할 사람이 너무 많아졌다는 뜻이다. 경찰서마다 감방이 있기는 해도 겨우 몇십 명밖에 못 들어갈뿐더러 갑자기 그 많은 사람을 기소할 검사도 재판할 판사도 부족할 수밖에 없다. 일본이 좋아하는 방식인 법과 절차대로 체포한 사람을 옥에 가두고 몇 달이 걸려 재판을 한다 해도, 손을 쳐들고 만세라고 소리친 죄밖에 없는 사람을 징역살이시킬 수도 없다. 아무리 세게 때려도 벌금형 정도밖에 안 되는 죄다. 대부분은 벌금형도 안 된다. 갑오개혁 때 없어진 태형령을 일제가 되살렸으니 기껏해야 매 몇 대 때리는 처벌이 고작일 게 뻔하다. 변변한 처벌을 할 수가 없다. 매 몇 대 맞고 풀려나면 더 힘을 내서 만세를 더 크게 부를 게 뻔하다. 그러므로 일제에게 가장 편하고 간단한 방법이 현장 처형이다. 체포에 불응하고 헌병을 해치려 했다는 죄목을 씌우면 현장에서 사형을 집행하기에 딱 좋은 핑계다.

수천, 수만 명이 모여 돌 하나 못 던지고 주먹질 한 번 못한 채로 총에 맞아 쓰러지고 휘두른 칼을 맞고 죽고 말다니, 일제가 가책이라도 느끼고 양심을 찾기라도 바란다는 말인가! 방방곡곡에서 만세운동이 벌어진다는 소식이 들려와도 전혀 기쁘지 않고, 희망이 생기지 않았다.

"석전 하듯 돌이라도 던져보지 않고."

만세운동이 전국으로 퍼져나가고, 더 많은 사람이 죽는다는 소식을 들을 때마다 여성은 답답한 속내를 감추지 못하고 피울음을 토했다. 종로 거리를 가득 메울 정도로 수많은 이들이 만세를 불렀다고 했으니 경찰서로, 총독부로, 헌병대로 몰려가 다 때려 부숴도 남을 만큼이다. 일제는 우리 백성을 파리 목숨보다 못하게 여기는데 왜 우리는 일본 사람을 털끝 하나도 건드리지 않으려 하느냐며 답답해했다.

만세운동을 이끈 지도자 33명이 왜 비폭력을 선택했는지, 약수 형님 중학교 은사인 박중화 선생이 보내온 편지로 알게 되었다. 미국 대통령 윌슨이 발표한 민족자결주의를 믿은 탓이다.

"청나라를 믿고 그다음엔 러시아를 믿고 또 미국을 믿어 결국 일본한테 먹히더니, 이번에도 또다시 미국을 믿었다고?"

'민족이 처한 문제는 민족 스스로 해결해야 하며 미국은 그 민족을 돕겠다'는 윌슨 말에 기대를 걸고는, 만세운동을 일으키면 미국이 일본한테 물러가라고 해줄 거라 믿었다는 말이다. 윌슨 대통령과 미리 약속한 일도 아니고 막연한 기대 하나만으로 온 나라와 백성을 죽음으로 몬 일은 무책임하다고밖에 할 수가 없다. 윌슨이 내세운 민족자결주의가 우리나라에도 해당된다면 파리평화회의에서 김규식이 연설할 때부터 미국은 우리를 돕겠다고 나섰겠지. 일본과 한 편인 미국에 기대를 걸다니 뭘 몰라도 한참 모르는 소리다. 파리평화회의에서 미국이 어떤 태도를 취했는지 몰라서 벌인 일이 분명하다. 윌슨이 말하는 민족자결주의는 세계대전 패전국이 지배했던 식민지에 독립을 촉구해, 패전국이 식민지를 포기하게 만들려는 교활한 술책일 뿐이다. 조선은 승전국인 일본이 차지한 식민지니까 민족자결에 해당되지 않는다.

우리가 일본에게 외교권을 빼앗겼던 을사년에 가장 먼저 공사관을 철수해버린 나라가 미국이다. 미국이 필리핀을 차지하는 것을 일본이 눈감아주는 조건으로, 미국은 조선 강점에 나선 일본을 도왔다. 일제가 조선 양반에게 쏟아부은 은사금을 비롯해 조선 강점에 든 엄청난 돈도 미국이 다 댔다는 사실을 모르고 하는 소리다.

"민족자결주의가 진심이라면 조선 땅에서 저토록 많은 사람이 죽어가는데 윌슨이 여태 왜 가만있겠어."

내 말에 약수 형님도 여성도 맞장구를 쳤다.

"조선 민중이 독립에 눈을 떴으니 열망을 모아 힘을 키우자는구나."

약수 형님이 편지에 적힌 진짜 용건을 전해주었다. 조선으로 돌아와 독립운동을 해보자는 거였다. 조선 민중을 계몽해서 스스로 독립을 이루는 힘을 키워가자 했다며 편지를 보여주었다.

"만세운동이 일어나서 왜놈 탄압이 더 심해질 텐데 들어가서 어떻게 하려고요?"

조선에 있는 사람도 나올 판인데 반대로 들어간다는 건 말이 안 된다. 그러나 약수 형님은 군대를 키우는 일은 불가능하다고 이미 결론을 내려버렸다. 더 이상 설득할 수가 없다. 국내로 가는 길은 따를 수 없다. 같이 돌아갈 수도 없다.

"약산과는 끝내 생각이 합쳐지지 않는구나."

약수 형님도 더는 나를 설득하려 하지 않았다. 아무리 생각해도 싸움을 모르는 백성이 만세만으로 일제와 맞서는 건 소득 없는 희생만 키울 뿐이다. 군대는 군대로 물리치는 방법 말고 다른 길이 없다.

"들어가서 자리 잡고 있을 테니 생각해보고 뒤따라오너라."

약수 형님은 그 말만을 남기고 조선으로 돌아갔다.

독립을 위한 유일한 길, 의열투쟁

길림에서 고모부를 만나 삼원보에 있는 부민단 마을을 찾아갔다.

"꼭 조선 땅 같지?"

고모부가 묻지 않아도 조선 땅 어느 지방 풍경이랑 하나도 다르지 않았다. 들판을 가로질러 물길이 있고, 바닥에 지푸라기 그루터기가 죽 이어져 있다. 벼농사를 지어서 거두어들인 빈 논이 분명하다. 만주에서 벼농사는 조선 사람이 건너와 땅을 고르고 물길을 내면서 시작되었다는 말을 예전에 고모부한테 들은 적이 있다.

"벼논이 보이면 다 온 셈이다."

고모부는 조선 사람은 어딜 가도 무슨 수를 써서라도 기어이 벼농사를 지으니, 벼논은 조선 마을이라는 간판이나 마찬가지라고 했다. 머잖아 들판 너머로 마을이 보였다. 학교도 있는 큰 마을이었다.

"여기가 압록강 바로 건너편이라 왜놈에게 나라를 빼앗기기 훨씬 전부터 많은 조선 사람이 건너왔다. 물론 그때는 악독한 양반 관리를 피해서 건너온 거였지만."

고모부 말대로라면 조선 사람이 만주에 건너와 산 지는 오래전부터다. 일제 탄압을 피해 건너온 사람이 늘면서 부민단 같은 큰 마을이 생겼다. 중국 관리도 간섭을 안 하는 마을, 조선 사람끼리 스스로 다스리는 마을이다.

“여기도 처음에는 조선 사람을 꺼리는 중국 사람이랑 많이 부딪쳤다.”

고모부는 부민단이 조선 마을로 자리 잡는 과정이 만만치 않았다고 알려주었다. 둔전을 구하러 다닐 때 중국 사람이 땅을 팔지 않으려는 까닭이 바로 이렇게 되는 것을 두려워한 때문임을 여기서 몸과 눈으로 깨달았다. 이곳은 1907년 대한제국 군대가 해산될 무렵, 우당 이회영 선생이 일본이 방해할 수 없는 곳에 독립기지를 건설하려고 간도 땅 여기저기를 돌아다녀서 겨우 찾아낸 땅이다.

스스로 생산하고, 스스로 가르치고, 스스로 지키는 마을. 약수 형님, 여성과 결의한 독립군 마을도 이런 모습이다. 이런 마을 정도라면 군대를 키우고 독립운동을 충분히 펼쳐나갈 수 있는 규모다. 마을이 군대를 먹여 살리고 군대는 마을을 지키면서 힘을 키워, 두만강과 압록강을 건너 조선 땅으로 밀고 들어가 왜놈을 남쪽으로, 점점 남쪽으로, 남쪽 끝까지 밀어내 드디어 남해 바다에 몰아넣어버리면 바로 독립이 이루어지겠지!

하지만 군대만 키우지 않으면 중국도 크게 간섭하지 않는다는 고모부 말에 쉽지 않은 꿈임을 깨달았다. 조선 사람이 군대를 키우면 마적단처럼 중국 정부도 다루기 힘든 무장대가 되고, 일본에 맞서서 만주에서 전투라도 벌이면 중국에도 큰 골칫거리가 되기 때문이다.

손일민 선배와 김좌진 장군이 숙소로 찾아왔다. 두 사람은 둔전 사업 좌절을 진심으로 위로해주었다.

"이왕 이렇게 된 일, 여기서 같이 일합시다."

김좌진 장군은 내가 부민단에 큰 도움이 될 거라며 힘을 합치자고 했다. 독일로 가지도 못하고, 둔전도 못하게 되어버렸으니 부민단으로 마음이 기울어졌다. 만세운동이 일어난 뒤부터 망명하는 사람이 부쩍 늘어서 부민단에도 청년이 넘쳐난다고 했다. 부민단이 점점 커지자 마을 둘레에 사는 중국 사람도 대부분 떠나서 이제는 거의 살지 않는다고 했다. 중국 사람이 없으니 중국 정부 눈치를 보지 않아도 된다. 이제는 군대를 키워도 되지 않을까 하는 기대도 생겼다.

나는 손 선배와 김좌진 장군을 향해 총을 구할 수 있는지 물었다.

"중국은 당연히 안 팔 것이고, 러시아도 내전을 치르는 중이니 밖으로 팔 총은 없을 것이오."

김좌진 장군이 가벼운 한숨과 함께 고개를 가로저었다. 한두 자루가 아니라 수천 명 군대가 무장할 수 있을 만큼 총을 많이 구할 수 있는 길은 마적단과 교섭해보는 방법 하나뿐이라는 말에 답답함이 확 밀려왔다. 마적단과 교섭이 되어서 돈을 들고 만나러 간다 해도 총은 구경도 못하고 돈만 빼앗길 위험이 너무도 크다. 신성한 조국 독립을 위한 무기 구입을 믿을 수도 없는 도적 떼와 도모해야 한다니, 이런 현실이 너무도 서글펐다.

"중국이 군대 양성을 눈감아준다 해도 총이 없으니."

고모부도 대규모 군대를 만들어 무장투쟁을 벌여나갈 수 없는 현실에 공감했다.

"역시 의열투쟁뿐이에요."

내가 내린 결론은 열혈 지사가 앞장서 적을 암살하고 시설을 파괴

하면 조선 민중이 폭력 의거를 일으켜 강도 일본을 타도하고 광복을 이루는 길이다. 의열투쟁은 총을 수천 자루 구하지 않아도 되고 사람을 수천수만 명 모으지 않아도 된다.

내 결론에 고모부도 아니라고 하지 않았다. 그러나 없는 길을 새로 내고, 같이 갈 사람을 구하는 일은 한 걸음도 나가지 못한 채 자꾸 난관만 확인할 뿐이었다. 때를 기다리자는 손일민 선배 말이 야속하기까지 했다. 결국 내 힘으로, 내 손으로, 내가 할 수 있는 최대한을 하는 방법뿐이라는 결론에 도달했다. 고통스러운 결론이다.

임시정부가 세워졌으나 이승만은 실망만 주었다

만세운동이 일어난 뒤에 중국으로 건너오는 사람이 부쩍 많아진 까닭은, 만세 한번 부르고 왜놈에게 쫓겨 도망치기도 했고, 만세를 부르면서 독립 열망이 생겨 망명을 결심한 사람도 많아졌기 때문이다. 독립운동은 특별한 사람이나 하는 아주 거창한 일인 줄 알았는데 만세만 불러도 독립운동이 된다는 깨달음이 망명객 수를 크게 늘렸다. 망명객이 늘어난 일이 결코 기쁠 수만은 없었다. 하지만 세주가 왔을 때는 마냥 기쁘기만 했다.

"국내에서는 활동을 못해."

세주는 만세운동을 이끈 일로 결석재판에서 1년 6개월 형을 받았다. 의미 없는 옥살이로 고생하느니 잘 왔다고 반겨 맞았다. 더 반가운 일은 국내에서 온 사람과 중국, 만주, 연해주에 흩어져 독립운동을 하는 사람이 상해에 모두 모여서 정부를 세운다는 소식이었다. 독립이 될 때까지 임시로 정부를 세운다며 만나는 사람마다 임시정부 얘기로 활기가 넘쳤다. 일본군에게 쫓겨 온 의병도, 독립운동 기지를 세운 세력도, 흩어져 있으면 고만고만한 작은 힘이지만 한 정부 아래 모이면 큰 힘이 된다!

1919년 4월 11일, 임시정부는 황제가 다스리는 '제국'이 아니라 백성이 주인인 나라라는 뜻인 '민국'임을 내세워 대한제국을 '대한민국'으로 바꾸고 임시헌장을 반포했다. 일제를 몰아내고 해방을 맞이하더라도 황제 나라로 돌아가지 않고 백성이 주인 되는 나라를 세운다는 큰 뜻이 나라 이름에 담겼다. 고모부도 재정위원이라는 직책으로 대한민국 임시정부 요인이 되었다.

관운장이라는 별명이 붙은 고모부는 전국을 돌며 군자금을 모으는 데에 탁월한 능력이 있었다. 임시정부 자금도 18만 원이나 모았다. 동양척식주식회사 관리인 양인보는 경남 창녕군에서 동양척식주식회사가 거둔 소작료 1년 치를 임시정부에 내놓았다. 황상규라는 이름만 대면 방귀깨나 뀌는 권력자도, 천석꾼 만석꾼 부자도 돈 보따리를 냉큼 내놓는다는 전설 같은 말이 늘 따라다녔다. 관운장 같은 풍모 앞에서 생쥐처럼 쪼그라들기 때문이라는 무용담도 널리 퍼졌다.

임시정부는 여러 독립운동단체에 자금을 지원해 힘을 키우도록 돕는 일은 물론이고, 미국 샌프란시스코에 독립군 공군을 양성하는 비행학교를 만들 계획도 세웠다. 일제에 나라를 빼앗긴 지 10년 만에 찾아온 훈풍이었다. 어디서든 조선 사람이 모인 곳이면 이제야 제대로 된 독립운동이 시작되었다며 들떴다. 마치 축제처럼 임시정부에 취했다.

처음에 세주가 이승만이 대통령이 되었다고 했을 때는 무심코 들었다. 그러나 이내 믿기 어려운 소식이 전해졌다.

"이승만이 임시정부 대통령이 됐는데, 상해로 안 온대. 계속 미국에 있겠대!"

세주 입에서 나온 이 말은 우리 모두를 기막히게 했다. '그러니까 미국에 있는 사람을 왜 대통령으로 추대를 해가지고선' 하는 불만이 여기저기서 봇물처럼 쏟아졌다.

이승만을 대통령으로 세운 까닭은 임시정부를 세운 주축이 경기도와 황해도 출신에다 개신교 신자이기 때문이다. 지역주의와 개신교 신자라는 종교 파벌이 적잖이 작용한 탓이다. 이승만을 추대한 세력이 내세운 명분은 미국과 박사였다. 이승만이 미국에서 박사 학위까지 받았으니 임시정부 요인 가운데 가장 많이 배운 사람이라고 여긴 까닭도 크게 작용했다. 미국에서 활동하는 이승만을 대통령으로 세우면 임시정부가 일본을 대적할 때 큰 나라인 미국으로부터 도움을 받기가 수월하리라는 기대도 있었다. 3.1만세운동 때도 아무런 도움을 못 받았으면서 여전히 미국바라기를 버리지 못했다. 보이는 면과 보이지 않는 면이 모두 작용해 가장 많은 사람이 추대해서 이승만은 대통령이 되었다.

하지만 이승만에게는 임시정부가 있는 상해로 올 생각이 처음부터 없었다. 독립운동가에게 위험 요소라고는 한 줌도 없는 미국에 머물면서 워싱턴에 구미위원회를 만들고 대통령 집무를 보았다. 결국 임시정부는 대통령이 함께하지 않는 껍데기 정부가 되어버렸다. 그뿐만이 아니라 이승만은 나랏일을 임시정부와 의논하지도 않고 마음대로 정했다. 워싱턴에서 제멋대로 국채를 발행했다. 나라가 빚을 지는 일을 혼자서 결정하고 마음대로 집행했다. 자신이 대통령이니 나랏돈을 어디에 쓸 것인지 직접 결정하겠다면서 임시정부가 가지고 있는 돈도 모두 자기에게 넘기라고 떼를 썼다. 국무총리 이동휘가 이승만에게 국채 발행을 중단하라고 촉구했으나 이승만은 사람을 보내 임시정부 재정을 넘겨달라는 말만 되풀이할 뿐이었다.

"지역별, 종교별, 이념별로 파벌이 너무 심하다. 나 같은 사람 의견은 받아들이려고도 않는다."

길림으로 돌아온 고모부는 임시정부에 치를 떨었다.

"권력만 있고 책임은 없는 대통령이다."

고모부는 미우나 고우나 뜻을 모아 이승만을 대통령으로 추대했으니 어쩔 수 없이 재정을 넘겨줄 수밖에 없게 되었다면서 임시정부로 돌아가지 않겠다고 등을 돌려버렸다. 전국을 돌며 모은 피 같은 독립자금이 껍데기만 대통령인, 사실은 개인에 불과한 이승만에게 넘어가고 말았다. 독립운동단체를 돕는 임시정부 사업도, 샌프란시스코에 세우기로 한 비행학교 사업도 중단되었다.

고모부뿐만 아니라 임시정부에 모인 사람 대부분이 원래 자기가 활동하는 단체나 지역으로 돌아가고 말았다. 정부에 부임할 생각도 없는 대통령을 무작정 바라만 보며, 다른 나라에 호소 편지나 보내는 임시정부에서는 할 수 있는 일이 아무것도 없을뿐더러 파벌 싸움으로 뜻을 하나로 모으기도 무척 어려워졌기 때문이었다. 미국에 있는 이승만이 재정을 틀어쥐고 돈을 보내지 않으니 상해 임시정부는 예산이 없어 제대로 된 사업을 할 수도 없었다. 더 참담한 일은 임시정부 재정권을 독차지한 이승만이 독립에 대한 열망을 담아 모은 돈으로 고급 호텔에 묵으며, 마흔다섯이 넘은 유부남이면서 스무 살도 채 안 된 처녀와 엽색 행각을 벌인다는 소문이었다.

"너무 부끄럽다."

고모부는 공부를 많이 해도 됨됨이가 공부만큼 안 되는 사람이 많다면서 이승만이 임시정부를 망쳐간다고 걱정이 컸다. 한마음으로 임시정부에 모여 독립운동을 펼치려 한 계획은 물거품이 되고 말았다.

1907년 13도창의군 대장이 부친상을 핑계로 도망치는 바람에 전국 의병이 서울로 밀고 들어가지 못한 일에 이어, 만인이 모은 힘을 한 사람이 흩어버리는 역사를 또 한 번 겪은 셈이다. 결국 내 힘으로, 내 손으로, 내가 할 수 있는 최대한을 찾는 길뿐이다.

2

의열투쟁에 명운을 걸다

의열단을 결성하다

이제 겨우 11월인데 펑펑 함박눈이 내렸다. 한겨울에 감질나게 찔끔 내리다 마는 밀양과는 송이 크기부터 비교가 안 된다. 밀양에 오는 눈은 발끝에서 뽀드득 소리를 낼 정도로 쌓이는 경우가 거의 없지만 길림에 오는 눈은 무릎까지 빠지게 쌓이는 일이 예사다.

1919년 11월 9일, 파호문 밖 반씨 집, 이종암이 구해놓은 비밀 아지트다. 독립운동가 연락처도 되고, 이종암이 구국모험단 김성근 단장한테 배워온 제조 기술로 폭탄을 만들고 실험도 하는 장소로도 썼다.

"눈보라가 몰아치고 강추위가 닥치니 우리 의지는 더 날카로워집니다."

김상윤이 소스라치는 몸을 추스르며 추위에 쩔쩔맨다는 핀잔을 듣지 않으려는 듯 너스레를 떨었다. 밀양에서 3.1만세운동을 이끌다 망명해 온 몸이니 만주 추위 맛은 처음 보는 김상윤이다. 응달진 강물에 얼음이 겨우 어는 밀양과는 비교가 안 되는 추위다.

밀양에서 온 동지도 있고, 임시정부 별동대인 구국모험단에서 합숙을 할 때 만난 동지도 있다. 지난 6월 신흥무관학교에 입학했을 때 뜻을 모은 동지도 있다. 비록 두 달밖에 다니지 못한 신흥무관학교지만, 폭탄 제조법도 배우고 평생을 함께할 동지도 여럿 얻었다. 고모부 황상규는 김좌진 장군과 북로군정서 부대 만드는 일이 바빠 창단 모임에 오지 못했다. 뜻을 같이하기로 했으나 다른 일이 있어서 못 온 동지도 여럿이다.

이종암이 회의를 이끌겠다면서 처음 보는 사람도 있으니 자기소개부터 하자고 했다.

"밀양 사람 김원봉이오."

어색한 분위기를 깨려고 내가 먼저 나섰다.

"밀양 사람 윤세주요."

"밀양 사람 김상윤이오."

어쩌다 보니 나를 이어 자기소개를 한 사람이 모두 밀양 출신이다. 일부러 맞춰 앉지도 않았는데 줄줄이 밀양 사람이다.

"이거 밀양 사람 아니면 서러워 살겠나. 나는 달성 사람 이종암이오."

달성이 밀양에서 그리 멀지 않으니 텃세 부리지 말라는 이종암 말에 방 안에 파하하 어색한 웃음이 터졌다. 임시정부에서 벌어진 지역 파벌싸움을 떠올렸기 때문이다.

"밀양 사람 아니면 일어나서 가야 하나 잠시 망설였답니다."

웃음이 잦아들자 강세우가 허리를 숙이며 자기소개를 했다. 자신은 밀양에서도 멀고 달성에서도 먼 함경도 삼수 사람이지만 우리 모두 한 나라 사람이니 괄시 말라는 너스레 덕분에 팽팽한 긴장이 모두 깨졌다.

모든 동지가 자기소개를 마치자 이종암이 활짝 웃으며 덧붙였다.

"자유로부터 오는 영원하고 완전한 평화와 쾌락을 얻기 위해 모인 동지 여러분! 뜨겁게 환영하오."

모두 엉덩이를 살짝살짝 들썩이며 고개를 끄덕였다. 이종암이 개회사를 하라며 내 쪽으로 눈길을 주었다.

"자유는 우리가 쏟은 힘과 우리가 흘린 피로 이룬 혁명으로만 얻어지는 것이오."

나는 이렇게 강한 어조로 말문을 열었다. 적을 하나라도 쏘아 죽여야 독립이 오지, 다른 나라에 편지나 해대면서 큰 나라 처분만 바라고서야 어찌 독립을 쟁취할 수 있겠느냐며, 의로운 일을 맹렬하게 실천하는 조직으로 의열단을 창단한다는 취지도 밝혔다. 모두에게 이 자리에 모인 까닭을 상기시키고, 각오도 더욱 굳혔다.

이어서 대장을 정하기로 했다.

"황상규 동지는 참석을 못하셨고, 앞으로도 여러 가지 다른 일로 직접 이끌기는 어려운 상황입니다. 우리를 이 자리로 이끈 사람이 약산이니, 마땅히 대장 자리를 감당할 사람은 약산뿐입니다."

이종암 제안에 모두 박수로 찬성을 표했다.

"부임도 않는 대통령을 세웠다가 풍비박산 지경이 된 임시정부 꼴 나면 안 됩니다."

서상락 말에 모두 쓴웃음을 지었다. 그러나 나는 고모부가 맡아야 할 자리라며 사양했다.

"그럼 황상규 동지가 맡을 형편이 될 때까지만 맡으시오."

이종암이 그렇게까지 말을 하니 더 이상 사양할 수가 없었다. 지나친 사양도 미덕이 아니다. 이종암은 고모부와 함께 활동하는 북로군정서에서 온 동지다. 북로군정서를 대표해서 고모부 뜻을 받아서 온 사람이다. 높은 자리는 큰 권력이나 과시가 아니다. 책임을 크게 진다는 뜻이다. 의열단을 창단하기로 결심한 내가 마땅히 가장 큰 책임을 감당해야 한다.

나이로 보나 경륜으로 보나 내가 단장이라는 자리를 맡을 수 없으니 단장은 고모부 황상규를 기회를 보아 모시기로 했다. 또한 우리가 비록 피를 나눈 사이는 아니지만, 의로써 형제를 맺었으니 맏형이라는 뜻으로 의백義伯이라 부르기로 정했다.

문밖에서 들리는 승냥이 울음이 비감에 빠지게 하고, 눈을 머금은 바람 소리가 문창을 두드려도 아무도 웅숭그리지 않았다. 충의와 기백과 희생을 각오한 사람만이 단원이 되며, 어디에 있더라도 단이 부르면 응해야 한다는 규약을 정했다. 배신하는 자는 즉시 처단하며, 단원을 해친 자를 세상 끝까지 쫓아가 복수하자는 규약도 넣었다.

"앞으로 들어오는 단원은 서로 얼굴을 트지 않아야 합니다."

김상윤은 의열단이 점조직이어야 하는 까닭을 설명했다. 의열투쟁은 몇백 명 무리로 하지 않으니 굳이 동지를 모두 알 필요가 없고, 거사 중에 만나야 한다면 그때 암호를 정하면 될 일이다.

"체포될 지경이면 자결을 택하겠지만 자결에 실패하면 고문에 못 이겨 자신도 모르게 동지 이름을 발설해버리게 됩니다."

서상락이 일깨우자 다시 분위기가 숙연해지며 긴장이 흘렀다. 다만 오는 사람 막지 않고 가는 사람 잡지 않는다는 원칙으로 널리 단원을 모집하기로 했다.

"이런 밤에는 동치미에 군고구마가 제격인데 말이야."

출출했는지 배에서 꼬르륵 소리를 내는 서상락이 입맛을 다셨다.

"쩡하니 익은 동치미는 국수를 좋아하지요."

겨울이면 꿩을 잡아서 평안도식 국수를 먹곤 했다며 강세우가 군침 돋는 얘기에 불을 붙였다. 역시 먹는 얘기는 긴장도 숙연함도 순식간에 사라지게 하는 힘이 있다. 하지만 회의가 산으로 가버리고 먹는 얘기로 소란해져버렸다. 금강산도 식후경이니 먹고 하자며 이종암이 미리 마련해놓은 야참을 내왔다. 중국식 전병이었다.

"왜놈을 몰아내고 나면 동치미에 고구마도 실컷 먹고, 국수도 배터지게 먹어봅시다."

의열투쟁에 목표가 하나 더 늘었다며 강세우가 너스레를 떨었다.

야참으로 배고픔을 밀어내고 회의가 이어졌다. 왜놈을 몰아낸다는 '구축왜노驅逐倭奴'와 더불어 '광복조국光復祖國', '타파계급打破階級'을 비롯해 중국이 신해혁명에서 내세운 토지 소유를 균등하게 한다는 '평균지권平均地權'을 혁명 목표로 정했다.

처부술 대상을 조선총독부, 동양척식주식회사, 매일신보사, 각 경찰서, 기타 왜적 주요기관으로 정하고 '5파괴'라 불렀다. 이어서 처단할 대상을 정했다. 조선 총독 이하 고관, 군부 수뇌, 매국노, 친일파 거두, 밀정, 반민족 토호열신土豪劣紳 그리고 대만 총독을 넣기로 했다.

"대만도 우리처럼 왜놈에게 빼앗긴 땅입니다. 우리가 중국 땅에서 활동하려면 중국으로부터 도움을 많이 받아야 하니, 대만 총독을 처단하는 일도 우리 활동에 넣읍시다."

내 말에 모두 찬성했다. 이렇게 처단할 일곱 대상을 '7가살'이라 부르기로 했다.

의열단이 나아갈 강령과 공약을 정하고 나자 문밖이 훤해졌다. 긴긴 초겨울 밤이 후딱 지나갔다. 하품과 하품으로 견뎌내며 꼴딱 새웠다. 10대 후반에서 20대 초반 사이라는 젊은 나이만으로 이 열정을 다 설명할 수는 없다.

"고통이 주는 쾌락입니다."

이종암 말에 모두 박장대소로 공감했다.

우리가 폭탄을 던지고 왜적을 저격할 때마다, 조선 백성은 독립이 온다는 희망을 더욱 키울 것이고 독립 의지도 더욱 강하게 다질 것이다. 이것이 바로 우리가 의열투쟁을 사명으로 삼아야 하는 까닭이다. 의열투쟁으로 백성에게 희망을 안겨줄 수만 있다면 목숨 하나 버리는 일은 영원한 안식을 얻는 완전한 구원이라는 내 말을 깊이 받아들여준 단원 모두가 무척이나 고맙다.

1919년 11월 10일 아침을 난 평생 잊지 못할 게다. 우리는 머리를 단정하게 자르고 양복을 쫙 빼입고 창단식을 열고 기념사진을 찍었다. 우리는 독립을 위해 싸우는 신사임을, 대의를 위해 목숨 던지는 의로운 사람임을 겉으로도 보여주기 위함이었다. 의열투쟁은 신사라면 꼭 해야 하는 일이다.

특별한 훈련법

고령 사람 신철휴는 군청 직원 자리를 버리고 만주로 건너왔다. 지난 10월에 봉천에서 처음 만났다. 곽재기는 청주에서 청남학교 교사로 있다가 지난 7월에 망명했다. 두 동지는 그동안 폭탄 제조법을 조금 배우기는 했으나 사격을 해본 적은 없다.

"여태까지 짜릿한 연애가 한 번도 없었다니, 그렇다면 백면서생이오."

이종암이 놀리고는 하루 만에 명사수로 만들어주겠노라 큰소리를 쳤다. 이종암은 사격을 '연애'라고 했다. '짜릿한 연애'는 왜놈을 쏘아 죽였음을 말한다. 백면서생은 인명 살생을 안 해본 사람으로, 항일의병 전투 경력도 없는 사람이라는 뜻이다.

"독일에서 온 이 검은 혁명가는 존함이 마우저 C96이라오."

원본이 아니고 복제품이니 독일 출생은 아니고, 중국 출신 독일 혈통 신사라고 해야 맞는다며, 이종암이 검정 권총을 탁자 위에 올려놓았다. 신철휴가 침을 꼴딱 삼키고는 허리를 젖혀 몸을 뒤로 뺐다. 긴장되는 모양이다. 하지만 곽재기는 신철휴와 반대로 바짝 다가앉았다. 무슨 일이든 크게 벌이려는 배포 큰 곽재기답다.

"복제품이라 값이 싸니 우리 같은 가난한 청년과 벗이 되기에 안성

맞춤이오."

이종암이 권총 꽁무니에 붙은 콕킹피스를 뒤로 잡아당기자 등허리에 붙은 탄창 덮개가 열렸다. 열 발이 든 탄환 클립을 탄창에 내리꽂고는 엄지손가락으로 실탄을 눌러 아래쪽으로 밀어 넣었다. 탄창 안으로 실탄을 모두 밀어 넣고 남은 빈 클립을 빼내자 용수철이 콕킹피스를 앞으로 밀어서 탄창이 잠겼다. 동시에 장전도 되었다.

"이렇게 되는 것을 볼트 액션 방식이라고 하오."

볼트가 움직여 쏘고 난 탄피를 뱉어낸 다음, 다시 앞으로 돌아가면서 실탄을 장전하는 방식이다. 실탄이 발사되면 총알이 앞으로 나갈 때 뒤로 밀리는 힘에 콕킹피스가 물러나면서 볼트도 끌고 가는데 이때 탄창 덮개가 열리며 탄창 들어온 구멍으로 탄피를 뱉어낸다. 그러고 나면 용수철이 콕킹피스를 다시 앞으로 미는데, 이때 위로 밀려 올라온 실탄을 볼트가 물고 앞으로 밀고 가서 장전을 한다.

이종암은 공중에 대고 쏘아보라며 곽재기에게 총을 건네주었다. 긴장을 했는지 방아쇠를 당겨도 발사가 되지 않았다. 이종암이 그렇게 박력이 없어서야 어떻게 혁명가와 흉금을 터놓는 벗이 될 수 있겠냐며 핀잔을 주었다.

"혁명가는 결코 호락호락하지 않으니 좋은 벗이 되려면 진심과 사력을 다하시오."

이종암 말에 자존심이 상한 곽재기가 이를 살짝 악물고 몸을 움찔하며 당기자 탕! 발사가 되었다. 곽재기 코에서 피이! 바람 빠지는 소리도 덩달아 났다. 몸에서 긴장이 빠지는 소리다. 이종암이 권총을 건네받으며, 총 든 손이 흔들리면 힘을 주어 잡으려 하지 말고 손과 팔에 힘을 빼고 마음을 평안하게 다잡으면 흔들림도 줄어든다는 비결을 알려주었다.

“혁명가는 언제나 투쟁과 안락 사이에서 흔들리니 마음으로 붙잡으시오.”

이종암이 너스레를 떨자 양복 맞추러 나가는 서상락이 끼어들었다.

“이 동지는 못하는 게 뭐요?”

사격술을 가르치는지 혁명 철학을 가르치는지 모르겠다는 말은 부러움 같은데 말투는 놀림이 분명했다. 서상락은 신철휴와 곽재기를 번갈아 보았다.

“무엇이든 처음은 어렵다오. 자꾸 하다 보면 곧 손에 익을 게요. 그리고 사격술만 배우지 말고 혁명 철학도 잘 배워두시오. 뭐든 쓰일 날이 올 테니 말이오.”

격려로 하는 말이 분명한데, 서상락 얼굴에 실실 웃음이 달렸다. 사격술도 혁명 철학으로 배우니 긴장도 안 되고 좋다는 신철휴 말에 이종암이 한껏 고무되었다.

“그것 보시오. 좋은 선생 밑에 좋은 제자가 나는 법이오.”

이종암이 한술 더 떴다. 간밤에 모두를 움켜쥐고 있던 긴장과 피로를 왁자지껄한 분위기가 풀어내주었다. 마음이 한결 가벼워졌다.

아무리 이종암이 이런저런 농담으로 긴장을 풀어주려 애를 써도 사격술이 그리 호락호락할 리가 없다. 이종암은 사격도 정신력이라며 특별한 훈련법을 만들었다. 말뚝 일곱 개를 나란히 세우고 말뚝마다 7가살을 하나씩 쓰고는 가장 이가 갈리는 놈부터 쏘라고 했다.

신철휴는 조선 총독 말뚝을 겨냥했다.

"이놈이 우리 조선 민중을 핍박하니 가장 먼저 죽이고 싶소."

곽재기는 나라 팔아먹은 놈이 왜놈보다 더 나쁘다며 친일 고관 말뚝 앞에 섰다. 두 사람 모두 눈에 띄게 명중률이 높아졌다.

"목표를 명확하게 정하고 매진하면 다른 사람 마음을 얻는 것도 한결 쉽다오."

다섯 발씩 두 번 쏜 신철휴가 더 하겠다고 하자, 이종암이 총열을 잡아보라고 했다. 신철휴가 덥석 잡았다가 떨어뜨리듯 얼른 내려놓았다.

"뜨겁네요."

입으로 손을 호호 불면서 탈탈 털었다.

"혁명 과업이 크고 무거울수록 혁명가는 약해진다오. 혁명가를 혹사시키지 마시오."

이종암은 마우저 C96은 장점만큼 단점도 크다는 점을 알려주었다. 마우저 C96은 탄알 날아가는 속도가 빨라서 살상력이 좋은 총이다. 그만큼 탄알이 총열을 밀고 나가는 마찰열도 강하기 때문에 금세 달아올라버린다. 어느 일이나 강점은 반대편에서 그 크기만큼 약점이 되게 마련이다.

"이 혁명가는 방아쇠를 세 번 이상 당기지 않아도 결판이 나는 저격에만 써야 하오. 많은 사람과 대적하는 상황은 이 혁명가에게 힘에 부치는 일이오. 그럴 때는 접전을 피하고 도망치시오."

이종암이 혁명 철학을 담아 가르친 사격술 덕분에 백면서생 두 명이 하루 만에 반쯤 명사수가 되었다.

창단식에는 오지 못했으나 김태희, 이낙준을 비롯해 많은 청년이 속속 단원이 되었다.

"의열단 안 생겼으면 어쩔 뻔했어."

이종암이 의병부대라도 만들어질 분위기라며 기세를 올렸다.

단원 훈련을 위해 중국군 폭탄 기술 교관 주황을 초빙했다.

"마흔이나 된 사람을 이 촌구석까지 오라고 하시오."

바쁜 사람을 길림까지 불렀다고 투덜대면서도 주황은 입가에 웃음이 가득했다. 의열단이 창단된 소식을 듣고는 신흥무관학교에 초빙했을 때보다 더 투덜대고 더 기뻐해주었다. 단원 모두를 폭탄 기술자로 만들기 위해 폭탄 원리와 제조법을 배웠다. 이종암과 함께 나도 구국모험단에 있을 때 단장인 김성근에게 배운 기술을 단원에게 전했다.

"그런데 내 실력으로 만들 수 있는 폭탄은 성능이 그리 좋지 못합니다."

주황이 말을 하지 않아도 나 또한 잘 알고 있었다.

"화약도 좋은 것을 써야 하고 도화선 심지도 더 정교한 것을 써야 하는데 말이오."

김성근도 늘 아쉬워한 점이다.

안전핀을 뽑거나 불을 붙이면 폭발하는 폭탄 원리를 모르는 사람은 없다. 폭탄은 원리로만 따지면 그리 어려운 물건이 아니다. 물이 담긴 항아리나 잔을 빙빙 돌리면 물이 잔을 따라 빙빙 돌면서 바깥쪽으로 쏠려 깔때기 모양이 되는 원리가 폭탄에도 이용된다. 폭탄 몸통에 화약을 쟁여 넣고 주둥이에서 중심까지 깔때기처럼 비운다. 깔때기 모양으로 빈 공간 중심에 도화선을 초에 넣는 심지처럼 꽂는다. 도화선에 불을 붙이면 타 들어가 중심에서 화약에 불이 붙는다. 갑자기 생긴 열기가 미처 주둥이로 빠져나가지 못하니까 몸통을 부수며 터져서 화염이 분출하게 된다. 이 현상이 바로 폭발이다. 폭발하는 힘에 몸통이 조각조각 깨져 날려서 사람 몸을 찔러 다치게 하고, 시설도 부수고, 불도 지르게 된다.

문제는 동일하게 작동하는 폭탄을 여러 개 만들기가 참 어렵다는 점이다. 같은 원리로 수십 개를 만들어 한꺼번에 던졌는데도 어떤 것은 터지고 어떤 것은 안 터지기도 하고, 어떤 것은 셋을 세기도 전에 터지는데 어떤 것은 다섯을 세고 나서야 터지기도 했다. 똑같은 크기라도 어떤 것은 파편이 날아가 퍼지는 반경이 서너 발자국이고, 어떤 것은 스무 발자국도 넘었다. 좋은 시설과 기계가 없으니 성능 좋은 폭탄을 만들 수가 없다. 예상할 수 있는 시간에, 예상할 수 있는 위력으로 폭발해야 피해를 얼마나 줄 수 있는지 가늠할 수 있는데 우리 기술로는 균일한 성능으로 여러 개를 만들지 못한다.

"내가 할 수 있는 최대한이 여기까지밖에 안 되오."

주황은 돈은 고사하고 아무 대가도 바라지 않으면서 늘 미안하다고만 한다. 김성근도 늘 자기보다 더 뛰어난 기술자를 알아보라고 한다. 김성근도 주황도 최선을 다해 도와주면서도 기술이 부족하다며 미안해한다. 정식 군대가 아니니 무기를 만들어 공급하는 병기창이 있을 리 없고, 나라가 없으니 외국에서 정식으로 기술자를 초빙할 수도 없다. 아무리 돈이 많아도 누군지조차 모르는 청년에게 무기를 선뜻 팔 나라는 없다.

결국 만주에서 좋은 폭탄을 구하는 길은 총과 마찬가지로 마적과 교섭하는 수밖에 없다. 믿을 수 없는 사람을 상대로 목숨을 걸어야 하는 모험이다. 홍콩이나 마카오, 상해를 뒤져서 밀거래를 시도해보는 수밖에 없다.

의열단 1호 여성단원, 현계옥

어느 날 서상락이 웬 여자를 의열단 본부로 데리고 왔다.

"대구 기생 현계옥이라 합니다."

기생이라는 신분을 스스로 밝히다니 보통 당당함이 아니다.

"대구에서 현계옥을 모르면 남자가 아니라니까."

인사가 채 끝나기도 전에 서상락이 너스레를 떨었다. 그리고 현계옥은 지금 독립운동가 현정건을 찾아가는 길이라는 사실을 알려주었다. 나는 서상락 귀에 대고 찾았느냐고 속삭여 물었다.

"찾아간다기보다 소식 오기를 기다린다는 말이 더 맞아요."

내 물음을 들었는지 서상락이 채 대답하기 전에 현계옥이 먼저 말을 꺼냈다. 현정건은 군자금을 모금해서 뒤따르기로 했단다.

"소설가 현진건이 그분 동생 아니오?"

세주가 알은척하자 그렇다고 하고는 현계옥이 단원마다 일일이 눈을 맞추었다.

"신사분들, 며칠 신세 질게요. 잘 부탁합니다."

현계옥은 전혀 주눅 들지 않았다.

현계옥은 국내에 있을 때부터 이름을 익히 들어 알고 있었다. 중국에서 '비록 기생이 직업은 천해도 애국은 한 가지다'라며 구국단과 혁명단을 조직했다는 말을 들은 현계옥은 자신도 기생이지만 독립운동에 나서기로 작정했다. 직접 뛸 수는 없으니 독립운동가 모임을 기루에서 열도록 주선해 도왔다. 기루에 드나들며 돈이나 써대는 얼간이를 일제가 독립운동가로 여길 리 없다는 점과 일본 경찰도 감시를 하려면 많은 돈을 쓰며 기루에 드나들어야 한다는 점을 노렸다. 이때 독립운동가 현정건을 만났다. 상해로 가서 이탈리아 신문기자로 활동한 현정건이 체포되어 국내 감옥에 투옥되었다가 풀려나자 같이 망명에 나선 길이다. 다시는 헤어지지 않겠다며 연인을 따라나선 열혈 여성이다.

대문간 옆 마구간에 집주인인 반씨가 지난가을에 허리를 다치기 전까지 늘 타온 말이 있었다. 반씨가 탈 테면 타라고 허락한 말이다. 여남은 살에 고향 마을에 들어온 사냥꾼 말을 타보았다는 이성우가 안장을 얹어보려다가 뒷발질에 가슴팍을 차일 위기를 겨우 피했다. 허벅지를 차이고 며칠 다리를 절고 다녔다. 말은 쇠로 만든 징이 발바닥마다 박혀 있다. 뒷발질은 망치보다 더 세다.

"까딱했으면 발길질 한 번에 저세상 갈 뻔했소."

그 정도로 끝나서 다행이라며 반씨한테 놀림을 받았다. 다른 대원은 말이라고 해봐야 달구지 얻어 타본 정도 인연이 전부였다.

"호락호락한 말이 아니야."

이종암이 고개를 가로저었음은 물론이고, 아무도 가까이 가지 못했다. 털도 매끄럽고 잘생겼는데 성질머리는 몹시 까칠하다. 반씨 부인은 볼 때마다 팔아버리라고 했지만 반씨는 자기 말고는 아무도 타지 못한다며 고개를 저었다.

그런 말 등에 현계옥이 척 올라탔다. 단원 모두 입이 헤벌어졌다.

"곱단이도 달리고 싶지?"

현계옥이 고삐를 당겨 박차를 가하고는 마당을 한 바퀴 빙 돌더니 허리께는 족히 되는 흙담을 훌쩍 뛰어넘었다. 그리고는 들판을 한참 내달리다 대문으로 들어왔다.

"제가 처음으로 승마를 한 여성으로 신문에 난 줄 모르시죠?"

현계옥이 토닥토닥 잔등을 쓸어주자 말은 강아지마냥 순하게 굴었다.

"말이라고 다를 게 있나요. 말이나 사람이나 다정하게 대해야 곁을 준답니다."

감탄하는 여러 단원을 향해 현계옥이 어린애라도 타이르는 듯한 말투로 일깨웠다. 현계옥은 처음부터 무작정 말에 올라타지 않았다. 며칠 동안 마구간 청소를 하고, 털을 빗질해주고, 먹이 주는 일을 즐겁게 해냈다. 중국 사람이 키우는 말이니 조선말은 알아듣지도 못한다고 여겼는데 아니었다.

"곱단아, 곱단아."

조선말로 이름도 지어 부르면서 말과 소통을 했다. 소용없는 짓이라며 빈정거린 여러 사람 코를 현계옥이 납작하게 만들었다. 열혈 여성이라는 말은 그냥 붙은 별명이 아니다.

며칠 뒤에는 현계옥이 여자도 단원이 될 수 있느냐고 대뜸 물어왔다. 보통 여자였다면 아무런 주저 없이 고개를 가로젓고 말 물음이다. 하지만 현계옥이니 대답이 얼른 나오지 않았다.

"여자가 어떻게 험한 일 하느냐며 거절하시나요?"

역시 다른 여자였다면 고개를 끄덕였을 물음이다. 말을 타는 과정을 보지 못했다면 당치 않다는 생각부터 했을 일이다. 세주가 여성 차별은 안 된다며 의열단 강령을 상기시켰다.

"대중을 모든 압박에서 해방시킨다는 뜻도 있고."

여성대원이 꼭 필요한 임무가 조직될 수도 있고, 여성대원이 있으면 만들어볼 공작도 많아진다는 말에 고개를 마냥 저을 수는 없었다. 안 된다고 할 명분은 없는데 된다고 해야 할 명분은 자꾸 나왔다. 그리하여 모든 대원이 박수로 현계옥을 1호 여성대원으로 받아들였다.

현계옥은 당장 사격을 가르쳐달라고 졸랐다. 잠깐 장난으로 하려는 눈치가 결코 아니다. 서로 가르치겠다고 나설 줄 알았더니 아무도 나와 눈을 마주치려 하지 않았다.

"요새는 손목이 아파서 총을 전혀 못 쏘겠네."

이종암조차 벌떡 일어나 자리를 피하려고 했다.

"신철휴 동지와 곽재기 동지를 가르친 실력을 발휘해주시오."

나는 이종암에게 부끄러워 말라며 등을 떠밀었다. 그러나 이종암은 눈이 침침해서 표적이 안 보인다며 빠져나갈 궁리만 했다.

"부끄러워 마시오."

새로 온 김태희도 백면서생이니 같이 가르치라고 해서 겨우 맡겼다. 이종암은 못 이기는 척 자기 방으로 가더니 총을 꺼내 왔다.

며칠 동안 맹훈련을 해서 총을 잘 다룰 수 있게 된 현계옥은 마당

가운데에 말뚝 하나를 세우고 주먹돌 하나를 올렸다.

"말 위에서 맞혀볼게요."

말을 타고 빙빙 돌면서 빈총으로 조준하고는 방아쇠를 당기는 연습을 했다. 빈총으로 하는 격발 연습이다. 대원 모두가 넋을 잃고 보고 있었다. 현계옥은 열댓 바퀴를 돌더니 준비가 됐다며 대문간 안으로 모두 들어가라며 손등을 훠이훠이 내저었다. 세 바퀴를 다 돌기도 전에 주먹돌이 총에 맞아 땅으로 떨어졌다.

드디어 현정건이 상해에 도착했다는 소식이 오자 현계옥도 상해로 길을 잡았다.

"언젠가는 저도 의열단을 위해서, 아니 빼앗긴 나라를 위해서 꼭 쓰일 날이 있겠죠?"

현계옥은 의열단 규약대로 언제든 어디에 있든 단이 부르면 즉각 응하겠다고 다짐했다. 현계옥이 현정건이 있는 곳에 갈 때까지 무사하기를 빌었다.

드디어 1차 거사를 실행하다

1920년 2월에 의열단 본부를 북경으로 옮겼다. 북경엔 오래전부터 자리 잡은 중국 정치 세력이 많을 뿐만 아니라 조선 사람이 키운 정치 세력도 많다. 여러 정치 세력으로부터 지원받기도 용이하고, 임시정부에서 나와 상해를 떠나온 사람이 많아서 활동하기도 편했다.

의열단이 일으킬 첫 거사가 정해졌다. 한날한시에 폭탄을 투척하기로 했다. 조선에 사는 모든 왜적은 폭탄을 맞고, 모든 관청은 파괴되어 결국 일제가 맥을 못 추고 쫓겨 가는 그림을 그렸다.

상해에서 중국 사람으로부터 구입한 폭탄을 영국 사람 보일에게 부탁해 단동으로 날랐다. 폭탄을 궤짝 맨 아래에 깔고, 책을 얹어서 위장했다. 일부는 국내로 수입되는 수수가마니에 감추어 들여갔다. 국내로 들어간 모든 단원은 각각 자기 위치에서 대기하고 있었다. 여기까지는 모든 준비가 착착 진행되었다.

공동 책임자인 곽재기는 거사를 일으킬 동지와 자금을 모아나갔다. 5파괴로 정한 조선총독부, 동양척식주식회사, 매일신보사, 각 경찰서, 기타 왜적 주요 기관과 7가살로 정한 조선 총독 이하 고관, 군부 수뇌, 매국노, 친일파 거두, 밀정, 반민족 토호열신마다 한꺼번에 폭탄을 던지려면 많은 사람이 필요했다. 사람을 모으는 일에 시간이 걸릴 수밖에 없었다.

거사 공동 책임자인 이성우는 국내와 중국을 잇는 연락책을 맡아 파고다공원 뒤 파고다여관에 묵고 있었다. 연락책이라는 자리가 거창한 듯해도 부산이나 밀양 등에서 누군가 소식을 가져오면 본부로 암호 전보를 치거나 본부에서 보낸 암호 전보를 국내에 있는 동지마다 전하는 일이 고작이었다. 하루 이틀도 아니고 피 끓는 청년이 꽃 피는 봄날에 두 달이나 여관에 갇혀 있으니 답답함은 이루 말할 수 없었을 게다. 혼자라는 외로움도 결코 작지 않았을 게다.

그날도 이성우는 우편국이 문을 닫고 난 저녁 시간을 파고다공원 팔각정에 앉아서 무료하게 보내고 있었다. 양복 입은 신사가 다가와 서울에 오래 머무르는 모양이라고 물었을 때 경계심이 생기지 않은 이유도 무료함 때문이었다. 저녁 무렵 가끔 보는 남자였다. 퇴근길에 산보 삼아 들르는 모양이라 여겼다. 남자는 이성우에게 4월인데 여태 겨울 양복을 입고 있는 걸 보니 서울 사람이 아닌 듯하다며 말을 건넸다. 의심은커녕 호의와 배려로 여긴 이성우는 만주에서 왔다는 대답을 자연스럽게 건넸다.

"나라가 이 꼴이라 똑똑한 청년이 너나없이 객지를 떠도는 것이오."

나라를 걱정하는 남자에게 경계심이 무너졌다. 자기를 김 선생이라고 부르라는 남자는 파고다공원에서 만날 때마다 어느 날은 양말도 사주고, 어떤 날은 국밥도 사주었다. 목욕도 같이 갔다. 목욕탕에 딸린 이발소에서 머리를 자를라치면 이발비도 내주었다.

'고국에 제대로 정신이 박힌 사람이 있구나.'

시간이 흐를수록 이성우는 마음이 흩어져버렸다.

이성우로부터 받은 마지막 전보는 독립운동가를 많이 잡아 가둔 밀양경찰서에 폭탄을 던지는 거사를 시작으로 조선총독부, 이어서 동양척식주식회사, 경찰서를 비롯한 왜놈 관청에 폭탄을 던지는 계획이 드디어 잡혔고, 거사 날짜를 확정하고 장소마다 맡을 사람을 정하는 회의를 열기 위해 1920년 6월 16일에 인사동에 있는 중국식당에 모이기로 했다는 소식이었다.

이성우는 식당으로 일본 경찰이 쳐들어와서야 자신이 무슨 짓을 했는지 깨달았다. 자기 손목에 수갑을 채운 사람은 바로 김 선생이었다. 김 선생이 자신을 경기도 경찰부 김태석 형사과장이라고 밝히는 순간에서야 모든 상황을 알게 되었다. 김태석이 저녁 시간이면 양복 차림을 하고 파고다공원을 돌며 수상한 사람을 염탐하는 눈길에 걸려들었다는 사실도 그때서야 알아차렸다.

"술 몇 잔 얻어 마시며 내 입으로 내뱉은 말이 동지를 파는 나불거림이었다니."

이성우는 고통으로 진저리를 쳤으나 이미 때는 늦어도 너무 늦었다. 김태석이 부산으로 보낸 황옥에게 곽재기도 체포되었다. 김상윤만 북경으로 돌아왔다.

"이성우 동지가 실수해서 그만."

김상윤도 이성우를 원망하거나 탓하는 뜻은 아니었다. 이성우가 함경도에서 태어나긴 했으나 철들고부터는 만주에서만 살았으니 국내 사정을 알 리가 없는데, 서울에 연고도 없는 사람을 책임자로 세운

내 잘못이다.

"일은 사람이 꾸미지만, 성사는 하늘이 시킨다더니."

김상윤이 내뱉은 한탄은 앞으로 더 치밀하게 계획해야 함을 일깨웠다. 그 깨달음을 얻는 데에 고모부를 비롯해 단원 열여섯 명을 잃었다. 곽재기와 이성우는 8년 형을, 김수득과 이낙준 그리고 황상규와 윤세주, 신철휴는 7년 형을, 윤치형은 5년 형을, 김병환은 3년 형을, 배중세는 2년 형을, 이주현과 김재수는 1년 형을 받았다. 너무 비싼 값을 치렀다.

거사는 성공하지 못했지만 조선 민중에게 큰 영향을 줬다는 얘기를 국내 동지로부터 전해 들었다. 잔학한 탄압으로 3.1만세운동이 좌절되면서 절망에 빠져 있던 조선 민중에게 새로운 희망과 기대를 불러일으켰다는 말이 그나마 작은 위로가 될 뿐이었다.

7월도 거의 다 가는데 체포되지 않은 서상락이 만주에 숨어 있다는 연락이 왔다. 북경으로 돌아오라고 여비를 보냈으나 서상락은 다시 국내로 들어간다고 했다. 모아놓은 군자금을 가지고 와야 한다는 이유였다. 책임감이 강해 체포되기 전에는 빈손으로 돌아오지 않을 사람이다.

"우리 동지 열여섯 명을 감옥에 가두고 있는 일제에 복수를 해야만 의열단이지. 이번엔 내가 가야겠어."

김상윤에게만 알려주었다. 사람과 자금을 국내에서 구해야 하고, 준비를 하느라 시간을 끌어서 실패했으니, 이번에는 진용을 모두 갖추고 내가 직접 가서 즉각 거사를 실행해 성공시킬 작정이었다. 일반 단원도 아닌 의백인 내가 직접 나서는 일이다. 철저히 비밀에 부쳐야 한다. 누구에게도 말하지 말라고 신신당부를 했다. 상해 본부에서는 북경 본부로 간 줄 알고, 북경 본부에서는 상해 본부에 있는 줄 알게 만들었다.

국제 무역상으로 싱가포르에 있는 박재혁을 상해 본부로 불렀다. '언제든 어디에 있든 단이 부르면 즉각 응한다'는 의열단 규약에 따라 박재혁은 지체 없이 상해로 왔다.

왜놈에게 나라를 빼앗긴 해에 부산에서 역사책 독서모임을 하다가 체포되어 모진 고문을 받은 것을 시작으로 최천택과 더불어 구세단을 조직해 독립운동을 한 박재혁. 내가 밀양에서 이끈 일합사와 구세단 사이 연락책이 김철성, 즉 김일이었다. 두 단체는 교류도 잦았다. 덕화학당 입학도 구세단 단원인 최천택이 교섭해준 덕분에 가능했다.

5년 만에 만난 박재혁은 값비싸 보이는 양복을 쫙 빼입었다. 큰 무역상 티가 줄줄 흘렀다. 누가 보아도 큰돈을 만지는 수완 좋은 장사꾼이라 여길 모습이다. 4년 전 독립자금을 들고 상해로 망명했다가 지금은 전 세계를 오고 가는 무역회사에 몸담고 있다.

"우리 동지를 괴롭히면 죽음뿐이라는 것을 알려주어야겠소."

박새혁에게 부산경찰서장을 폭사시키라고 명령했다. 단원을 해친 자는 꼭 복수한다는 의열단 강령을 굳이 말할 필요도 없었다. 박재혁은 부산경찰서장이 고서적이라면 사족을 못 쓴다는 말을 들었다며 상해를 며칠 동안 뒤져 귀한 고서적을 이십여 권 구했다.

"혼자 가서 후딱 해치우고 오겠습니다."

박재혁은 고서적 사이에 폭탄을 숨겨 나가사키로 가는 배를 타기로 했다. 부산으로 바로 가는 배는 일본 경찰과 밀정으로 우글거리기 때문에 절대 타서는 안 된다. 박재혁을 배웅한다며 항구까지 갔다가 미리 사 놓은 표를 들고 배에 올라탔다.

"나도 일본 땅 구경 좀 합시다."

당황하는 박재혁에게 바다 위에 떠 있으니 항구에서 헤어지나 마찬가지라고 둘러댔다.

"의백도 너스레를 다 떠십니다."

박재혁은 놀랐으나 비밀 유지가 성공에 가장 중요한 열쇠임을 모르지 않았다.

"그래도 그놈은 제 먹잇감입니다. 처단은 이 손이 합니다."

박재혁은 오른손을 가슴께에 들어 올려 흔들고는 약속을 지키지 않으면 폭탄을 바다에 던져버리겠다며 농담 섞인 엄포를 놓았다.

"장사꾼도 군대도 대장은 언제나 뒤를 든든히 받치고 지켜야 합니다."

의백인 내가 나섰다가 검거라도 되면 6월에 실패한 거사조차 조족지혈이 되는 엄청난 피해를 입는다는 점을 일깨웠다.

"의백이 직접 나서는 일은 이번이 마지막이라고 약속하세요."

박재혁은 대장이 앞장서면 전열이 흐트러질 뿐이라며 내가 약속해주지 않으면 거사를 거부하겠다고 으름장을 놓았다. 할 수 없이 내키지 않는 약속을 해버렸다.

"그자를 죽일 때는 자기가 왜 죽는지 알고 죽도록 하시오."

“나는 상해에서 온 의열단이다. 네가 지난봄에 우리 동지를 체포해 우리 계획을 망쳤으니 우리가 너를 죽이려 한다!”

박재혁은 돛대가 부산경찰서장이라도 되는 듯이 마주 노려보며 준엄하게 꾸짖었다. 목소리는 낮았으나 소름이 오싹 돋았다.

“모골이 송연합니다.”

목이 메어 더는 말을 못하고 박재혁을 꽉 끌어안았다. 남자가 웬 눈물이냐는 핀잔을 들어야 했다.

부산경찰서와 밀양경찰서에 폭탄을 투척

배에서 내리자 나가사키에는 어둠이 내리고 있었다.

"일본 사람은 어떻게 사는지 마을 구경이나 좀 합시다."

속삭이며 박재혁 팔을 살짝 잡아끌었다. 박재혁도 선선히 따라왔다. 실은 배에서부터 미행이 붙은 것을 눈치챘다. 둘이다. 박재혁은 완력이 세지 않고 주먹싸움도 능하지 않으니 미행을 직접 상대하게 해서는 안 된다. 내가 따라오길 잘했다. 골목을 꺾어 돌면서 대문이 열린 집으로 박재혁을 밀어 넣었다.

갑자기 한 명이 안 보이자 미행도 한 명이 뒤처져서 두리번거렸다. 골목이 두 번째로 꺾일 때 흘낏 보니 뒤처진 미행은 완전히 멀어졌다. 한 놈씩 해치우는 정도라면 식은 죽 먹기다. 세 번째 꺾이는 골목에서 문 뒤로 몸을 숨겼다. 발자국 소리가 점점 가까워지더니 뚝 멈췄다. 뛰쳐나가 덮칠 정도로 가까운 거리는 아니다. 달려들다가 총이라도 쏘면 영락없는 저승행이다. 미행도 발자국 소리를 기다리는 모양이다. 이럴 땐 고양이가 구멍 앞을 지킬 때 꼼짝 않는 쥐처럼 가만있어야 한다. 상대가 지쳐서 떠나기를 기다려야 한다. 10분도 넘게 서로 주시하며 침묵 속 대치가 이어졌다.

다리에 쥐가 나려는 순간 드디어 상대가 움직였다. 뒤따르는 발자국 소리는 나지 않았다. 아직 혼자다. 다행이다. 몸보다 총 쥔 손이 먼저 모퉁이를 돌았다. 왼손 손날을 세워 내리쳐 총을 떨어뜨리게 한 다음, 오른손으로 턱을 올려 쳤다. 상대도 보통은 아니다. 허리를 비틀어 피했다. 살짝 빗나갔다. 팔꿈치를 쭉 뻗어 휘둘렀다. 관자놀이 언저리를 비스듬히 맞혔다. 팔꿈치에 찌릿 전기가 올랐다. 일본어로 외마디 비명을 지르며 담벼락에 기대 쓰러진 놈 뒤로 가서 두 팔로 목을 오그려 쥐었다. 두 다리로 허리를 감아서 숨이 끊어지는 순간에 발버둥 치는 것을 미리 막았다. 숨통이 끊어지기 직전에 몸부림을 좀 치기는 했으나 그리 오랜 시간이 걸리지 않았다. 힘으로 하면 한주먹거리도 안 되는, 덩치조차 왜소해서 볼품이라고는 전혀 없는 이 일본 족속에게 나라를 빼앗겼다는 사실에 화가 확 치밀었다.

내일 떠나기 전까지는 시체가 발견되면 안 된다. 시체를 둘러업고 골목을 빠져나오는 길에 행인 둘이 지나쳤지만 취객을 업은 줄 아는지 가벼운 조롱을 하며 비켜섰다. 강이라면 물에 떠밀려 기슭으로 밀려 나올 수 있지만 바다에 빠진 시신은 배 속이 부패해 팽팽하게 부풀어 올라야 물 위로 떠오른다. 적어도 사흘은 걸린다. 닻아 있는 배 사이로 들어가 물속으로 패대기쳤다.

항구를 빠져나오다 다른 한 놈과 딱 마주쳤다. 볼 것도 없이 돌아서 뛰었다. 사람이 오고 가는 곳이니 격투를 벌일 수는 없다. 순순히 잡힐 수는 더욱 없다. 달려오며 놈이 총을 쏘았다. 총알 날아가는 소리가 가깝게 들리지 않을 정도로 제대로 쏘지 못했다. 달려오기도 하고 숨이 차서 제대로 겨냥할 수 없음이 분명하다.

인적이 드문 바닷가 바위 지대로 숨어들었다. 음력 열사흘이라 달빛이 제법 밝았다. 바위 틈새로 보니 미행도 쫓아 들어왔다. 주먹돌을 하나 주워 들었다. 바위 뒤로 돌아 나오며 돌 든 손을 휘둘렀다. 미행이 놀라 피하면서 총을 들어 막으려 했다. 총 쥔 손을 돌멩이로 쳤다. 미행이 손을 흩뿌리자 총도 손에서 빠져나가버렸다. 총은 바위에 튕기며 틈새로 떨어졌다. 총이 없는 놈은 통나무 조각이나 마찬가지다.

"감히 의열단을 뒤쫓다니, 오늘이 네놈 제삿날이다."

호통에 기가 질린 듯 보이더니 미행이 왼편 허리에서 칼을 뽑아 들었다. 왼손 주먹을 뻗으며 거리를 재고는 오른손에 든 칼을 앞으로 쭉 내질렀다. 제법 배운 솜씨다. 왼쪽으로 비켜섰다. 오른쪽으로 비키면 상대가 내지른 손을 자기 몸 안쪽 방향으로 휘두를 수 있지만 왼쪽으로 피하면 허공에 내지르게 된다. 팔을 바깥쪽으로 잡아챌 기회도 준다. 오른손으로 칼 쥔 손목을 잡고, 왼손을 벌려 팔꿈치를 확 밀었다. 순간 팔을 뒤로 꺾어버린 다음, 다시 앞으로 꺾었다. 뒤로 꺾일 때 힘이 빠져버린 팔은 안으로 꺾을 때 아무런 저항을 못했다. 자기 손에 쥔 칼로 자기 왼빰을 그어버렸다.

미행이 칼을 버리고 오른빰을 감싸 쥐었다. 통증과 흐르는 피가 본능을 움직인 행동이지만 결국 무방비 상태가 되고 말았다. 바위를 벽 삼아 두 팔로 짚고는 발을 들어 올려 가슴팍을 밀어 차버렸다. 놈은 바위틈 절벽 사이로 떨어지며 쿵 소리를 냈다. 꿈쩍도 하지 않는다. 떨어진 자리가 높아서 내려가면 올라올 수가 없다. 생사 확인은 포기할 수밖에 없다.

밀정이 둘이나 사라진 것을 알면 검문검색이 더 심해질 테니 일본 국내선이라 감시가 덜한 대마도행 배를 타기로 했다. 그래도 만만치는 않으리라는 예상을 했으나 아무도 막지 않았다.

“아직 아무것도 모르나 봐요.”

박재혁이 다행이라며 선실 바닥에 다리를 쭉 뻗고 앉았다.

“보고할 여유도 없이 열심히 감시한다고 생각할 수도 있소.”

박재혁은 고개를 끄덕이며 둘이 술을 퍼마시고 곯아떨어졌다고 여길 수도 있다고 덧붙였다. 선실 벽에 등을 기대고 청한 잠이 참 달았다.

대마도에서도 부산으로 바로 가지 않고 작은 배라 검문이 덜한 마산행을 탔다. 시간이 많이 걸리더라도 안전이 우선이다. 가을밤은 청명하기가 거울 같아서 배가 바다를 달린다기보다는 별 속을 미끄러져 간다는 착각에 빠질 지경이었다. 잠을 못 이루고 갑판을 서성거렸다.

“이 아름다운 밤바다를 이렇게 절망 속에서 보아야 하다니.”

탄식이 절로 나왔다. 어느새 박재혁이 옆에 와 섰다.

“독립운동을 그만두고 돈만 좇아서 살고 싶다고, 한두 번 생각한 게 아니에요.”

박재혁은 작은 상점 점원으로 시작해 홍콩과 네덜란드 그리고 싱가포르 같은 해외 대도시를 돌며 큰 무역상이 되었다. 그동안 가끔 들리는 소식만으로 돈 버는 재미에 빠져 살아가게 되었나 보다 여기기도 했다. 부잣집 3대 독자로 태어났고, 아버지를 일찍 여의지 않았다면 어려움을 모르고 살았을 사람이니 돈을 벌게 되자 독립이고 투쟁이고 다 잊은 줄로 오해를 했다. 의열단이 불러도 안 오면 홀로 계신 노모를 위해서는 다행이라 여기기로 마음도 먹었다.

박재혁은 돈도 벌 만큼 벌었으니 큰 집을 마련해 어머니를 모시고 호강시켜드리겠다는 생각을 여러 번 했다고 속마음을 숨기지 않았다. 왜놈처럼 별장도 짓고 떵떵거리고 살면 독립도, 투쟁도 다 잊을 수 있다 여긴 적도 많았다는 고백이 위선으로 들리지 않았다.

"돈은 참 사악한 물건입니다. 돈이 진짜로 무서운 것은 돈이 알아서 돈을 벌어들이는 마법을 부리기 때문입니다."

박재혁은 돈이 영혼을 갉아먹어버려 결코 행복을 주지 못한다고 했다. 돈을 빌려주고 벌어들이는 이자 수익, 주식회사에서 발행한 주식을 사기만 하면 가만있어도 들어오는 배당, 월급만 주면 그 몇 배로 벌어들일 수 있는 직원 고용, 건물을 빌려주고 세를 받아먹는 임대가 바로 마법으로 드러나는 실체라고 했다. 직접 일을 하지 않아도 돈이 거저 생기기 때문에 그 돈에 맛을 들이면 셀 수도 없을 만큼 많은 돈을 가져도, 보통 사람은 가늠조차 할 수 없는 부자가 되어도, 더 가지고 싶은 욕망이 목을 조이는 올가미가 된다고 했다.

"자본주의라는 그럴듯한 이름이 붙었지만 마귀예요, 마귀."

박재혁은 돈이 사람을 조종해서 악마 짓을 하도록 만든 증거로, 자본주의에 성공한 나라가 강대국이 되어 약소국을 강제로 지배하고 있는 현상을 연결했다.

조선이 일본에 잡아먹힌 게 아니라 헐값에 팔렸다는 박재혁 말을 들으니 생각나는 게 있었다. 가뜩이나 탐관오리 착취와 수탈로 허약해진 농촌 경제가 강화도조약으로 서양 물건이 들어온 후 그것들을 사느라 쌀을 내다팔면서 완전히 무너졌다. 그런데 계몽을 한답시고 학교를 세우네 어쩌네 하면서 동양척식주식회사든 일본금융조합이든 빚 안 진 사람이 없게 되었고, 나라에서도 근대화를 한다며 진 빚을 갚지 못하게 되었다.

"임금이 식산흥업 정책도 써보고 백성이 국채보상운동도 해보았지만, 이미 왜놈이 부린 농간으로 달콤한 자본주의 맛을 보았으니 높으나 낮으나 뭐라도 팔아먹을 궁리만 하게 되었습니다."

철도 부설권도 팔고 광산 채굴권도 팔고 삼림 채벌권도 팔았다. 팔다 팔다 나라까지 서슴없이 팔아먹었다.

"이완용이 나라 팔고 받은 돈이 5천 원이라지요?"

박재혁은 나라가 겨우 그 정도밖에 안 되냐며 분개하면서 참 비싸게도 팔았다고 혀를 끌끌 찼다. 덧붙여, 조선인을 차별해서 공, 후, 백, 자, 남 가운데 가장 낮은 급인 남작을 이완용에게 내렸는데도 본인은 부끄러움도 모르고 귀족 작위를 받았다며 위세가 드높으니, 참 우스운 꼴이라고 비웃었다.

박재혁은 어딜 가나 왜놈 감시를 받아야 하는 조선인으로서 자유도 없고, 나라도 없는 자신에게는 돈은 허깨비일 뿐이라고 했다.

"돈을 버는 만큼 영혼이 메말라간다는 것을 느끼면서는 너무도 허무했습니다."

자본주의가 이대로 나아가면 세상 양심은 다 사라져버리고 돈이 되느냐 안 되느냐로 정의인가 아닌가를 가르는 기준이 되어버리는 세상, 정의가 세상을 세우지 않고 돈이 세상을 지배하는 지옥 세상이 되어버린다는 박재혁 말에 내 기운도 쭉 빠져버렸다.

"의백, 왜놈을 몰아내면서 꼭 자본주의도 몰아내버리세요. 돈을 많이 벌면 벌수록 왜 소비에트 혁명이 일어났는지를 깨닫게 되어 다행이에요. 그걸 죽기 전에 깨달아서 참 다행입니다! 하하."

박재혁은 나에게 일제를 몰아내더라도 자본주의 악령에 붙들려버리면 정의와 자유는 오지 않으며, 일제도 자본주의라는 탈을 썼으니 정말 무서운 적이라는 사실을 거듭 일깨워주었다.

부산경찰서 앞에 선 박재혁은 퇴로를 확보하겠다는 내 말에 고개를 저었다.

"의열단 공약 8조, '피사避死치 아니하여 단의團義에 진함'을 어기려고 하시오?"

내가 엄포를 놓아도 박재혁은 웃기만 했다. 의열단 공약을 처음으로 어기는 초범이니 한 번은 봐달라며 너스레를 떨었다. 초범은 재범에 빗대어야 하는 말이지만 박재혁에게는 재범 기회가 없다. 그 사실이 내 마음을 아프게 했다. 부산 지리를 잘 아니까 어디 숨어 있다가 잠잠해지면 빠져나가자고 해도 박재혁은 역시 사양했다.

"살 궁리를 하면 성공하지 못합니다. 돌아서는 의백 등을 보여주세요. 그래야 내가 편해요."

박재혁은 미소를 지으며 고개만 가로저었다. 내가 길 건너편으로 사라질 때까지 보고 있겠다며, 내 어깨를 붙잡아 되돌아서게 하고는 힘주어 떠밀었다.

나는 박재혁이 거사를 무사히 치르고 빠져나올 것을 대비해 멀찍이 떨어져서 기다렸다.

들어간 지 10분이 갓 넘었을 때 드디어 폭음이 들렸다. 웃음인지 울음인지 모를 뜨거운 덩어리가 명치에서 울컥 치솟았다. 경찰서 밖으로 뛰쳐나오는 사람도 없고, 추격전도 벌어지지 않았다. 경찰서로 달려들어도 박재혁을 구해낼 길은 없다. 불필요한 추가 희생을 치를 필요는 없다. 무거워도 돌려야 하는 발걸음이다.

미리 연통해둔 대로 부산역에는 나를 데리러 온 사람이 있었다. 그를 따라 동래성이 멀찍이 보이는 민가로 갔다. 저녁술을 놓고 세수를 마쳤는데 약수 형님이 기척도 없이 문을 확 열어젖혔다.

"발소리도 없이 오는 걸 보니 밤손님 다 되셨소."

"거사는 성공했다는구나."

약수 형님이 내가 가장 궁금해할 소식을 알려주었다. 부산경찰서장은 그 자리에서 죽었고, 박재혁은 중상을 입었다고 했다. 부산경찰서가 크게 파손되었고 일본 경찰 두 명도 부상을 심하게 입었다고 했다. 폭탄을 던진 게 아니라 경찰서장과 마주 앉은 상태에서 터트렸다는 말에 왜 퇴로 확보를 사양했는지 이해가 되었다. 폭탄이 실패해 총을 쏘려면 최대한 가까이 붙어야 한다. 네댓 걸음만 떨어져도 몸을 비틀어 피하면 명중시키기가 어렵다.

박재혁은 폭탄을 손에 쥐고 터트려서 회복할 수 없을 정도로 심한 부상을 당했고, 치료가 되어도 어차피 사형을 받아 죽을 목숨이라며 식사를 거부한다고 했다. 가슴을 파고들어 심장을 도려내는 통증이

훅 밀려왔다.

다음 날 밀양에 연통을 넣어 최수봉과 고인덕을 불렀다. 최수봉은 보통학교 다닐 때 우리 국조인 단군이 왜놈 시조한테 아우뻘이 된다는 일본 선생 말을 듣고, 태어나고 죽은 연대만 보더라도 왜놈 시조가 단군 성조 9대 후손이라고 주장했다가 퇴학을 당한 명석하고 당찬 인물이다. 그리고 동화학교 선배이기도 하다. 무엇보다 1차 거사에 실패한 다음, 가장 크게 걱정한 일은 연락 조직 와해다. 밀양에 연락 조직이 살아 있으니 참 다행이다. 고인덕과 최수봉은 1차 거사 때 국내로 들어온 동지를 통해 의열단에 가입했다.

"내가 하면 될 일을 뭣하러 멀리 있는 사람을 불렀대요?"

최수봉은 입이 삐죽 나왔다. 최수봉은 만주에서 활동하다 작년에 만세운동이 터지자 약수 형님처럼 국내로 들어왔으나 세월 허송에 밥그릇만 축낸다며 콧김을 훅 불었다.

"만세 불러본 분기만 탱천했지 아무 일도 못합니다."

고인덕도 여차하면 상해로 가겠다며 갑갑증을 호소했다.

"동지에 대한 복수라면 밀양경찰서도 부산에 뒤지지 않지요."

최수봉은 폭탄만 주면 당장이라도 던지겠다고 의욕이 드높았다.

"우리가 던져야 왜놈이 겁을 먹고, 우리가 있다는 소문이 퍼질수록 온 나라에 독립 의지도 더 높아지지요."

최수봉은 만세운동으로 의식이 높아진 민중을 더욱 자각시키려면 우리가 앞장서 희생해야 한다며 얼른 기회를 달라고 졸랐다. 그러나 나는 우선 서상락을 찾아달라고 부탁했다. 열차도 위험하고 인천이

나 부산항도 위험하니 마산으로 오라고 전하라 했다. 서상락은 사흘 만에 동래로 찾아왔다. 2천 원이나 되는 군자금도 모아 왔다.

박재혁을 두고 가는 길은 군자금 뭉치가 아무리 두툼해도 가시를 밟고 천리만리를 가는 심정이었다. 나는 인천항에서 상선을 탔다. 마산항도 위험해졌다며 서상락이 열어놓은 길이다.

"지금 의백 심정은 지난 거사 때 나 혼자 국경을 넘을 때에 비할 바가 아닐 겁니다."

서상락이 위로를 건넸으나 저미는 듯 통증이 밀려와 가슴을 움켜쥐었다. 거사에는 성공했어도 결코 기뻐할 수 없었다. 조금도 기쁘지 않았다.

얼마 지나지 않아 고인덕이 상해 본부로 찾아왔다.

"국경 검문이 말도 못합니다."

기차에서도 두 번이나 짐 뒤짐을 당했다고 투덜거렸다. 길림에 교회를 세우러 간다는 핑계로 국경을 겨우 통과했다며, 부산경찰서 사건으로 일본 경찰도, 밀정도, 조선 순사도 눈이 뒤집혔다는 말을 전해 모두 웃음이 터졌다.

"의백한테 현상금이 백만 원이나 붙었답니다."

서울에 기와집 한 채가 천 원쯤 한다는데 백만 원이면 천 채를 살 돈이다.

"의열단 안 할 테니 백만 원을 우리에게 달라고 교섭을 잘 해보시오. 말이 통하면 8할로 깎아준다고도 해보시고."

김상윤이 재무위원다운 농담을 했다. 그런데 말을 한 김상윤 혼자만 웃었다.

"김 동지는 자기 농담이 재미있나 봐요."

돈밖에 모르는 사람이라며 고인덕이 던진 핀잔에 더 많은 사람이 웃었다.

고인덕 말대로 폭탄을 운반해 갈 길이 막혔으니 아예 폭탄 기술을 배워 가는 편이 안전하다. 의열단을 창단하고 합숙훈련 할 때 배운 폭탄 제조법을 전수해주었다. 고인덕은 화약과 심지는 국내에서 구해보겠다면서 폭탄 제조 기구만 가지고 돌아갔다.

그리고 12월에 최수봉이 밀양경찰서에 폭탄을 던진 거사 소식이 들려왔다. 밀양은 우리 의열단 혁명동지에게는 본거지나 다름없다. 1차 거사 때엔 폭탄 던질 대상으로 밀양경찰서를 가장 먼저 정하기도 했다. 마침 월요일 조회시간이라 서장이 여러 경찰을 늘여 세우고 조회를 하는 가운데에 폭탄을 던져서 유리창이 깨지고 아수라장이 되었지만 아무도 죽이지 못했다. 최수봉은 칼로 목을 찔러 자살을 시도했으나 실패해 체포당했다. 이번에는 폭탄이 문제였다. 정교하게 만들지 못한 폭탄이라 소리만 요란하고 비산 파편이 생기지 않았던 모양이다.

목적을 달성했다면 내 손으로 자결을 하려 했는데, 원수에게 붙잡혀 이런 욕을 당하니 통분할 뿐이라고 법정에서 당당히 외친 최수봉은 사형 선고를 받고 28세로 대구형무소에서 짧지만 당당하게 삶을 마감했다. 첫 번째 거사 때도, 두 번째와 이번에도 성패와 관계없이 동지를 잃었다. 살점이 뜯겨 나가는 아픔이다. 의백이란 이름으로 명령만 내리고 뒤에 물러나 앉아 동지만 홀로 먼 길로 떠나보내려니 내가 나약하고 비겁한 사람이라는 비애가 들곤 했다.

식민통치 심장인 총독부에서 터진 폭탄

어느 날 심산 김창숙 선생이 보냈다며 한 청년이 북경 본부로 찾아왔다. 그런데 영락없는 일본 청년이다. 아무도 일본 청년임을 의심치 않았다. 유창한 일본어로 자신을 광성연초공사 심양지점 기계감독 김익상이라고 소개했다. 조선 사람이 아무리 일본어를 오래 배우더라도 김이라는 우리 성씨를 김과 긴 사이로 발음하는 일본어를 정확하게 흉내 내기는 무척 어렵다. 하지만 이 청년은 누가 들어도 일본 사람과 똑같은 소리를 냈다. 도리어 우리말이 어색하다고 느낄 정도였다.

"망할, 중국은 왜 북벌은 해가지고."

어릴 때부터 비행사를 꿈꾼 김익상은 비행학교에 들어가려고 광동으로 갔으나 중국 혁명정부가 북벌을 하느라 임시 휴교여서 헛걸음만 했다.

신해혁명 후 손문은 청나라 왕조를 무너뜨리고 여진족을 몰아낸 다음, 혁명정부를 세웠다. 하지만 수구 세력인 군벌 가운데에는 혁명정부에 반대하는 세력도 있었다. 1924년 손문이 이끄는 혁명정부가 북쪽으로 밀고 올라가는 북벌을 단행하면서 군벌 세력과 밀고 밀리는 치열한 내전이 벌어지고 있었다.

"아무 소득 없는 헛걸음인 줄 알았는데, 돌아오는 중에 상해에서 심산 선생께 복음 같은 소식을 들었지 뭡니까?"

김익상은 의열단 본부가 상해에 있다는 소식을 듣고는 프랑스 조계인 영창리에 찾아갔으나, 일본 단속을 피해 북경으로 갔다는 말을 듣고 먼 길을 돌고 돌아 북경까지 찾아왔다. 명성을 듣고 짐작하기로는 단장이 자기보다 나이가 훨씬 많은 사람이라 여겼다고 했다.

"이제 스물넷인 분이 그렇게 엄청난 일을 했다니 정말 존경스럽습니다."

자기 나이 스물일곱이 무색하다며, 우락부락 도적 같을 줄 짐작했는데 단원 모두가 단정하고 말쑥한 신사라 더 감동을 받았다며 시원하게 웃는 표정이 참 맑았다.

"조선이 독립하는 길은 2천만 민족에서 10분지 8 이상이 피를 흘리지 않으면 이룰 수 없소. 우리가 먼저 나서서 희생해야 함이 마땅하오."

우리가 먼저 피를 흘려야 한다는 의열단 강령을 들은 김익상은 얼굴을 활짝 폈다.

"우리가 아니라 나요. 나부터 피를 흘려야 하겠소."

비행사가 되어 자유롭게 날고 싶다는 꿈은 낭만에 불과했음을 깨달았다며 더 크고, 더 높고, 더 자유로운 꿈을 이제야 찾았다며 크게 기뻐했다.

"폭탄 두 개와 권총 두 정만 주십시오. 조선총독부를 바로 치렵니다."

너무도 시원시원했지만, 얼마인지도 묻지 않고 물건을 사겠다고 덤비는 형국이라 단원 모두가 김익상을 밀정이라 의심했다. 하지만 심산 선생이 추천한 정황으로 보나 거침없는 태도로 보나 밀정일 리가 없다.

"밀정이더라도 제깟 놈이 어쩌겠어."

김상윤은 다른 단원을 안심시키면서도 내내 찜찜했는지 단원 가운데 가장 덩치가 큰 송호를 시켜 기어이 시험 과정을 거쳤다. 떠나기 전날 자고 있는 김익상을 송호가 턱 걸쳐 타고 앉았다.

"네 이놈! 네놈이 왜놈 밀정이라는 정체를 이제야 알아냈다. 의열단 이름으로 처단하겠다."

벼락같이 소리를 질렀다.

"아이 쇠 비린내, 저리 치우시오. 닦지도 않은 총을 자는 사람 코에다 들이대다니."

김익상이 답답하다며 몸을 비틀어 송호를 밀쳐버렸다. 안 그래도 거사를 치르러 가려니 겁이 슬슬 나려는 마당인데 장난 작작하고 잠이나 푹 자라며 태연히 손을 내저었다. 더는 아무도 김익상을 의심하지 못했다.

"장사일거혜불복환이오."

장사는 한번 떠나면 돌아오지 못한다는 말이다. 간밤에 친 장난이 미안하기도 하고 한편으로 더 큰 장난기가 발동해, 북경 역으로 배웅을 나간 김상윤이 김익상에게 작별인사로 사마천이 지은 《시기》 자객열전에 나오는 시구절을 읊어주었으나, 김익상은 전혀 개의치 않았다.

"딱 일주일이면 족하니, 그 인사값으로 내가 돌아온 날 술 한 상 내놓으시오."

장난을 건 김상윤이 도리어 무안해져버렸다. 김익상은 학생복 입은 팔을 높이 들어 힘차게 흔들고 껄껄 웃으며 떠났다. 영락없는 일본인 학생이었다. 하지만 가방 속에는 폭탄 두 개와 권총 하나가 들어 있고, 사타구니에는 권총 한 자루를 차고 있었다.

기차에서 신분을 속일 때는 옆자리에 누가 앉느냐가 무엇보다 중요하다. 마침 젊은 일본 여자가 세 살쯤 되는 어린애를 안고 있는 자리가 보였다. 여자는 칭얼거리는 아이를 달래느라 짐도 채 선반에 올리지 못하고 있었다.

"괜찮으시면, 제가 올려드려도 될까요?"

학생복만큼 신분을 확실하게 드러내는 옷차림이 있을까? 어지럽게 놓인 짐을 척척 선반에 올려 정리해주는 일본 청년에게 옆자리를 허락하지 않는다면 예의 바른 일본인이 아니다. 엉덩이를 살짝 창가 쪽으로 들어 옮기는 시늉은 허락 표시가 분명하다.

"난 서울까지 갑니다. 어디까지 가세요?"

일본 여자도 서울까지 간다니 바라고 바라던 대로다.

"감사하고 다행이에요."

짐을 올려준 고마움과 내키지 않는 사람이 옆자리에 앉는 상황을 동시에 모면한 안도감을, 여자는 말뿐만 아니라 생글거리는 표정으로도 역력히 드러냈다. 김익상 또한 어떤 일이 있어도 편을 들어줄 여자가 생겼으니 국내로 가는 목표는 이미 성취나 마찬가지라는 안도감을 생글거리는 표정으로 마음껏 드러냈다.

눈을 빛내며 앞뒤로 지나가는 밀정도, 일본 경찰도, 아기를 데리고 여행하는 학생 부부에게 의심 따위를 품을 리 없다. 눈치 없는 일본 경찰 하나가 열심히 일하는 척하려고 어디까지 가는지 물었으나, 김익상이 유창하게 일본어로 대답하고는 일본 여자와 다정하게 대화를 나누자 혹시라도 책잡힐 일이 생길까 겁을 먹고 얼른 꽁지를 뺐다. 중국에서 조선으로 들어가는 학생복 입은 일본 청년이면 내로라하는 고관 댁 자식일 가능성이 높다. 의심을 품었다 해도 몇 마디 말이나 걸어볼 뿐이다. 짐 뒤짐까지 하려면 큰 망신을 각오해야 한다. 자칫 사람 못 알아본 죄로 출셋길이 영영 막힐 수도 있다.

조선 사람이라면 수십 번도 더 들었을 질문은 딱 한 번으로, 몇 번이나 당했을 검문은 단 한 번도 없이 김익상은 서울역에 내렸다. 마지막 관문만 통과하면 된다. 오는 동안 어르고 달래며 낯을 익힌 아이를 주저 없이 한 팔에 안고 다른 한 손으로는 선반 위에 올려준 짐 가방을 내려서 들었다. 폭탄 든 가방이 작고 가벼우니 일본 여자가 들게 하려고 선수를 쳤을 뿐인데 여자는 무거운 짐을 들어주니 고맙다 여겨주었다. 짐 뒤짐을 당하더라도 자기 가방이 아니라고 잡아떼며 슬금슬금 도망칠 시간을 덤으로 벌었다. 만주 지방에서 기차가 오는 시간에는 밀정과 경찰을 더 많이 배치하고 검문을 더 심하게 한다. 그러나 애기 안은 일본인 학생 부부는 말 한번 걸어보고 무사통과다. 일본 여자는 인력거를 잡아서 태워주는 청년에게 "아리가또 고자이마스" 하며 허리를 숙여 감사 인사를 자꾸자꾸 했다.

서울로 무사히 들어온 김익상은 형님네 가족이 어머니와 사는 공덕리 친가로 갔다. 형님 가족은 김익상이 비행학교 학생이 되었다는 말을 믿었다. 김익상은 당주동 집이 좁고 불편하다며 아내를 친가로 오라고 조카를 보냈다. 아내와는 아직 자식이 없다. 잠자리에 들자 품을 파고드는 아내를 꼭 안았다.

"기다리지 말구려."

자신은 더 이상 전도 유망한 연초공사 기계감독이 아니며, 비행사 남편은 꿈꾸지도 말라고, 개화된 세상이니 새 출발을 하라고 당부했다.

다음 날, 바지와 윗도리가 붙은 전기공 옷을 입은 김익상은 공구함을 들었다. 검정 양복에 흰 바지가 감쪽같이 가려졌다. 관공서 문 여는 시간에 맞춰 진고개 쪽에서 총독부 건물 쪽으로 걸어갔다. 경복궁 흥례문을 헐어내고 지은 총독부 건물. 그것은 조선왕조 정궁을 가로막아 정기를 눌러버린 만행이다. 하얀 건물 위로 가을 하늘이 눈부셨다. 총독부 문을 들어서고 나면 다시는 보지 못할 하늘이다. '후회는 단 한 점도 없다'며 속마음을 혼잣말로 내뱉자 마음이 더욱 가벼워졌다. 일제 심장을 폭침하고 저 하늘로 올라가 영원하고 완전한 자유에 이를 시간이 점점 다가오고 있다. 죽음에 대한 두려움은 사라지고 가슴이 한껏 벅차올랐다. 크게 심호흡을 세 번 하며 긴장까지 내뱉어버렸다. '장사일거혜불복환'인데 무엇이 두려운가. 스스로를 다독이고 어깨를 쫙 펴고 당당하게 걸었다.

정문에 있는 헌병이 가로막으며 누구냐고 물었다. 개가 짖는 이유는 상대를 제압하려는 공격이 아니다. 겁이 나기 때문이다. 멀찍이 떨어져 마주 보고 있으면 덤빌 틈을 보는 줄 알고 개도 무서워서 짖어댄다. 가까이 다가가 목덜미를 쓱 쓰다듬으면 곧바로 꼬리를 내려 좌우로 흔든다. 개나 왜놈이나 다루는 법은 크게 다르지 않다. 겁만 안 주면 된다.

"눈이 없나? 전기 고치러 왔지, 사람이라도 죽이러 왔겠나?"

공구함을 헌병 눈앞에 들이대자, 헌병이 고개를 돌렸다. 유창한 일본어를 구사하는 전기공에게 더 말을 시켰다가는 입씨름을 벌이며 피곤해질 게 뻔하다. 아침부터 시비를 붙었다가는 온종일 재수가 없을 테니 안 좋은 일을 만들 필요는 없다. 헌병놈 뱃속에 들어가보지 않아도 그 정도 생각을 못 읽을 김익상이 아니다.

정문을 통과하자 아무도 막는 사람이 없다. 2층으로 올라가 공구함에서 폭탄을 꺼냈다. 복도를 죽 훑었다. 총독실이라고 적힌 문패는 없다. 첫 번째 방문을 열었지만 총독실이 아니다. 망설이다가는 실패에 가까워질 뿐이다. 폭탄 하나를 던지고 등을 돌려 달렸다. 아무 소리도 나지 않았다. 젠장, 불발이다. 첫 번째 방이 아니면 옆이겠지. 두 번째 방문을 열었다. 이번에도 아니다. 여러 명이 집무를 보고 있다. 그냥 던졌다. 폭탄은 생각보다 소리가 훨씬 컸다. 책상이 뒤집어지고 의자가 날아올랐다. 사람도 마찬가지다. 비명을 뒤로하고 아래층으로 달렸다. 계단을 다 내려가기도 전에 헌병과 경찰이 뛰어 올라왔다. 김익상은 몸을 옆으로 비키며 엉거주춤 주저앉아 손을 내저었다.

"위험해, 위험해! 올라가지 말아요!"

둘러앉은 단원 모두가 와아 함성을 질렀다.

"이 순간에 건배가 없어서야 되겠소?"

김상윤이 김익상을 향해 술잔을 들어올렸다. 모두가 깨질 듯이 술잔을 부딪쳤다. 서상락이 2층 숙소로 올라가는 계단에 걸터앉았다.

"아부나이, 아부나이! 앙앗짜 이깡!"

코에 잔뜩 힘을 주고 간드러지는 소리로 김익상이 계단에서 했다는 말을 일본어로 재현했다. 모두 뒤집어질듯 웃음보를 터트렸다.

"그래서, 그래서, 그다음은?"

모두 김익상 쪽으로 코를 바짝 들이댔다. 살아 돌아온 사람은 술도 마시고, 무용담도 풀어놓을 수 있다. 새삼 박재혁 동지와 최수봉 동지가 떠올랐다. 두 사람을 위한 술을 깨끗한 잔에 담아 술판이 잘 보이는 자리에 놓았다.

"이번 성공은 박 동지와 최 동지 희생 덕분이오."

극락왕생을 빌었다. 성공을 즐기는 자리에 영혼으로라도 동참하기를 바랐다.

"의백은 무슨 술을 베어 먹습니까."

거나해진 김천우가 옆에 와 앉으며 허세를 부렸다. 술잔을 단번에 들이키지 않고 여러 번 나누어 마신다며 떡이나 과일을 베어 먹는 데에 빗대었다. 어깨를 감싸 쥐고 김천우를 옆에 앉혔다. 김천우가 건네주는 술잔을 받아서 단번에 꺾어 털어 넣었다. 50도가 넘는 독한 중국술이 화끈 밀고 올라오는 기운에 저세상으로 간 박재혁과 최수봉이 떠올라 내 속은 더 뜨거워졌다.

폭음을 듣고 뛰어 올라오는 헌병과 경찰이 얼른 피하라며 김익상에게 길을 터주었다. 1층 사무실에서 몰려나와 우르르 마당으로 달려 나가는 어지러운 행렬에 끼어들었다. 마당에 나가서는 팔을 벌려 날개를 퍼덕이듯 대문 밖을 향해 흔들었다.

"위험해요, 위험해!"

우르르 몰리면 어딘지도 모르고 무작정 따라가는 일본 사람 근성 그대로다. 지진이 많은 땅에 사는 탓에 재난에 대한 공포가 크다. 정문도 뒷문도 막는 사람은 아무도 없다.

김익상은 전기공 옷을 벗어버리고 검정 양복저고리에 하얀 바지를 입은 신사 차림으로 변신했다. 일단 황금정 4정목으로 갔다. 전찻길이 세 방향으로 갈라지는 사거리다. 마침 출발하는 전차에 올랐다. 서대문으로 가는 전차였다. 종점까지 가는데도 누구에게서도 동요나 불안한 기척을 볼 수 없었다. 아직 상황 파악이 안 된 모양이다. 전차를 되돌아 타고 황금정 4정목으로 돌아갔다. 이번에는 창경원으로 가는 전차를 탔다. 창경원 앞에 내려 구경 삼아 안으로 들어갔다. 조선 궁궐인 창경궁을 일본이 동물원과 식물원을 갖춘 공원으로 바꿔버렸다. 조선왕조 자체를 조롱하는 짓이다. 제 나라였다면 꿈도 못 꿀 만행이다. 구경할 맛이 날 리가 없다. 다시 황금정 4정목을 향해 전차에 올랐다. 확실히 분위기가 달라졌다. 힐끔거리는 사람도 있다. 황금정 4정목 정거장에 한 중년 남자가 급하게 따라 내렸다.

"왜놈 경찰이랑 헌병이 검정 양복저고리에 하얀 바지 입은 사람만 보면 잡아들인다네. 남산으로 도망쳤다면서 둘러싸고 이 잡듯 뒤진대."

남자는 어색한 눈길을 김익상에게 주었다. 일부러 키운 목소리는 김익상에게 들으라고 하는 말이 분명하다. 등골이 오싹하고 한기가 온몸에 퍼졌다.

"의열단일 거야, 그치?"

혼잣말이 분명한데 김익상에게는 질문처럼 들렸다. '그래요, 맞아요. 내가 바로 의열단이에요'라고 탁 말해주고 싶은 충동을 꾹 눌렀다. 이제 사대문 안은 위험해졌다. 상점에서 일본 목수가 입는 한뗑과 홀태바지를 산 김익상은 왕십리행 전차를 타고 강가로 갔다. 아침저녁으로 선선한 기운이 도는 계절이 되었으니 물놀이 나오는 사람은 없었다. 그래도 낮이라 햇살이 아직 뜨겁고 물도 차갑지 않았다. 양복을 벗어서 무거운 돌에 꽁꽁 묶은 후 수심이 깊은 곳까지 헤엄쳐 들어가 빠뜨려버렸다. 당장 일본 경찰이 검문을 해도 문제없다. 한뗑과 홀태바지 차림으로 노닥거리는 목수가 되었으니. 목수가 일을 마치고 돌아가기에 적당한 해 질 무렵까지 백사장에서 기다렸다.

적당히 경력이 붙은 일본인 목수에게는 겹겹이 쳐진 검문도 경계도 아무런 거리낌이 되지 못했다. 용산역까지 가는 길에 열 번도 넘는 검문과 경계병을 만났으나 일을 마치고 집으로 돌아가는 지친 목수에게 아무도 관심을 두지 않았다.

"불령선인이 창궐하니 술집엔 들르지 말고 얼른 집에 가시오."

딱 한 번 일본 경찰이 주의를 주었을 뿐이다.

철저한 검문이란 의심 가는 사람, 조사해볼 사람이 너무 많다는 뜻이다. 평양행 기차표를 살 때도, 평양까지 가는 기차에서도 김익상에게는 아무도 말조차 걸지 않았다. 정신없이 바쁜 와중이니 막노동꾼 목수까지 검문할 필요를 느끼지 못하기 때문이다.

평양에 사는 연초공사 직원은 김익상이 입은 목수 옷차림을 보고 신분이 나락으로 떨어진 줄로만 여겼다. 감독으로 모시던 사람이 잊지 않고 찾아와주니 반갑고 감격할 뿐이라며 술상을 내왔다. 비행학교에 들어가지 못한 아쉬움을 토로하는 김익상을 향해 진심으로 맞장구도 쳐주었다. 다음 날, 김익상은 신의주로 향하는 열차에 올랐다. 어제보다 더 왁자했다. 신문을 돌려보며 이러쿵저러쿵 억측과 짐작을 떠들어댔다. 일본 사람이 들고 있는 신문을 빌렸다. 처음 폭탄을 던진 곳은 비서실이었고, 누가 장난하는 줄 알았다는 비서실 직원 말도 실려 있었다. 비서실이면 안쪽이 총독 방이었을 텐데, 비서실로 달려들어 안에다 폭탄을 하나 더 던졌으면 총독을 처단할 수 있었을 텐데, 아쉽기만 했다. 두 번째 던진 곳은 회계과였다. 바닥이 15센티나 파이고, 많은 집기가 부서졌다고 했다. 애석하게도 죽은 사람은 없다고 했다.

신문에는 범인에 대해서는 한 줄도 언급이 없다. 피식 웃음이 났다. 하지만 다음 순간 등골이 오싹해졌다. 밀정이나 경찰이 보고 있을지도 모른다. 총독부에 폭탄이 터졌는데 웃는 사람이면 당연히 의심을 받는다.

"빌어먹을. 또 불령선인이 날뛰는구나."

김익상은 일부러 크게 일본어로 소리치며 둘러보았다. 소리에 놀라 흘깃 보는 사람, 피식 웃는 사람도 보였다. 공감인지 조롱인지 신경 쓸 필요는 없다. 감시망에 걸리지 않았으니 다행이다.

신의주에서 열차를 내렸다. 서울은 물론이고 평양이나 정주에서 출발해 국경을 넘는 사람이라면 짐가방도 없는, 때 묻은 작업복 차림이 수상하게 보일 수밖에 없다. 신의주에서 출발했더라도 국경 너머 먼 곳까지 간다면 역시 어색한 복장이다. 국경을 넘어 먼 길 가는 여행자라면 어느 정도는 말쑥하게 차려입어야 정상이다. 해 질 녘 때 묻은 작업복은 신의주에서 일을 보고 압록강 건너 단동으로 돌아가는 사람에게 딱 어울리는 차림이다. 그러나 신의주에서 단동까지는 압록강만 건너면 되는데 기차 타는 호사를 부리는 노동자는 의심을 피할 수 없다. 걸어서 국경 검문소를 지나야 한다. 다리 입구에 경찰 수십 명이 지키고 서서 지나가는 모든 사람을 검문하고 있었다. 김익상 차례가 되자 어디서 왔는지 물었다. 얼른 대답을 않자, 수상하다는 듯 몸 뒤짐을 하려고 다가서려 했다.

"이보시오, 국경을 지킨다는 경찰이 조센징과 일본 신민을 구별조차 못하시오? 어제 서울에서 큰일이 터졌다고 하던데, 이래가지고서야 국경을 제대로 지킬 수 있겠소? 정신들 차리시오."

몸 뒤짐을 하려던 경찰이 유창한 일본어에 기가 눌렸는지 빤히 쳐다만 보다, 팔을 슬그머니 내리며 눈길을 슬쩍 피했다. 이겼다. 역시 싸움에서는 눈빛이 중요하다. 왜놈 경찰에게 정중한 사과까지 받고는 압록강을 유유히 건넜다.

술자리에서 또 한 번 왁자한 함성이 터졌다. 모두 술잔을 부딪쳤다.

총독을 못 죽여서 못내 아쉽다는 김익상에게 김상윤이 기분 좋은 핀잔을 건넸다.

“다음에는 총독실이 어딘지 먼저 물어보시오. 비서실에 물으면 친절하게 알려줄 것이오.”

기미년에 만세운동이 들불처럼 번지자, 겁을 먹은 일제는 강압 철권통치를 멈추고 문화통치를 시작했다. 조선에서 일제 강점에 대한 반감은 줄었고, 조선 사람은 문화인이 되어간다는 선전을 하기 위해서였다. 그러던 참에 식민통치 심장인 총독부에 폭탄이 터졌다. 하나도 아닌 두 개나 되는 폭탄이! 그동안 해온 선전이 다 거짓임이 드러나버렸다.

“사지에서 살아 돌아온 생환 단원 선배로서 양복은 내가 맞춰주리다.”

서상락이 김익상을 끌어안았다. ‘1은 9를 위하고 9는 1을 위해 헌신한다’는 의열단 공약은 이어지는 의열투쟁 속에서 더욱 굳고 강하게 다져지고 있었다.

일본 육군대장을 저격하라

"왜놈이 죽으러 온답니다."

투쟁계획서를 올리는 오성륜 목소리가 한껏 들떴다. 1922년 3월 28일 일본 육군대장 다나카 기이치가 상해에 온다는 정보였다. 상해에 있는 모든 단원을 소집했다.

"필리핀에 갔다가 싱가포르와 홍콩을 거쳐서 온다고 하오. 좋지 않은 흉계를 꾸미려는 게 분명하오."

상해에서 육로로 남경을 거쳐 천진, 북경, 심양으로 해서 조선으로 들어가 일본으로 돌아간다는 오성륜 설명이 채 끝나기도 전에 김익상이 당장 달려들기라도 할 듯이 엉덩이를 들썩였다.

"죽겠다고 오는데 그냥 보내면 무척 섭섭하다 여길 거요."

상해를 1차 시도 장소로 정하고, 실패할 경우 남경과 천진에서 2차와 3차 시도를 벌이기로 결정했다. 지난해에 영국인 코브럴에게 배운 신식 폭탄 제조법으로 만든 폭탄은 준비가 충분하다. 총도 이미 준비되어 있다. 총 한 자루, 폭탄 하나씩만 지니고 군중 속에 섞여 있다가 저격을 하면 된다. 앞에 나설 세 사람을 김익상, 오성륜, 이종암으로 조직했다.

그런데 도착한다는 날을 며칠 앞두고 다나카가 상해에서 육로가 아닌 배를 타고 돌아간다는 정보가 들어왔다. 육군대장쯤 되는 사람이니 일정이 한번 잡히면 곳곳마다 만나야 할 사람, 들러야 할 장소가 줄줄이 정해진다. 다나카는 날짜가 임박해 일정을 바꿀 정도로 낮은 자리에 있는 인물이 결코 아니다.

"처음에 들어온 정보가 엉터리였나?"

오성륜이 민망한지 말꼬리를 흐렸다.

"저쪽 사정을 살피는 밀정만 있진 않아요."

김상윤이 우리 사정을 빼돌리는 밀정 또한 없을 리가 없다며, 오히려 우리 정보가 새나갔다고 짐작을 했다. 아무리 밀정이 저쪽에 정보를 주었다고 해도 청년 몇이 노린다고 일정을 바꾸었다는 말이 믿기지 않는다고 오성륜이 반박했다.

"그러니까 우리한테 죽을까 봐 겁먹은 거라니까요. 우리가 누구요? 의열단이잖아요!"

김상윤이 으스댔다. 말만 듣고도 꽁무니를 빼는 놈이라며 의열단이 얼마나 매운지 맛을 단단히 보여주자고 별렀다.

거사 장소가 상해 한 군데로 줄어들자 예상치 못한 문제가 터졌다. 한 사람만 가면 되는데 아무도 양보를 하려 들지 않았다.

"거사도 해본 사람이 잘하는 게 인지상정입니다."

김익상은 자기가 1순위라며 두 사람은 더 큰 일에 나서라고 밀어냈다. 사격 실력은 오성륜이 가장 위다. 단 한 발로도 다나카를 저승길에 무사히 올려놓을 사람이다.

"자네는 이미 큰 쾌락을 누려보지 않았나. 그러니 이번엔 물러서게."

이종암도 양보할 생각이 없었다. 할 수 없이 세 사람을 모두 보내기로 했다. 배에서 내릴 때 1차 저격을 시도하고, 실패하면 다나카가 일본 영사관 차로 향할 때 2차 저격을 하고, 그도 실패하면 다나카가 차에 오르려 할 때 3차 저격을 하기로 계획을 세웠다. 겨우 정리가 되었다며 모두 안도했으나 이번에는 자리싸움이 났다. 누가 가장 앞장서느냐를 놓고 소리까지 지르며 한 치도 양보가 없었다. 먼저 죽겠다는 고집을 아무도 꺾으려 하지 않았다. 1차 거사에 성공하면 순식간에 군인과 경찰에 에워싸여 끌려갈 테니, 거사 성공이 곧 죽음이나 마찬가지다. 2차에서 성공하면 두 명이, 3차에서 성공하면 세 명이 죽는 일이다. 죽음을 향해 서로 먼저 가겠다는 세 동지를 보고 있으니 비감이 절로 솟았다. '천하의 정의의 사事를 맹렬히 실행하기로 함'이라는 의열단 공약 1조가 저 청년 동지 모두를 이 자리에 모이도록 했으나, 육상대회에 나간 선수처럼 죽음이라는 결승선을 향해 서로 먼저 내달리겠다는 이 상황이 너무도 아프고 아프다. 더는 그냥 보고 있으면 안 되겠다 싶어서 앞으로 나섰다.

"아이고, 이러다가 주먹질까지 하겠네."

지금까지 나온 의견을 토대로 의백인 내가 정하겠다는 뜻을 아무도 반대하지 않았다. 오성륜을 1차로, 김익상을 2차로, 이종암을 3차로 정했다. 김익상이 무슨 말을 하려고 일어서다가 침을 꿀꺽 삼키고는 그냥 앉았다. 거사 전날에야 겨우 모든 계획이 확정되었다.

국제도시답게 상해 황포탄 부두는 중국과 조선 사람 말고도 영국, 인도, 일본 사람을 비롯한 동서양 사람으로 언제나 우글거렸다. 가는 사람과 보내는 사람, 오는 사람과 맞이하는 사람, 수상한 사람을 찾아내려는 밀정, 자국민 보호 임무를 띤 경찰과 군인도 있었다. 다나카가 오는 배편이니 중국군도 제법 많이 깔렸다.

나는 강세우, 서상락과 함께 자전거 한 대씩을 가지고 멀찍이 떨어져 있었다. 거사를 치르고 단원들이 빠져나오면 자전거에 태워 도망칠 계획이었다. 하지만 주위에 사람이 너무 많다. 불길한 예감을 누를 수가 없다.

베에서 줄줄이 사람이 내렸다. 군복을 입었다고 모두 다나카가 아니다. 군복을 안 입었을 수도 있다. 드디어 사진으로 본 그 얼굴, 다나카가 배와 부두에 걸친 나무다리를 건넜다. 마중 나온 사람과 악수가 줄줄이 이어졌다. 그때 총성 두 발이 울렸다.

"성공이다."

강세우가 탄성을 질렀다. 하지만 다나카는 사람에 에워싸여 부두를 벗어나 자동차 쪽으로 달려가고 있다. 실패다. 총성 두 발이 또 울렸다. 그러나 군중이 몰려들어 어떻게 되었는지 볼 수가 없다. 더는 총소리도 폭탄 소리도 나지 않았다. 다나카가 탄 차는 떠나고 있다. 다나카가 총에 맞았다면 저렇게 떠날 수가 없다. 아무도 폭탄은 못 던진 모양이다. 너무 아쉽고 아까운 일이다.

그때 오성륜과 김익상이 도망을 치는 모습이 보였다. 여러 나라 경찰과 군인이 우르르 두 단원을 뒤쫓고 있다. 부두에 모인 군중도 나쁜 놈 잡으라고 소리치며 토끼몰이라도 하듯 뒤를 쫓고 있다. 자전거를 전해줄 방법도 기회도 잡을 수가 없다. 혼란스런 자리를 빠져나올 수밖에 없었다. 아, 또 실패다. 한두 번 겪은 일도 아닌데, 가슴이 무너져

내린다. 소중한 동지를 또 잃게 되면 어쩌나. 의백으로서 한없이 작아지고 아픈 순간이다.

해가 떨어질 무렵, 이종암이 본부로 뛰어들었다. 이종암은 입고 있던 외투를 벗어 던지고 군중 속에 파묻혀 피했다고 했다.

"오 동지가 다나카를 향해 쏘는 순간 웬 서양 여자가 앞으로 끼어드는 바람에."

서양 여자가 다나카 대신 총을 맞았다고 했다. 아뿔싸! 후회는 역시 되돌릴 수 없을 때 한다는 말이 맞다. 명중시킨 총탄이 다나카를 뚫고 나가 무고한 사람이 다치는 일을 막으려고 어젯밤에 총탄 앞을 십자무늬로 갈라 놓았다. 그러지 않았다면 서양 여자를 뚫고 나가 다나카를 해치울 수 있었을 텐데, 총알이 몸에 박히면서 네 조각으로 깨져버렸을 테니 뚫고 나갈 수 없게 되어버렸다. 애먼 서양 여자만 죽음이 헛되고 말았다.

오성륜은 서양 여자가 맞은 다음에 다나카가 맞은 줄 알고는 '대한독립 만세!'를 외쳤다. 김익상이 안 맞았다고 큰 소리로 알려주었지만 군중이 지르는 비명 소리에 곧 묻혀버렸다. 다나카가 몸을 숙이고 차로 달려가는 걸음을 따라잡아 김익상이 두 발을 쏘았다. 그다음부터는 엉망이 되어버렸다.

"두 발이 다 모자에 구멍을 냈을 뿐이에요."

너무 아쉽다며 이종암이 탁자를 내리쳤다. 총으로는 안 되겠다 싶어서 폭탄을 던졌는데 불발이었다. 이종암이 거리를 좁혀갔을 때 다나카는 이미 차 안으로 들어간 다음이었다. 김익상과 오성륜은 구강로 거리를 달렸다. 인도 경찰 한 명이 앞을 가로막았으나 김익상이 그 다리를 쏘았다. 애먼 사람을 죽일 필요는 없다. 한 영국 신문기자가 김익상에게 달려들어 권총을 빼앗으려 했다. 뿌리치며 쏜 총에 허리를 맞은 기자는 나가떨어졌다. 무슨 일인지도 모르는 채, 앞을 가로막는 군중은 김익상이 권총을 휘휘 흔들며 위협하자 흩어져버렸다. 하지만 뒤쫓는 군중은 점점 불어났다. 총알도 떨어졌다. 사천로로 접어들자 천막 친 트럭 여러 대가 길을 막고 서 있었다. 이종암도 어떻게 해볼 도리가 없었다. 1차 계획이 실패하면 2차와 3차에서는 성공률이 점점 떨어진다는 것을 확인하고 말았다.

강세우가 나갔다 오더니 두 동지가 공동 조계지 공부감옥에 있다는 사실을 알아왔다.

"아직 왜놈이 마수를 뻗치지 않았으니 오늘 밤이 기회입니다."

내일이면 일본 손에 넘어갈 테니 오늘 밤 안으로 실행을 하자는 말이다. 공동 조계지는 여러 나라가 공동으로 관리하는 구역이다. 여러 나라가 힘을 합쳤으니 더 단단하게 보일지 모르나 실상은 훨씬 느슨하다. 서로 책임을 미루기 때문이다. 보통 연합군이 분열할 때는 책임이나 험한 일은 상대에게 미루고 공은 서로 차지하려들기 때문이다.

나는 감옥을 부수고 동지 둘을 구해 오기로 결정을 내렸다. 감옥을 지키는 사람이 죽으면 건잡을 수 없이 문제가 커질 테니, 무슨 일이 있어도 총을 쏘지 말라고 당부했다. 내가 직접 가서 동지 둘을 구해 오고 싶었으나 모두 반대했다.

"의백이 갈 자리가 아닙니다."

본부에서 기다리는 시간이 얼마나 초조한지, 얼마나 심장을 조이는지 모르고 하는 소리다. 몰래 빠져나가 합류할까 했으나 박재혁과 한 약속이 떠올랐다. 어쩔 수 없이 합류를 포기해야 했다.

자정이 다 되어서야 오성륜만 구해서 돌아왔다. 더 깊숙한 곳에 있는 김익상은 경비가 몰려와 구하지 못했다면서 아쉬워했다.

"우리가 할 수 있는 최선이 여기까지인가 보오."

단원 모두 기운이 빠지지 않도록 격려했지만, 내 속도 말이 아니다.

"최선을 다했으니 기운 잃지 마시오."

자기 실수라며 자책하는 오성륜 등을 토닥여주었다.

"그런데 감옥으로 누가 찾아왔더라고요."

오성륜에게 모든 시선이 쏠렸다. 부두에서 총을 맞은 서양 여자 남편이 찾아왔더라는 말에 모두 깜짝 놀랐다. 복수하러 왔다고 생각했다. 부부는 상해가 '동양의 파리'라고 소문이 자자해서 여행길을 잡았다면서, 신혼여행 길인데 상해에 발을 디디자마자 아내를 잃었으니 처음에는 복수할 마음을 먹고는 군중과 함께 뒤를 쫓다가, 여기에 잡혀 있다는 소식을 듣고는 자신이 살인죄를 쓰고 그 감옥에 갇히는 한이 있더라도 창살 사이로 총을 쏘아 처단하려고 마음을 먹었다고 하더란다.

"그런데 알고 보니 세계 평화를 해치는 군국주의자를 죽이려 한 혁명가이고 조국 해방을 위해 나선 신사임을 알게 되었소."

자신은 아내를 잃는 불행을 당했으나 결코 원망하지 않는다고, 도리어 존경한다면서 자기 이름이 톰슨임을 밝히며 악수를 청하더라고 했다.

"아내가 죽은 일은 불행이지만 의열단을 영원히 기념하게 되었으니 무한한 영광이오."

남편 톰슨은 감옥 창살 사이로 오성륜 손을 굳게 잡고는 자신이 기회가 된다면 언제든지, 힘닿는 데까지 혁명을 돕겠다는 약속을 남기고 갔단다.

오성륜은 능력도 없는 자신이 1차를 맡아 신중하지 못한 판단으로 일을 망친 후회와 무고한 사람을 죽였다는 자책, 그리고 톰슨에게 받은 감동으로 울었다 웃었다 하며 마음에 갈피를 잡지 못했다.

이런 날은 실컷 취하게 해서 푹 자게 해야 한다. 오성륜 잔을 채워주며, 영문도 모른 채 목숨을 잃은 서양 여자와 동지가 되겠다고 한 남편 톰슨을 위해 잔을 들었다.

김익상을 압송하러 온 자는 1차 거사 때 이성우에게 비밀을 누설하게 만든 김태석이었다. 재작년에 서울역에서 마차에 오르는 조선총독에게 수류탄을 던진, 비록 총독 암살에는 실패했지만 수행원과 일본 경찰을 비롯해 서른일곱 명을 죽거나 다치게 한, 예순다섯 나이로 거사를 일으킨, 바로 그 대한노인단 강우규 선생을 체포한 놈이기도 하다.

"민족을 팔아 승승장구하는 놈입니다. 이런 놈을 죽여야 하는데."

강세우가 비감에 젖어 눈물지었다. 혹시라도 오성륜이 김익상을 구하겠다고 불필요한 행동을 할지도 몰라서 서상락을 붙여놓았다. 죽음을 불사한 사람이 할 수 있는 일은 무궁무진하니 미리 단속하지 않을 수가 없었다. 단원끼리 감시하느냐고 오성륜 입이 삐죽 나왔다.

"의백으로서 내리는 명령이오."

오성륜이 다른 생각을 못하도록 단호하게 잘라버렸다. 거사에 단원을 파견하는 게 아니라, 나서지 못하도록 만류하는 일이 의백인 나에게 더 큰 업무가 되어버렸다. 이 얼마나 우스꽝스러운 일인가! 이 얼마나 비감한 일인가! 일제가 상해를 샅샅이 뒤진다는 정보가 들어왔다. 오성륜을 상해에서 탈출시켜야 했다.

남다른 청년, 김산

"무슨 혁명가가 맨날 도서관에서 책만 보십니까?"

김산이다. 북경대학 도서관에 있는 책을 모두 다 읽을 기세라며 해맑게 웃었다.

"자네 공부는 어떤가? 의학은 사람을 살리는 공부라 더 재미있을 것 같은데."

나는 오래간만에 만난 김산이 반가워 질문을 하면서도 잡은 손을 놓지 않고 도서관 밖으로 나왔다. 내가 밀양에서 연무단을 할 때도, 신흥무관학교에서도, 임시정부 구국모험단에서도 사람 죽이는 공부만 했다고 하자 김산은 허공을 향해 고개를 바짝 들고는 껄껄 웃었다. 억지웃음인지 진심인지 구분이 잘 되지 않는 웃음이다.

"물론 의열단 투쟁은 고통이 따르지요. 하지만 환자에게 아픈 주사를 놓거나 쓴 약을 먹게 하거나 살을 째는 수술처럼 치료를 위한 고통 아닙니까."

김산은 의열투쟁이 큰 자유와 생명을 얻는 일이니 결코 사람을 죽이는 일이 아니라고 했다. 의사는 개개인을 살리지만 의열단은 조선 사람을 살리고, 나아가 세계 평화와 정의를 살리니 더 고귀한 의술이라는 말이 고맙긴 해도 마음이 편해지지는 않았다. 소문난 독서광답게 김산은 언제나 어떤 주제에도 막힘없이 자기 논리를 펼친다. 스물도 채 안 된 소년이라고 은근히 깔보았다가 코가 납작해진 사람이 한둘이 아니다.

김산은 작년에 임시정부 내무국장인 안창호 선생 소개를 받았다며 의열단을 찾아왔다. 소년티가 역력한 열여덟 살이지만 강단이 보통은 넘었다. 안창호 선생은 임시정부에서 독립신문을 만들던 김산을 장학생으로 남개대학에 입학할 수 있게 교섭해주었다. 그런데 어찌된 일인지 김산은 자퇴를 하고 북경으로 돌아왔다고 했다.

"안 선생님께는 죄송하지만……."

김산이 말끝을 흐렸다. 안창호 선생이 주선해 남개대학에 입학한 조선 청년은 여섯 명이었다. 가을 체육대회가 열리자 조선인으로서 자존심을 보여주라며 달리기를 잘하는 김엄을 등 떠밀어 내보냈다. 김엄이 1등으로 달리며 다른 선수와 점점 거리를 벌리자, 한 중국 학생이 '저 사람이 빠른 것은 너무 당연해, 왜놈 사냥개거든'이라며 조롱했다. 김엄은 달리기를 그만두고 중국 학생에게 달려갔다.

"그래, 사냥개 맛 좀 봐라."

김엄과 중국 학생이 뒤엉켜 싸움이 벌어졌다. 하지만 김엄만 교수에게 불려가 호되게 야단을 맞았다. 조선 학생 여섯 명은 학교에 강력 항의하고 등교를 거부했다. 대학은 조선 학생 여섯 명에게 장학생 자격 박탈 처분을 내렸다. 장학금에는 학비만이 아니라 생활비까지 포함되어 있기 때문에 장학금이 없으면 먹고살 수가 없다. 학업도 중단할 수밖에 없다.

이 사건은 상해에서 처음 들었다. 왜놈만큼은 아니지만 중국 사람도 조선을 깔보기는 마찬가지다. '너희 조선인은 일본에게 잡아먹힌 중국 지방정부 사람이니 긍휼히 여기고 선심을 쓰는데, 감히 중국 사람을 이기려 들다니'라며 조선을 속국으로 여기는 감정도 아직 남아 있다. 체육대회 주먹질 사건도 단순히 놀림 한 번으로 일어난 일이 절대 아니다. 중국 학생이 사냥개라고 소리친 내면에는 오랜 역사에서 배경을 찾을 수 있다. 또 학교생활에서 조선 사람이라는 까닭으로 차별하고 반목하는 일이 쌓이고 쌓여서 터진 사건으로 보아야 한다.

"한순간 멸시를 견뎠으면 학교에서 쫓겨나지는 않았겠지만, 더 큰 멸시와 더 잦은 조롱을 견뎌야 했을 테지요."

김산 말에 크게 공감할 수밖에 없었다. 학교가 양쪽 모두를 벌하고 서로 차별하지 못하도록 엄중 조치를 했더라면 피 끓는 청년 사이니, 몸을 놀리는 일에서나 지식을 나누는 일에서나 화해할 기회도 생기고, 주먹 사건이 서로를 이해하고 더 단결하는 추억으로 자리매김되었을 텐데 무척 아쉬웠다. 앞으로 긴긴 혁명 과정에서 두 사람이 우연으로 만나더라도 우정과 협력은커녕 은근한 경쟁과 불신이라는 편견을 끝내 극복하지 못하게 될 테니 중국에도 큰 손실이 아닐 수 없다.

'교육은 지식을 전하는 활동이 아니라 건전한 사회 구성원을 만드는 일이다.'

동화학교 전홍표 교장 선생님이 늘 강조한 말이 새삼 떠올랐다. 남개대학 교육방식이 참으로 아쉽다.

"생활비를 벌 수 있는 수단 없이는 혁명활동도 제대로 할 수 없습니다."

김산은 독립운동이라는 말을 쓰지 않았다. 의열투쟁을 혁명이라고 불렀다.

"일제를 몰아낸다고 해도 조선을 되살릴 것도 아니고요."

의열투쟁이 조선왕조를 되살리려는 활동이 아니라, 일제 섬멸을 비롯해 일체 불의를 몰아내 세계 평화를 지키고, 정의를 세우며, 민중을 자각시키는 운동이니까 혁명이라고 불러야 한단다. 김산이 펼치는 견고한 논리에 흐뭇한 미소를 숨길 수가 없었다.

"왜놈 하나를 죽이고 못 죽이고를 떠나서 폭탄 하나는 커다란 메시지를 던지는 일입니다."

드러나게 보이지 않아도 내 몸속에 생명을 이끄는 심장이 뛰듯이, 단지 폭탄 하나를 던지는 일이지만 세상에도 불의에 항거하는 심장이 뛰고 있음을, 그래서 평화와 자유라는 생명은 결코 죽지 않는다는 희망을 던지는 일이라는 주장과 논리에 막힘이 없다. 꼭 내 속에 들어와 내 생각을 낱낱이 읽는 것 같았다.

폭탄 전문가 마자르

술집마다 다니며 조선 사람만 보면 의열단장이 어디 있느냐며 만나게 해달라는 외국인이 있다는 말을 듣고는 단원을 모두 풀었다. 직접 가서 만나고 싶었지만 김산이 손을 내저었다.

"올가미일 수도 있어요. 제가 가볼게요."

일본이 친 덫일지도 모르니 단장이 직접 가거나 우르르 몰려가는 방법보다는 영어로 통할 수 있는 본인 혼자 가서 은밀하게 데려오겠단다. 맞는 말이다. 혹시나 했는데 역시나 마자르였다. 헝가리 사람인 마자르도 다행히 영어가 가능했다. 김산과 마자르는 어렵지 않게 의사소통이 되었다.

"닥터 리는 같이 오지 못했습니다. 미안합니다."

같이 온다고 연락을 해온 이태준을 이르는 말이다. 마자르가 소식을 전하는 목소리에 슬픔이 배어 있다. 이태준은 세브란스 출신 의사로 내몽골 고륜으로 가서 병원을 열었다. 변변한 치료기관이 없는 내몽골, 병에 걸리면 무당굿처럼 주술사나 부르는 나라에서 서양 의사인 이태준은 신보다 더 위대한 존재가 되었다. 몽골 왕족으로부터 큰 신임을 받고, 왕궁을 자유롭게 드나드는 신분이 되었다.

그 무렵 소비에트 혁명정부는 약소국을 돕는 자금으로 임시정부에 백만 루블 지원을 결정했다. 그 가운데에서 40만 루블을 넘겨받기로 했으나 일제 감시를 피해 임시정부가 있는 상해로 가지고 갈 방법이 없어 애를 태웠다. 그러던 차에 이태준이 몽골 왕으로부터 도움을 받아 몽골 땅을 거쳐서 돈을 운반해 왔다. 이태준이 아니었다면 코민테른이 자금을 지원하기로 결정했음에도 전달이 안 되어서 받지 못하는 상황이 되었을지도 모른다.

코민테른 자금 가운데에서 많은 액수가 의열단 활동비가 되었다. 이태준이 돈을 가지고 온 목적은 자금 운반 하나만이 아니었다. 의열단 가입을 위한 걸음도 포함되어 있었다.

이태준은 의열단이 폭탄 전문가를 구한다는 소식을 듣고 마자르를 찾아낸 모양이었다. 마자르는 헝가리군으로 러시아 내전에 참전했으나 포로가 되었다가 풀려났다. 그러나 여비가 없어서 고향으로 돌아가지 못하고 있었다. 팔 무기조차 없는 빈손이었다. 그렇게 마자르는 돈이 없어서 타향을 떠도는 신세를 벗어나지 못하고 있었다.

"피할 데도 없는 사막 한가운데에서 세미요노프 부대와 만나버렸지 뭐요."

세미요노프는 러시아혁명에 반대하는 한 부대를 이끄는 장군이다. 그 부대에 하필이면 요시다라는 일본인이 참모로 있었단다. 마자르와 함께 의열단 본부를 향해 오고 있던 이태준은 코민테른 자금을 운반한 게 빌미가 되어 결국 요시다 손에 목숨을 잃고 말았다.

"운명이 장난을 쳐도 유분수지 왜 하필 거기서 왜놈을 만나!"

김산이 주먹으로 탁자를 탕탕 내리쳤지만 내 가슴속에는 심장이 갈기갈기 찢겨 나가는 듯한 통증이 밀려왔다. 소중한 동지 한 명을 또 잃고 말았다.

이태준을 따라가기만 하면 된다고 여겼다가 졸지에 홀로 남겨진 마자르는 막막해서 발길을 되돌릴까 몇 번을 갈등하다가 마음을 굳혔다고 했다. 아는 것이라곤 의열단장이라는 것, 어디 사는지 어떻게 생겼는지도 모르는 사람. 이태준이 없으니 자신을 믿을지 안 믿을지도 모르는 사람을 찾아 혼자서 고생고생하며 북경까지 왔다. 그 고마움은 말로는 다 할 수 없다.

"닥터 리에게도 말했지만 나도 내 조국엔 열렬한 애국자입니다. 비록 나라는 다르지만 나와 같이 열렬한 애국청년을 돕는 것은 너무도 당연한 일입니다."

마자르는 폭탄 만드는 기술을 기꺼이 전해주겠다고 약속했다. 마자르를 북경보다 안전한 상해로 데리고 갔다. 프랑스 조계에 마자르 이름으로 셋집을 얻어 폭탄 만드는 본부로 삼았다. 그리고 의열단 1호 여성 단원인 현계옥을 불렀다.

"얼마나 기다렸는지 모르시죠?"

현계옥은 살짝 눈을 흘겼으나 당당한 태도는 여전했다. 그사이 영어에 능통하게 된 현계옥을 마자르와 동거하는 위장 부부로 만들었다. 김철성이 김일이라는 중국 사람으로 귀화할 때 어머니가 되어준, 중국 방역의원 조사구 원장 부인인 조 노태태老太太를 연락책으로 삼았다. 젊은 서양인이 동양 여자와 부부로 사는 집에 중국인 노파가 드나들며 살림을 돕는 자연스러운 가정이 되었다. 조 노태태에게 귀한 부인을 가정부로 만들어 미안하다고 했다.

"우리가 그 정도 일로 미안해야 하는 사이인가요?"

조 노태태는 도리어 나에게 핀잔을 주며 기꺼이 맡아주었다. 마자르가 폭탄을 제조하는 일을 돕도록 이동화를 옆에 붙였다. 연해주에서 오랫동안 활동해 러시아어에 능통했고, 빵을 굽거나 계란을 부치는 서양요리를 잘했다. 가정 요리사로 완벽한 위장이다.

일본 눈을 피하기 위해, 계란은 한 바구니에 담지 않는다는 속담처럼 상해 곳곳 열두 군데에 폭탄 제조 시설을 만들었다. 한 곳이 발각되더라도 피해를 분산시켜 한꺼번에 무너지지 않게 하려는 조치다. 폭탄 제조에 필요한 재료를 파는 곳은 일본 조계 안에 있는 '삼정양행'이다. 물론 일본인이 주인이다. 조선 사람이라면 천금을 싸 들고 가도 심지 하나도 살 수가 없다. 할 수 없이 중국혁명당 동지를 동원했다.

"술고래 의백이 이럴 때 대단한 위력을 발휘한다니까요."

김상윤이 놀렸으나 사실은 감탄이다. 중국 사람이든 만주 사람이든 서양 사람이든, 마주 앉기만 하면 단번에 설득하고 동지로 만드는 힘이 술에서 나온다고 치켜세웠다. 내가 나랏일을 했다면 술판을 벌여 당파도 없애고, 지역 파벌도 없애고, 모든 외적도 모두 굴복시켜버렸을 거라며 칭찬인지 놀림인지 모르겠는 소리를 연달아 뱉었다.

"칭찬도 아니고 놀림도 아니고 칭송이라고 알고 계시면 됩니다."

놀림은 놀림인데 기분 나쁘지 않은 놀림이다. 그러나 그만큼 내 책임은 더욱 무거워지고 있었다.

마자르가 만드는 폭탄은 정식 군대용이다. 때문에 이전에 만든 사제폭탄과는 비교도 할 수 없이 성능이 뛰어났다. 폭탄 제조도 급물살을 탔다. 일본 감시를 피하려고 사흘이나 나흘 만에 들러보면 폭탄이 일정한 숫자로 늘어나 있었다. 마자르가 성실하고 꾸준하게 만들고 있다는 증거였다. 게으름도 좀 부리며 하라고 해도 고개를 저을 뿐이었다.

"누구나 할 것 없이 급한 마음이 눈마다 주렁주렁한데 어떻게 여유를 부리나요."

시간이 점점 지나니 마자르가 일을 할 때 부르는 노래가 익숙해졌다. 슬픈 곡조가 꼭 아리랑을 닮았다. 읊조리듯 아리랑을 불러주었다.

"당신네 나라 노래도 슬프네요."

마자르는 자신이 늘 부르는 노래가 헝가리 가요라고 알려주었다. 헝가리도 우리처럼 슬픈 역사가 있는 나라냐고 묻자, 어느 나라나 영광된 역사가 있다면 꼭 그 영광을 위한 고통스런 역사가 앞에 있게 마련이라는 답이 돌아왔다.

"지금은 조선 청년이 일본에게 나라를 빼앗기고 타국을 떠돌고 있으나 후손은 반드시 영광스러운 역사 위에 살게 될 날이 온다고 믿습니다. 멋진 신사가 이렇게 많으니까요."

마자르가 나에게 용기를 주었다. 또한 자기가 그 영광스런 투쟁에 작은 도움이 되고 있으니 더 큰 영광이라고 자랑스러워했다. 이 헝가리 청년은 구슬픈 노래를 흥얼거리면서도 언제나 활발했고, 실패를 하더라도 결코 좌절하는 법이 없었다.

"이번에는 제대로 된 거사를 펼쳐봅시다."

내가 상해에서 북경으로 건너가자 단원 모두 한목소리로 각오를 다졌다. 의기가 하늘을 찔렀다. 고성능 폭탄이 착착 만들어져 쌓이고 있다는 소식이 점조직을 타고 모든 단원에게 전해졌기 때문이다. 서로 자기를 먼저 보내달라며 매달렸다. 죽으러 가는 길에 서로 먼저 나서겠다는 애원이라니.

혁명 정신을 담아낸 조선혁명선언

충주에서 농업학교 교사로 있다가 3.1만세운동 때 학생시위를 조직한 일이 발각되어 상해로 망명한 유자명이 단재 신채호 선생을 만나자고 이끌었다. 일제 강점이 아니었다면 꽃과 채소를 키우며 평생을 유유자적했을 유자명이다. 마침 단재 선생도 북경에 와 있었다. 단재 선생은 만나자마자 내 손부터 덥석 잡아주었다. 잡은 손에서 부드럽고 따뜻한 기운이 전해졌다.

"의백을 한번 보기가 소원이었는데 이리 늦었구려."

단재 선생은 눈물까지 글썽였다. 단재 선생은 임시정부가 생기기 전에 이미 북경에서 대한독립청년당을 만들고, 임시정부 수립 후에 의정원 의원이 되었으나 이승만이 부린 만행에 반대해 사퇴해버렸다. 단재 선생만이 아니라 수많은 인재가 이승만이 저지르는 횡포에 진저리를 치고 떠나버렸다.

'이승만이 임시정부를 말아먹었다.'

동포사회에서 이 말에 고개를 젓는 사람은 단 한 명도 없다. 하나 된 독립 의지와 열망을 단 한 사람이 벌인 파락호 짓으로 무너뜨려버렸다. 단재 선생을 만나니 애써 누르고 있던 울화통이 터졌다.

"우리는 지금 행동은 있으나 선전과 계몽이 없습니다. 우리 의열투쟁을 뒷받침하는 혁명선언을 선생님께 감히 부탁드립니다."

내 말에 단재 선생은 비록 늙은 몸이지만 무엇이든 돕고 싶다며 크게 공감해주었다. 천군만마, 아니 만군만마를 얻었다. 말을 마친 나는 선생을 향해 절을 올렸다. 갑작스런 절에 당황한 듯했으나, 선생은 상해에 가서 폭탄 만드는 것도 보고 단원도 만나보자는 말을 흔쾌히 받아주었다.

마침 국내로 들여보낸 단원이 돌아왔다. 사회주의자인 김한으로부터 '거사를 일으키면 공산당 조직을 동원해 국내에서 돕겠다'는 답을 가지고 왔다. 그 어느 때보다 순조롭게 준비가 착착 진행되었다.

"드디어 선생님께 폭탄을 보여드릴 날이 왔습니다."

단재 선생과 황포탄에서 배에 올랐다. 상해로 돌아온 지 한 달여 만이다. 김익상을 끝내 잃어버린 그 황포탄 부두가 너무나 쓰라렸다. 조노태태가 소유한 배는 두 시간 넘게 달려서 작은 섬에 닿았다. 본토로는 오가지 않는 어민 몇 가구만 사는 섬이라 무인도나 다름없다.

마자르가 만든 폭탄은 크게 세 종류였다. 암살용은 날씬한 병 모양인데 폭발할 때 강철 파편이 많이 퍼져서 총알처럼 몸에 박히는 것은 물론이고, 속에 황린을 넣어서 가스를 마신 사람을 해치는 폭탄이다. 파괴용은 두 손을 마주 보고 오그려 붙인 모양으로 모과 크기 정도되는데 강력한 폭발력이 있는 화약인 '제림 나이트'를 넣었다. 벽돌집을 뚫고 들어갈 정도로 폭발력이 커서 집을 단번에 무너뜨린다. 마지막으로 방화용은 대추씨처럼 길쭉한 모양이다. 폭발력이 세 가지 가운데에서 가장 강력하고, 화염이 넓게 퍼져서 순식간에 불지옥으로 변하게 한다.

마자르가 만든 폭탄은 한 발도 실패가 없었다. 지금까지 의열단이 만든 모든 폭탄과 비교해도 단연 뛰어난 성능이다. 모두 힘찬 박수와 함께 환호성을 질렀다.

"제가 좀 실력이 좋아요."

겸손보다는 솔직한 표현을 좋아하는 마자르다. 역시 서양 사람다운 면모라며 단재 선생이 껄껄 웃었다. 단재 선생이 마자르에게 헝가리로 돌아간다면 기꺼이 여비를 마련해주겠노라고 영어로 말을 했다. 마자르는 자신도 영어가 서툴지만 단재 선생 영어는 익살스럽다고 놀렸다.

"내가 한자로 영어를 배워서 그렇다오."

선생은 전혀 불쾌해하지 않았다. 단재 선생은 한자로 번역된 책으로 영어를 배웠다. 천자문을 하늘 천, 따 지, 검을 현, 누루 황이라고 운율을 살려 읽듯이, 하나 원, 둘 투, 셋 쓰리, 넷 포 하는 식으로 익힌 탓에 꼭 시조창이나 한문 독서 같은 억양이다. 사람마다 단재 선생을 두고 젊은이 앞에서 젠체하지 않는다고 칭송하는 까닭을 상해에서 한 달여 같이 지내면서 익히 보았으나, 외국인인 마자르도 스스럼없이 대하는 모습을 보니 더 크게 실감이 되었다.

"스페셜 버전입니다."

모든 실험이 끝나자 마자르가 폭탄 두 개를 더 내놓았다. 하나는 시계가 달렸고, 하나는 전깃줄을 심지로 달고 있었다. 시계가 달린 것은 시한폭탄이라고 했다.

"시계를 맞춰놓으면 그 시간에 터집니다."

이 폭탄은 던지거나 안전 고리를 직접 뽑지 않아도 터트릴 수 있다. 가방이나 궤짝에 넣어서 파괴할 장소에 놓고 오면, 정해놓은 시간에 폭탄이 갑자기 터지게 된다. 총독부든 경찰서든 들어가서 복도에 슬그머니 놓고 나오기만 하면 되는 폭탄이다. 무엇보다 거사를 한 단원이 체포되거나 다칠 염려가 없음이 큰 장점이다. 앞에 본 세 가지 폭탄에도 이렇게 시계만 달면 될 것 같았다.

마자르는 전기폭탄도 보여주었다. 폭탄에 연결한 전깃줄을 피해가 없는 곳까지 끌고 간 다음, 기폭 장치를 누르면 전기가 뇌관에 흘러서 터지는 원리다.

"자동차나 적군이 지나가는 길섶에 숨겨놓고 때를 맞춰 누르면 가장 가까운 곳에서 터지겠네요."

유석현이 어디에 쓰면 좋을지 단박에 알아챘다. 마자르는 러시아 내전에서 매복 작전할 때 큰 위력을 발휘했다며, 헝가리군이 승리하는 데 크게 기여한 폭탄이라고 알려주었다. 단재 선생은 말할 필요도 없고 모든 단원이 이미 거사가 성공이라도 한 듯이 사뭇 들떴다.

"한번 보시게."

섬에서 돌아와 사흘째 되는 날, 단재 선생이 조선혁명선언이면서 곧 의열단선언이 될 글을 완성했다.

"여기 와서 한 달여 동안 지내며 보고 들은 바를 바탕으로 만들어 보았네."

조선혁명선언은 '강도 일본이 우리 국호를 없이하며, 우리의 정권을 빼앗으며, 우리의 생존적 필요조건을 다 박탈하였다'로 시작했다. '인류로서 인류를 압박치 못하며, 사회로서 사회를 박삭치 못하는 이상적 조선을 건설할지니라'로 끝나는, 6천4백여 자에 이르는 거대 선언이었다. 그야말로 깊고 넓고 큰 혁명 정신이 오롯이 담겨 있었다.

"민중은 우리 혁명의 대본영이며, 폭력은 우리 혁명의 유일한 무기이다. 우리는 민중과 손잡고 끝없는 폭력, 암살, 파괴, 폭동으로 강도 일본을 타도하고 불합리한 제도를 개선하여 조선을 이상국가로 건설할 것이다."

나는 선언에서 마지막 결론 부분을 되새겨 읊으며, 의백으로서 성공하는 의열투쟁을 이끌 다짐을 다시 한 번 다졌다.

황포탄에서 다나카를 저격하려 할 때 뒤를 쫓은 군중처럼 되지 않고, 밤에 오성륜을 찾아온 톰슨처럼 의열단을 지지하는 사람이 되는 계기는 조선혁명선언으로 계몽하느냐 못하느냐에 달렸다.

'우리 혁명이 폭력 행위가 아니라 자유와 세계 평화를 위한 일임을 만방에 알리는 선언이다!'

조선혁명선언, 즉 의열단선언을 국내에도 널리 알리기 위해 수천 부를 인쇄했고, 조선에 와 있는 일본 관리에게 보내는 편지 형식으로 격문도 따로 만들어 국내로 들여보냈다.

일본 경찰 황옥 경부

"밀양 사람 김원봉이오. 잘 오셨소."

황옥과 마주 잡은 손에서 이물감이 전해 오지 않았다. 우리 편이라는 느낌이 왔다.

"오긴 잘 왔소만 잘 돌아가야만 잘 온 길이 될 테지요."

황옥은 말투부터 전혀 거리낌이 없다. 만나고 보니 당당하게 가서 만날 걸 그랬다는 후회가 되었다. 약한 모습을 보인 셈이 되고 말았다. 자존심이 팍 상했다. 같이 온 김시현에게도 체면이 안 섰다.

"허튼짓했다가는 살아 나가기 힘들겠구려."

황옥은 오는 길에 살기등등한 기운을 느꼈다며, 자기가 오는데 그 정도 대비도 없었겠느냐고, 충분히 예상한 일이라며 대수롭지 않게 여겼다. 그렇다. 반경 백 미터까지 건물마다 골목마다 단원이 한두 명씩 몸을 숨기고 있었다. 황옥이 눈짓한 살짝 열린 들창문 틈으로 장명등 불빛에 그림자가 두 개 보였다. 자신도 혼자 오지는 않았다는 뜻이다.

김시현이 처음 황옥 얘기를 꺼냈을 때는 단원 모두가 펄쩍 뛰었다. 너무도 당연한 상황이다. 일본 경찰 중간 간부인 경부가 의열단에 폭탄을 운반해주러 온다는 말을 아무도 믿지 않았다. '의열단 위치를 파악해 일망타진하려는 속셈이다', '맞서서 박살 내자'는 의기만 높았다. 천진에 도착한 황옥이 나를 만나자며 보내 온 연락에도 단원 모두 경계하는 마음이 역력했다.

"천진까지는 가더라도 그자가 오라는 일본 조계의 태양옥으로 가서는 안 됩니다. 프랑스 조계에 우리가 정한 장소로 오라고 해야 합니다."

아무리 이리저리 맞춰보아도 전혀 말이 되지 않는 상황이라며 유자명도 펄쩍 뛰었다. 함정이 분명하다며 절대 불가 의견을 거두려 하지 않았다.

황옥은 1차 거사 때 부산으로 내려가 곽재기를 체포해 간 놈이다. 믿음이 갈 리가 없다. 일단 단원 모두를 설득하는 일이 먼저다.

"호랑이가 스스로 찾아온다니 우리가 그 등에 올라타버립시다."

고개를 가로젓는 단원이 더 많았지만 언제나처럼 오랜 토론 끝에 황옥을 만나기로 결정이 되었다. 다행히 황옥도 프랑스 조계지로 오겠다는 연락이 왔다.

3.1만세운동 이후 일본은 문화통치를 내세우며 사회단체를 자유로이 만들 수 있게 했으나 기미년에 만세운동을 이끈 개신교와 천도교 산하에는 제대로 된 조직이 남아 있지 않았다. 문화통치는 민중을 안심시키려는 술수일 뿐, 더욱 악랄하게 감시하고 탄압했다. 모든 출판물은 검열을 거쳐서 조금이라도 일본 마음에 안 들면 펴낼 수 없었다. 일제에 협조하는 단체나 조직이 아니면 은근히 탄압해 결국 해체

시켜버렸다. 그래서 해체당한 조직에서 활동한 사람이 중국이나 만주로 망명해 독립군이 되거나 임시정부에서 활동했고, 의열단에도 많이 들어왔다.

그나마 새로 생겨나는 사회주의 단체인 고려공산당 국내 지부가 우리를 도울 유일한 조직이다. '일제와 자본으로부터 조선 민중을 해방시키고, 토지를 몰수해 무상으로 농민에게 균등하게 분배하며, 대공장과 광산, 기간산업은 국유화한다'는 고려공산당 강령은 의열단 공약과 일맥상통할 뿐만 아니라 '민중은 우리 혁명의 대본영'이라는 조선혁명선언에도 부합한다. 상대가 일본 편이 아니라면 손잡지 못할 까닭이 없다.

거사를 위해서 새로 조직을 꾸리려 했다가는 시간만 끌게 된다. 실패한 1차 거사가 되풀이될 뿐이다. 사회주의든 민족주의든 소련이든 중국이든, 혁명을 위해서라면 비록 일본이라도 누구라도 손을 잡아야 한다.

폭탄만 던지고 끝날 일도 아니다. 기미년 만세운동은 비폭력과 평화를 내세워서 아무 소득도 얻지 못했지만, 이번 거사는 일본 통치기관을 모두 부순 다음 국내 조직을 통해서 민중이 들고일어나는 순서다. 그래야 일본을 단번에 굴복시킬 수 있다. 다행히 고려공산당에서 임시정부에 파견한 이동휘 선생이 국내 지도자 김한과 김시현을 연결해주었다. 전국 주요 시설에서 폭탄이 터지고 나면 공산당 청년조직이 앞장서 전국에서 들고일어나기로 정했다.

여러 군벌이 벌이는 권력 다툼으로 치안이 불안하니 중국 경찰도 검문검색이 만만치 않다. 일본 밀정도 눈을 부라리며 여행자를 살핀다. 기차로는 결코 많은 폭탄을 운반할 수 없다. 이륭양행을 운영하는 아일랜드 사람 조지 쇼우를 통하는 길밖에 없다. 이륭양행이 운행하는 배에 실어 단동으로 가서 이륭양행 본사에 숨겨두면 된다.

그러나 압록강을 건너 국내로 들여갈 방법이 없다. 폭탄은커녕 쇳조각 하나도 국경을 통과하지 못한다. 완벽하게 만든 폭탄이 아무리 많아도 던지지 못한다면 돌덩이나 다름없다. 하지만 현직 경찰관 손을 빌어 들여간다면 손 안 대고 코 풀기나 다름없다. 황옥을 이용해야 하는 가장 큰 이유다.

암살용 폭탄 열두 발, 파괴용 열세 발, 방화용 열한 발, 그리고 조선혁명선언 수백 부를 이륭양행 배편으로 단동에 먼저 보냈다. 예민해서 충격을 받으면 안 되는, 그래서 짐으로 부칠 수 없는 시계 폭탄과 전기 폭탄, 권총 다섯 정은 가방 여러 개에 나누어 담았다.

마자르를 유람길에 나선 사람으로 변장시키기로 했다. 동양인 부인과 중국인 하녀를 거느리고 천진으로 여행 가는 서양 부자가 되었다. 폭탄 가방은 여행 짐이 되고, 운반 단원은 짐꾼이 되었다. 양복을 말쑥하게 차려입은 짐꾼 여럿이 뒤따르는 행렬은 누가 보아도 큰 부자라고 여길 수밖에 없다. 김재진은 전기 폭탄이 든 가방을 얼른 집어 들었다. 장치가 복잡해 가장 조심스럽게 다루어야 하는 폭탄이다.

"이 가방과 생사를 같이하겠습니다."

말은 비장해도 말투는 붕 떠 있다. 김재진만이 아니라 모두가 소풍 가는 아이처럼 들떴다. 여행 짐으로 위장한 가방마다 폭탄이 들었다.

일등칸에 탄 마자르라는 서양 부자 일행에게 검문을 하는 사람은 없었다. 위장 작전이 잘 맞아떨어졌다. 천진에 무사히 도착했다. 역을 빠져나와 프랑스 조계까지 가기만 하면 모든 일이 끝난다. 마자르가 앞장서서 역을 빠져나갔다.

"이봐, 잠깐 짐 좀 봅시다."

현계옥과 조 노태태가 나가고 뒤를 따라 나가려는 김재기를 중국 경찰이 붙잡았다. 만약 김재기가 들키게 되면 다음 행동을 위해, 나는 총이 든 가방을 들고 있는 권동신 옆으로 바짝 다가섰다. 권동신에게 내 옆에서 떨어지지 말라고 속삭였다. 여차하면 총을 써야 할지도 모른다. 김재기에게 순순히 가방을 넘기라고 눈짓을 했다. 다행히 조 노태태가 뒤돌아보고는 상황을 알아차렸다. 마자르를 불러 세웠다.

"이 사람 모두 내 짐꾼이고, 다 내 짐이오."

되돌아온 마자르가 눈을 부라렸다.

"굼벵이들 같으니라고. 얼른 나오지 못해?"

마자르는 느려 터져서 못 데리고 다니겠다며 짐꾼을 향해 짜증을 섞어 소리쳤다. 단원 모두 주인 호통에 놀란 하인 시늉을 완벽하게 내면서 우르르 검색대를 통과했다. 마자르 서슬에 눌려 중국 경찰은 아무도 우리를 막아서지 못했다. 외국인에게 있는 치외법권 덕을 톡톡히 보았다.

"젠장, 우리도 외국인인데."

김상윤이 투덜거렸다. 중국이 조선 사람을 외국인으로 대우하지 않고 치외법권도 주지 않는다며 아직도 우리가 자기 나라 속국인 줄 안다며 길어지려는 김상윤 푸념을 마자르가 재촉하는 큰소리로 덮어버렸다.

"굼벵이들아, 얼른 가자!"

중국 경찰이 슬금슬금 길을 비켜주었다.

황옥은 밀정일까, 아닐까

황옥은 일본에 나라를 빼앗길 때는 의열단원 모두 겨우 열두세 살밖에 되지 않아 망국을 막지 못한 책임도 없는데, 자기가 잘못하지도 않은 일에 왜 목숨까지 버리려 하느냐고 물었다. 시험하려고 던지는 질문이 분명하다.

"종로나 명동에 나가보면 일본에게 빌붙어 출세해보려는 조선 청년이 한둘이 아니오."

황옥은 일본이 조선에 만든 화려한 거리를 누비며, 일본 사람처럼 으스대며 살아보겠다고 조선을 잊어가는 청년이 넘쳐난다고 씁쓸하게 웃고는, 오지도 않을 독립을 바라고 애먼 목숨만 버리는 것 같다고 했다.

"이번엔 우리 차례요. 우리도 일본처럼 보내고 또 보내서 끝내 몰아내고 말 것이오."

나는 황옥을 향해, 황옥이 기대하는 대답을 해주었다.

을사년 무렵부터 의병을 일으켜 일본군과 싸웠으나 일본군은 자꾸자꾸 몰려왔다. 제천에서 일어나고 영덕에서 일어나고 전국 팔도에서 일어나고 일어나도, 일본군을 죽이고 죽여도 또 다른 일본군이 몰려왔다. 화수분에서 쌀 퍼내듯이 일본군은 아무리 죽여도 멈추지도 줄지도 않았다. 몰려드는 수는 점점 늘어만 갔다. 죽인 일본군보다 죽는 우리 의병이 더 많았고, 결국 나라를 빼앗겼다.

이제는 반대로 되갚아주겠다는 내 각오에 황옥은 연신 고개만 주억거렸다. 각오에는 '당신이 배신자라면 의열단원을 보내고 또 보내서 끝내 죽여버릴 것이다'라는 뜻도 포함되었다.

술이 떨어지지 않는 밤은 여름이 아니라도, 아직 3월이 며칠 남은 날이라도, 그리 길지 않다. 뿌옇게 밝아오는 창 너머로 장명등에 기댄 듯 서 있는 한 사람이 보였다.

"저치는 내가 국경 시찰이라는 명분으로 의열단을 일망타진하러 온 줄 알고 있소."

창밖을 본 황옥이 몹시 못마땅하다는 투다. 말은 지원이지만 실제로는 자기를 감시하라고 딸려 보냈다면서 일본 경찰국장을 원망했다.

"저치는 다카키라는 놈이오. 조선 사람으로 태어나 어떡하든 황국신민이 되겠다며 치는 몸부림이 보통 아닌 놈이오."

황옥 말에 내 입에서 끄응, 신음이 터져버렸다. 국내에는 일본 사람처럼 되고 싶어 안달 난 조선 청년이 넘치고, 황국 신민이 되기를 소망하며 일본 개가 되려는 저 조선 청년은 독립운동가인 우리를 감시하고 있다는 사실이 너무나도 답답했다.

황옥도 마찬가지라는 생각이 들었다. 말로는 누구나 독립운동가도 될 수 있고, 일본 경찰도 될 수 있다. 일본 경찰이 된 황옥이 마음을 바꿔 먹었는지, 경찰이 될 때부터 일본 개가 될 생각이 아니었는지는 알 수 없으나 도우러 왔다는 말을 믿어보기로 마음을 정했다.

들고 온 폭탄을 궤짝 하나에 담아, '총독부 경부 공용화물'이라는 패찰을 붙였다. 단동에서 건네받을 폭탄에도 붙을 패찰이다. 일본 누구라도 감히 손대지 못하는 짐이 되었다.

압록강만 건너면 신의주에서 김시현 조직이 폭탄을 넘겨 받기로 했다. 서울로 가져가는 문제는 국내 조직이 감당하기로 정했다.

"의백도 해방조국에서 큰일을 할 인재고, 나도 견마지로를 아끼지 않으려 하오."

황옥은 다카키가 계속 의열단을 감시할 거라고 알려주었다.

"나와 같이 가는 의열단을 국내 조직과 연결되는 순간 모조리 체포하는 줄 알고 있소."

때를 맞추어서 여기서도 의열단을 체포하려들 테니 그 전에 다카키를 적당히 처리하라고 했다. 하지만 적당한 처리란 없다. 사느냐 죽느냐가 있을 뿐이다. 죽음이 가장 적당할 뿐이다.

유석현과 김시현, 김상윤, 김재진을 비롯한 여섯 명이 황옥 경부를 수행하는 일행으로 꾸며서 기차를 타기로 정했다. 마자르는 단원 모두와 뜨겁게 포옹을 했다. 북경을 거쳐 헝가리로 돌아가게 된 그는 혁명이 성공하기를 진심으로 빌어주었다. 현계옥도 현정건에게 돌려보냈다. 마자르가 포옹하자고 할 때는 머뭇거리더니, 마자르 옆에 서서 마자르가 포옹한 사람을 현계옥이 이어서 포옹하자 우르르 마자르 앞으로 몰려들었다.

"염불보다 잿밥에 더 관심 있는 사람들이네요."

조 노태태가 피식거렸다.

지난 1923년 1월 12일에 의열단원 김상옥이 종로경찰서에 폭탄을 던져 일본 경찰을 죽이고 거사를 성공시켰다. 그 후 피신을 다니다 22일 5백여 명이나 되는 일본 경찰에 둘러싸였다. 일본 경찰 수십 명을 죽거나 다치게 한 후, 스스로 목숨을 끊었다. 이번 거사는 김상옥에 대한 복수도 겸하고 있다. 모든 준비는 완벽하다. 총독부와 동양척식주식회사, 전국 경찰서에서 동시에 폭탄이 터지고 왜적과 친일파를 처단할 날이 눈앞에 왔다. 이번에야말로 불발탄과 시간 끌기도 없이 일사불란하게 해치울 조건이 다 갖추어졌다. 김상옥 사건을 처리하기 위해 북경에 왔다는 황옥이 오히려 의열단과 합심하고 복수에 앞장서게 되었으니 김상옥 동지가 주고 간 숙제를 풀어간다는 희열이 차올라 가슴이 두근거렸다.

뒤를 깨끗이 정리해야 앞에서 탈이 나지 않는다. 상해로 돌아가지 않고 북경에서 다카키를 정리하기로 결정했다.

"일망타진 욕심을 부릴 테니 당장 덤벼들지는 않을 겁니다."

미행을 하면 때를 보아서 뒤를 치자는 김산 의견에 따라 다카키가 미끼 물기를 기다렸다. 하지만 나흘이 지나고 닷새가 지나도 다카키는 미행 거리를 좁혀오지 않았다. 좀처럼 덫에 걸려들지 않자 할 수 없이 올가미를 짰다. 북경 주위에 있는 단원에게 총동원령을 내렸다. 일본 경찰이 움직이면 숫자로도 밀린다. 먼저 움직여 처단해야 한다.

김산이 북경대학 학생인 수수와 가향이를 데리고 천안문 광장으로 나왔다. 나와 짝을 맞추니 젊은 남녀가 쌍쌍이 만난 흔한 풍경이 되었다. 광장에 노출되어 있으니 다카키는 광장 주변 골목이나 건물에 숨어서 감시를 할 가능성이 높다. 덫에 걸려드는 셈이다. 반대로 다카키가 저격하기로 마음먹는다면 우리는 피할 데 없이 죽은 목숨이다.

역시 한 시간도 지나지 않아서 권동신이 지나치며 신호를 주었다. 남쪽 해자 옆 골목 모퉁이에서 졸개 하나를 거느린 다카키와 딱 마주쳤다. 우리는 셋이고 저쪽은 둘이다. 숫자보다 더 중요한 사실은 우린 마우저 C96을 뽑아 들었고, 저쪽은 권총이 아직 품속에 있다는 점이다.

국내라면 순식간에 일본 경찰이 들이닥쳤겠지만 여기는 중국 땅 북경이다. 일본 경찰이 들이닥치더라도 의열단원 수도 결코 적지 않다. 시간을 끌어도 구출될 수 없다며 희망을 버리라고 다카키에게 깨우쳐주었다.

"해방조국에 돌아가면 가족에게 전해주마. 유언이 있느냐?"

내 물음은 죽는 순간이라도 사람다움을 찾으라는 마지막 기회다. 죽음 앞에 초연할 수 있는 사람은 우리 단원뿐이라는 믿음이 이번에도 깨지지 않았다. 다카키 역시 우리 혁명을 돕겠다며 목숨을 구걸했다.

"너 같은 놈 도움은 필요 없다."

이름까지 일본식으로 바꾼 주제에 무슨 염치냐며 권동신이 뺨을 후려쳤다. 알아내야 할 정보가 있는 것도 아니고 살려두어야 할 까닭도 없다. 나는 우리 단원 손에 피 묻히게 하기 싫어서 권동신에게 권총을 달라며 손을 내밀었다. 권동신이 직접 하겠다며 손사래를 치고는 뒷걸음을 쳤다.

"당신들은 황옥을 믿겠지만, 황옥만 탈이 없으면 무사할 줄 알지?"

다카키가 살길을 찾으려는 듯 미끼를 던졌다. 같이 간 모든 대원을 믿느냐며 내 눈을 빤히 보았다. 이간계를 써보려는 짓이 분명하다. 흉계인 줄은 알지만 가슴이 덜컥 내려앉았다. 목숨과 정보를 바꾸자는 말에 잠시 흔들렸다. 듣기라도 해보자는 미련이 파고들었다.

이번에도 망설임 다음에 좋은 결과는 없다는 사실만 확인하고야 말았다. 사살 명령을 내리려는 순간 총탄이 날아들었다. 담벼락에 몸을 붙이며 피하는 순간에 다카키가 도망쳐버렸다. 총탄이 날아든 방향이라 뒤쫓는 건 자살이나 마찬가지다. 권동신에게 총을 받아 들고 다카키 졸개 머리에 댔다.

"쏘면 이놈은 죽는다."

총탄 날아든 방향으로 소리쳤다. 졸개를 방패로 세우고 뒤에 일렬로 몸을 숨겼다. 뒷걸음질로 골목 구비를 하나 돌았다.

"김재진, 김재진이가 프락치예요."

죽음을 예감한 다카키 졸개가 허리를 잔뜩 웅크리며 다급하게 외쳤다. 제발 살려달라는 애원은 들리지도 않고, 정신이 번쩍 들었다. 뒷일을 김산에게 맡기고 권동신만 데리고 북경 역으로 달렸다.

조지 쇼우는 일제에 강점당한 조선 사람을 동포라도 되는 듯이 대한다. 식민지 백성으로서 동병상련이다. 전용 기선까지 있는 거대 무역상이지만 의열단이나 조선 혁명가에게는 든든한 동지이자 뒷배다. 조지 쇼우는 황옥도 함께 와서 이륭양행에서 폭탄을 받아 갔다고 했다.

"황옥과 함께 온 최용득에게도 믿어도 되느냐고 세 번이나 물어보았다오."

매국노와 애국자는 동전 양면 같다며 황옥을 믿느냐는 물음은 강력한 의심 때문이다. 아무도 믿지 않는 사람을 혼자만 믿고, 모두가 믿은 사람은 혼자만 못 믿게 된 상황이 너무나도 서글펐다. 최용득이 조금이라도 망설이는 기색을 보이면 자기가 직접 황옥을 쏘려고 했다며 진저리를 쳤다.

"아무래도 이번 일은 잘못 꾸몄다는 예감이 들었는데 역시 그렇군요."

얼른 국내로 들어가서 프락치를 제거하라며 내 등을 떠밀었다. 조지 쇼우가 마련해준 어선을 타고 압록강을 건넜다. 어선으로 위장하니 어떤 검문도 받지 않고, 아무 방해도 없이 도강에 성공했다. 신의주에서 폭탄을 넘겨받아 보관 장소로 약속된 곳에서도 이미 평양으로 떠난 다음이었다. 평양에서 또 다른 공산당원 조직원이 넘겨받아 서울로 가게 된다. 그 밤으로 곧장 평양행 기차를 탔다.

"어제 아침에 서울로 떠났습니다."

평양 조직원도 발만 동동 굴렀다. 다카키를 처리하려다가 너무 늦어버렸다고 자책을 했다.

"그놈을 못 잡았으면 김재진이 프락치라는 사실도 몰랐잖아요."

권동신이 아직 포기는 이르다며 얼른 서울로 가자고 채근했다. 서울역으로 바로 들어가기가 위험해 개성에서 내렸다. 백 리도 넘으니 새벽에 출발한 길이 해가 저물어서야 새문안 아지트에 도착했다.

다음 날 사정을 알아보러 나간 권동신은 돌아오지 않고, 자신이 공산당원이라고 밝힌 청년이 얼른 피하라면서 턱에 찬 숨을 주체 못하고 땅바닥에 주저앉았다.

"모두 잡혔어요."

나는 골목을 뛰어나오면서 황옥한테 잡혔느냐고 물었다.

"그 사람도 잡혔어요."

골목 갈림길에서 갈라지며 김재진이 밀고했냐고 물어보려는데 이미 거리가 너무 멀어졌다. 일본 경찰 여럿이 골목 들머리로 오고 있다. 되돌아서 뛰었다. 아직 들키지 않았다. 마을 뒤로 빠져나와 인왕산에 숨어서 밤이 되기를 기다렸다. 황옥이 배신자라면 같이 들어온 단원이 다 잡혔다는 소식을 듣고 일망타진된 줄 알 테니 조금은 긴장이 풀렸다. 해가 안산으로 넘어가는 때를 맞춰 무악재를 넘었다. 개성을 향해 밤길을 걸었다. 어제 온 길을 아무 성과도 없이 되짚어 가는 걸음에 좀처럼 힘이 들어가지 않았다. 자꾸만 무릎이 꺾이려는 절망을 추스르고 이를 악물었다.

나흘 만에 찾아간 이륭양행은 문이 굳게 잠겨 있었다.

"그 사람 어제 추방당했어요."

거리를 지나는 사람이 알려주었다. 이번 거사를 도와준 일이 외국인인 조지 쇼우에게까지 미쳤다는 사실이 더욱 참담했다. 조선 독립운동가에게 피신처이자 연락소이기도 했던 이륭양행도 없어져버렸다. 일본 실력이 좋은지 우리가 실력이 부족한 것인지, 매번 느끼지만 거사 성공은 참으로 어려운 일이다.

"너무 어이가 없소."

사흘 뒤에 혼자 돌아온 김지섭이 기가 막힌다는 표정을 좀처럼 풀지 않았다. 김재진이 밀고한 것도 맞는데, 사회주의 청년조직이 허술했기 때문이기도 했다며 아쉬워했다. 아직 실전 투쟁 경험이 없고, 노련한 투쟁 단위로 성장하지 못했기 때문에 비밀 유지가 철저하게 되지 않은 탓이라고 했다. 하지만 유자명은 사회주의 청년조직 잘못이라고는 하지 말자고 했다.

"국내에서 창당 준비도 변변히 못하고 있는 조직입니다. 아직 의욕만 넘치는 단계이니 체계가 단단할 리 없고, 투쟁 강령이 확고하게 자리 잡혔을 리가 없지 않겠습니까, 어쩔 수 없는 한계라고 해야 합니다."

감당할 수 없는 일을 떠맡긴 우리 잘못이 더 크다며, 거사 실패가 국내에서 사회주의 조직을 세우는 데에 방해만 되었으니 도리어 미안하게 여겨야 한다고 정리했다. 나는 일제가 지나치게 분투해 민중을 옭아매고 있으니 제대로 된 조직이 생기나기도 어렵고, 생겨도 제대로 활동하기 어렵다며 현실을 직시하자고 다독였다. 상대를 비난하는 만큼 연대는 멀어지고, 다름을 인정하지 못하는 만큼 소통도 멀어진다는 걱정도 덧붙였다.

"우리는 완벽한데 상대가 모자란다는 논리는 절대로 펼치면 안 되오."

유자명이 들어온 뒤로 토론 자리가 더욱 단단해졌다. 조선혁명선언을 가장 잘 이해해서 단원에게 혁명을 이론으로 각인시키는 데에 큰 역할을 해준다. 김상윤은 황옥이 일부러 체포된 척하는지도 모른다고 희망을 놓지 않았다.

"황옥이 자기 공이라고 우겨서 몇 명은 빼내줄지도 몰라."

김상윤 말은 황옥이 원래 자기 계획대로 의열단을 국내로 유인해 일망타진했고, 그 가운데에서 몇 명은 자기가 심은 프락치라고 일본을 속인다는 말이다. 실제로 그런 일이 일어난다면 어디까지 믿을 수 있을까? 황옥까지 체포된 것 말고는 의열단을 국내로 유인해 일망타진한다는 계획대로 모두 이루어졌다. 황옥이 체포되지 않았다면 우리 계획이 실패한 상황이 아니라 황옥 계획이 완벽하게 성공한 상황이다.

"황옥은 어디까지가 진실일까요?"

아무도 김지섭이 던진 질문에 답하지 못했다. 그는 너무 분하다며 입술만 자꾸자꾸 깨물었다.

황옥과 악수하는 순간 손에 전해온 느낌이 틀리지 않았으면 좋겠다고 바라는 내 마음조차 너무 초라해졌다.

일본을 놀라게 한 황궁 앞 폭탄 투척

"이 김지섭이 나서야만 하는 일이오."

경상도 안동 사람 김지섭과는 내가 밀양에서 일합사로 활동할 때 대구 회합에서 처음 만난 사이다. 작년에 의열단에 가입했다.

"일본이 나라를 빼앗는 일에 앞장을 선 셈이라 너무 부끄럽소."

김지섭은 대한제국 시절에 금산 지방법원에서 서기와 통역을 겸해 근무한 일을 몹시 후회했다. 그는 스물한 살에 상주보통학교 교사가 될 정도로 학문에 뛰어난 사람이다. 발전한 일본을 배워야 한다며 독학으로 일본어도 달통했다. 선진문물을 받아들이려고 배운 뛰어난 일본어 실력과 개화에 앞장선다는 자부심이 오히려 우리나라가 일제 강점을 당하는 데 앞장선 결과로 이어졌다며, 크게 자책했다.

남들은 못 들어가서 안달인 법원 서기를 그만두고 고향으로 돌아가 독립운동에 나섰고, 중국과 만주와 소련을 오가며 활동했다. 황옥과 함께한 거사 때는 만주에 있다가 힘을 보태기 위해 국내로 들어갔는데 검거 소식을 듣고 연해주로 피했다가 북경으로 복귀했다.

"의백은 고민 마시오. 나에게 마침맞은 일이오. 곧 마흔이 되는 이 몸이 나이가 절반밖에 안 되는 여러 청년동지 사이에서 밥이나 축내고 세월이나 좀먹으며 살란 말이오!"

좀처럼 화를 내지 않는 김지섭이 불같이 화를 내며 주장을 꺾지 않는 바람에 서로 가겠다는 양보 없는 논쟁이 순식간에 정리되었다. 장유유서까지 들먹이는 바람에 다른 단원은 입도 뻥긋하지 못했다. 다른 단원은 나이가 많다고 해도 20대 중반이 고작인데 김지섭은 올해 서른아홉이다.

몇 달 전인 1923년 9월에 동경을 중심으로 하는 관동 지방에 큰 지진이 일어나 집 대부분이 부서졌다. 마침 점심시간, 집집마다 밥 짓느라 피운 불이 번져 큰 화재도 일어났다. 그 난리는 일본 사람에게는 자연재해인 지진이었으나, 일본에 사는 조선 사람에게는 지진보다 더 무서운 사변으로 변하고 있었다. '조선인이 우물에 독을 넣는다, 조선인이 집에 불을 지른다'는 근거 없는 소문이 떠돌았다. 군대가 치안을 바로잡는 계엄령이 내려졌다. 마을마다 일본 사람이 스스로를 지킨다며 자경단을 만들었다. 군대와 경찰이 뒤에서 돕고 자경단이 앞장서서 조선 사람을 학살했다.

"6천 명이나 희생되었다고 합니다."

김산으로부터 보고를 받은 나는 지진으로 일본 사람이 품게 된 불만과 분노를 다른 방향으로 돌리려는 술책이라는 분석을 내놓았다. 단원 모두는 내 말을 듣고 크게 분노했다.

지진이 일어나기 며칠 전, 일본에서는 수상이 암살당하고 내각이 총사퇴했다. 그러나 아직 새 내각은 구성되지 않고 있었다. 일본에서는 지진이 일어나기 전부터 공산주의 운동이 일어나 급속하게 퍼져나가고 있었다. 러시아에서 일어난 혁명이 일본에서도 일어날 분위기였다. 거기에 극심한 정치 불안과 혼란, 경기 침체까지 겹쳐 민심이 흉흉했다. 불황으로 높아진 실업률을 값싼 조선 노동자가 일자리를 빼앗은 탓이라며 일본 정치인과 언론은 일본 사람이 분노하도록 부추겼다.

김산은 내무대신 미즈노가 3.1만세운동 때 조선총독부 정무총감이었고, 경시총감 아카이케는 3.1만세운동 때 조선총독부 경무국장을 지냈다는 말을 덧붙였다.

"이 두 놈이 일본 민중에게 조선 사람을 죽이고 스스로를 지키라고 부추겼습니다."

김산은 그 두 사람이 철저하게 계산해서 저지른 일이라고 했다.

일본 입장에서 3.1만세운동은 폭동이다. 사무라이 나라인 일본에서는 폭동이란 절대 일어나지 않을 일이니 3.1만세운동은 일본이 한 번도 겪어본 적 없는 민중봉기였다. 무자비한 폭력 진압은 전 세계로부터 엄청난 비난을 불러왔고, 조선 강점에 대한 비판까지 뒤집어써야 했다.

미즈노도 아카이케도 조선에서 폭력으로 진압한 책임을 지고 물러나 일본으로 왔는데 일본에서도 폭동이 일어난다면 자국민을 상대로 폭력 진압을 할 수 없으니 막을 방법도 없다. 군인이나 경찰이 총이나 칼로 조선 사람을 죽이면 또 엄청난 문제가 일어날 게 뻔하다. 그래서 민간인 조직인 자경단이 집에 숨겨둔 일본도나 죽창, 쇠꼬챙이나 곤봉으로 직접 조선 사람을 죽이도록 유도했다. 사회가 불안할 때 일어난 대지진, 거기에 엎친 데 덮친 격으로 용광로처럼 끓어오른 분노를 엉뚱한 대상인 조선 사람에게 풀게 만들었다. 정부에 불만을 품는 분위기를 싹조차 틔우지 못하도록 만드는 술수였다.

자경단은 의심 가는 사람에게 일본말을 시켜서 발음이 이상하면 조선 사람이라 간주해 잔인하게 죽였다. 자경단에 학살당한 사람 가운데에는 북해도에서 온 일본 사람도 있었는데, 북해도 사투리가 본토와 발음이 달랐기 때문이다. 그런데 북해도 사람 말고도 죽은 일본 사람은 바로 공산주의자였다.

"공산주의자는 자경단이 아니라 일본 경찰이나 군인에게 살해당했습니다."

김산 말을 들으니 일본 공산주의자를 죽이기 위해 조선 사람을 죽였을지도 모른다는 생각이 강하게 들었다. 혼란을 틈타 폭동을 일으키려는 조선 사람을 죽이는 과정에서 부득이하게 일본 공산주의자 몇 명이 죽게 되었고, 이 또한 자경단이 저지른 실수이니 일본 정부에는 책임이 없다며 발뺌하기 딱 좋은 상황이다. 일본이 얼마나 비열하고 잔혹한지 또 한 번 민낯을 마주했다. 결국 의열단에게는 복수할 까닭이 하나 더 늘었다.

그러나 복수를 하려 해도 방법이 많지 않았다. 폭탄이야 마자르가 가르쳐준 대로 만들면, 마자르가 만든 폭탄의 성능보다 조금 떨어지더라도 거사를 치를 정도는 된다. 하지만 폭탄을 국내로 들여갈 길이 완전히 없어져버렸다. 기찻길도 뱃길도 검문검색이 심해져서 이제는 맨몸으로 들어가기도 어렵다. 게다가 국내에는 일을 치를 청년조직도 남아 있지 않은 상황이다. 물고기처럼 바다를 헤엄쳐 가거나 새처럼 하늘로 날아가거나 두더지처럼 땅속으로 굴이라도 파고 가는 수가 아니면 길이라고는 없다.

"꼭 조선으로 가야 하는 일은 아니오."

김지섭이 일본으로 바로 쳐들어가겠다며 나섰다.

"두꺼운 갑옷을 입은 사람은 속옷이 느슨하게 마련이오."

일본이 조선보다 경계가 더 허술할 수도 있다며 김지섭은 일본 본토를 공격하는 계획을 짰다. 마침 신년을 맞아 동경에서 제국의회가 예정되어 있고, 조선 총독을 비롯한 고관 대부분이 회의에 참석한다는 소식이 들려왔다. 김지섭은 방청객으로 꾸며서 의회장에 들어가 폭탄을 던지면 될 일이라고 했다.

"일본어를 독학으로 배운 몸이오."

일본 소굴에 들어가는 일은 식은 죽 먹기보다 더 쉽다며 모두를 안심시켰다. 일본이 벌이는 강도정치를 폭로하고 무고하게 희생된 동포를 영혼이라도 위로하겠다며 기꺼이 길을 나서겠다는 결심을 굽히지 않았다. 다른 단원 여럿이 같이 가겠다며 일어났으나, 김지섭은 손을 크게 내저었다.

"흉측하게 생긴 청년이 우르르 갔다가는 일본 눈에 걸려들기에 딱 좋지요."

일본어도 모르는 사람이 떼 지어 몰려가면 의회장 앞에서 모조리 잡혀서 굴비처럼 엮이기 십상이라며 혼자 가겠다고 했다. 아무 한 일도 없이 부끄러움만 나이 위에 층층이 쌓았을 뿐이라며 더 이상 부끄럽지 않게 해달라며 단원 모두를 빙 둘러보았다. 결국 아무도 나서지 못하고 고개만 떨구었다.

일본까지 여러 단원이 갈 수 없는 더 큰 사정을 김지섭은 잘 알고 있었다. 황옥과 함께한 거사에 모든 힘을 쏟아부었기 때문에 지금은 재정 상태가 말이 아니다. 한 사람만 보내는 여비조차 마련하기가 쉽지 않았다. 정식 여객선을 탈 수 없으니 밀항을 할 수밖에 없고, 밀항을 하면 여객선보다 돈도 많이 들 수밖에 없다. 돈이 있다고 다 밀항이 되는 것도 아니다. 뱃사람과 끈이 닿아야 한다.

김지섭이 일본으로 들어갈 방법은 일본 사람을 통하는 수밖에 없다. 나가사키 출신 사회주의자 고바야시로부터 도움을 받기로 했다. 형인 고바야시 간이치는 마자르가 폭탄을 만들 때 재료를 샀던 삼정양행이 소유한 석탄 운반선을 타는 선원이다. 선원은 월급보다 사람과 물건을 몰래 옮겨주는 밀항과 밀수로 더 많은 수익을 얻는다.

그냥저냥 교섭이 통해서 김지섭을 아편 밀수꾼으로 꾸며 후쿠오카로 가는 석탄 운반선 창고에 숨겨주기로 교섭이 되었다. 다른 선원이 알아도 다들 이해해주기야 하겠지만 그렇다고 선실을 쓰게 해줄 수는 없다. 눈에 띄면 다른 동료 선원에게 민폐만 된다. 일본 사람은 다른 사람에게 폐를 끼치는 일을 극히 꺼리는 족속이다.

김지섭은 일본에 도착하자마자 편지를 보내왔다. 1923년 12월 20일에 상해에서 출항한 배가 후쿠오카에 도착한 날은 한 해가 저무는 12월 31일 밤이었고, 한줄기 빛도 들어오지 않는 석탄 창고에 갇혀 바다를 건넜다고 썼다. 1924년 새해 첫날을 맞아 고바야시 간이치가 자기 집에 다녀온다고 갔으니 내일 돌아오면 저녁에 도쿄로 출발한다는 내용이었다. 첫날까지는 순조롭게 일이 흘러간 모양이다.

하지만 며칠 뒤에 쓴 두 번째 편지에는 절망이 가득했다. 하루 만에 집에 다녀온다던 고바야시 간이치는 이틀이 되어도 오지 않았다고 했다. 상해에서 출발할 때 일본 돈 40원을 가지고 갔으나 배를 타자마자 고바야시 간이치가 3원을 빌려달라고 해서 거절할 수 없는 처지라 주었고, 배 안에서 소소한 생필품을 구하느라 12일 동안 5원을 썼다. 상륙 후 여관에 들자 고바야시 간이치가 다른 선원과 높은 사람을 대접해야 한다며 7원을 달라고 했고, 자기가 동경까지 길 안내로 함께 가야 하는데 여비가 부족하니 집에 가서 돈을 구해 온다며 다녀올 여비로 5원을 달라고 해서 주었다고 했다. 수중에 남은 돈은 20원. 여관비가 3박에 12원이 들었고, 3원을 잡비로 썼으니 5원이 남았다고 했다. 도쿄까지 삼등실을 타도 15원이 들고 거사를 치를 때까지 최소한의 식비로 5원은 들 텐데 수중에 남은 돈은 5원뿐이라고 썼다. 결국 모포와 외투와 시계를 저당 잡혀 마련한 15원으로 여비를 삼아 1월 3일 도쿄로 떠난다는 내용이었다.

기다림은 언제나 가슴을 졸이게 한다. 특히나 거사 소식을 기다리는 마음은 더욱 그렇다. 답답한 시간이 흘러흘러 드디어 거사 소식이 들려왔다. 그러나 원래 목표로 한 의회장 폭탄 투척이 아니었다. 실행된 거사는 일본 왕이 사는 궁성 앞 다리인 이중교에서 일어났다.

도쿄로 가는 열차 안에서 제국의회가 휴회된다는 소식을 들은 김지섭은 순간 난감했다. 어렵게 일본까지 왔는데 거사를 없는 일로 할 수는 없었다. 골똘히 생각한 그는 황궁에 폭탄을 던지기로 결심했다. 황궁은 일본 왕이 사는 궁으로 일본 사람이 성역으로 여기는 곳이다.

1월 5일에 도쿄에 도착한 김지섭은 석양 무렵에 궁성 앞 광장으로 가서 날이 어두워지기를 기다리며 주변을 배회했다. 이를 수상히 여긴 경비경찰이 검문하러 다가오자 궁성으로 건너가는 이중교 중앙을 향해 폭탄 한 개를 던졌지만 불발되고 말았다. 다시 이중교 다리 난간에 올라가 두 번째 폭탄을 궁성 정문 쪽으로 던졌으나 또 불발이었다. 그사이에 가까이 다가온 초병과 격투를 벌이다가 마지막 남은 폭탄 하나를 자폭용으로 던졌으나 역시 불발되고 말았다.

일제는 긴급 각의를 열어 보도 금지령을 내리고 경시총감, 경무부장, 궁성경찰서장을 전원 면직시켰다. 신처럼 떠받드는 왕이 사는 궁성 입구에서 폭탄이 투척된 자체로 큰 충격이었다.

거사 실패 소식을 들은 한 달 뒤쯤 김지섭에 대한 재판 소식이 들려왔다. 김지섭은 재판정에서 일제가 조선을 강점한 일이 왜 죄인지, 총독 통치가 얼마나 악랄한지를 당당하게 밝히고 일제에 항거하는 일이 정당함을 소리 높여 주장했다. 김지섭은 무기징역을 선고받고 얼마 뒤 옥중에서 이유를 알 수 없는 죽음을 맞았다.

“빌어먹을 왜놈. 가만두지 않을 테다.”

김상윤은 치미는 오열을 누르지 못했다. 단원 모두 비탄에 빠져 한동안 말을 잇지 못했다.

“부산까지만 오면 어떻게든 돌아올 수 있었을 텐데.”

유자명 말대로 황옥과 함께한 거사 때도 감시망을 피해 돌아왔으니 마음만 먹었으면 무사히 복귀했을 김지섭이다.

“자꾸 나이 말씀을 하시더니 무슨 일을 해서라도 지진으로 희생당한 동포를 위해 영혼을 달래고, 꼭 복수를 하려는 마음이었나 보오.”

내 말대로 모두 김지섭이 돌아오지 않은 까닭을 이해하게 되었다.

황옥과 함께한 거사를 실패했다는 자책이 누구보다 컸던 김지섭은 그렇게 우리 곁을 떠나갔다.

성공과 죽음을 바꾼 나석주

나석주는 임시정부에서 활동한 사람으로, 1926년 5월 김창숙과 함께 찾아와 의열단원이 되었다. 내가 "밀양 사람 김원봉이오!"라고 하자, 재령 사람 나석주라며 손을 마주 잡았다. 손으로 전해 오는 기운으로나 절도 있는 말투와 단단한 몸짓으로나 군인 티가 뚜렷했다.

나석주는 일본에 나라를 빼앗긴 3년 뒤에 북간도로 망명해 신흥무관학교에서 군사교육을 받았다. 고향으로 돌아가 3.1만세운동을 이끌다 옥살이도 했고, 황해도 사리원으로 가서 군자금을 모아 임시정부로 보냈다. 친일파 처단 활동도 활발히 했다.

"은율군수 놈 처단한 일은 우리 단원 모두가 우러르고 있습니다."

내가 칭송을 하자, 무슨 일이나 마음먹기에 달렸다면서 권총 한 자루면 누구나 할 수 있는 일이고 그리 어려운 일이 아니라고 겸손하게 손을 내저었다.

"우리 동포 모두가 권총 한 자루씩을 손에 쥐고 바로 옆에 있는 일본 사람과 일본 앞잡이부터 쏘아버리면 일본을 통째로 몰아내기는 식은 죽 먹기보다 쉬운 일이오."

나석주는 그렇게 말을 하면서도 동포마다 손에 쥘 권총을 구할 수 없고, 모든 동포가 총 쏘는 법을 알지는 못하니 실행될 수 없는 일이라 너무 아쉽다고 했다.

새로운 거사 계획을 세우던 우리는 조선식산은행과 동양척식주식회사에 폭탄을 투척하기로 결정했다. 경제 수탈을 이끌어 조선 민중을 더욱 궁핍하게 만드는 양쪽 날개이기 때문이다. 몇 년 전부터 일제는 저미가정책이라는 이름으로 조선에서 사들이는 쌀값을 강제로 내려버렸다. 또한 개인끼리 서로 쌀을 사고팔지 못하게 막았다.

"말이 정책이지 쌀 수탈이오."

김산이 굳이 말하지 않아도 모두가 알고 있는 사실이다. 일본은 쌀이 많이 나는 나라가 아니다. 해서 그동안은 부자나 겨우 쌀을 먹었는데 조선에서 많은 쌀이 들어오자 누구나 먹게 되었다. 일본에서 쌀이 많이 팔리자 더 많은 이익을 보기 위해서 동양척식주식회사와 조선식산은행이 나서서 일본 관리를 움직여 쌀값을 강제로 내리고 수탈을 감행했다.

쌀값이 떨어지자 지주는 소작료를 올리는 방법으로 손해를 만회하는 만행을 저질렀다. 수확량에서 4할을 내던 소작료가 8할까지 치솟았다. 열 가마를 수확하면 여덟 가마를 지주에게 바쳐야 했다. 남은 두 가마로 농사에 들어가는 재료도 사고 먹고살아야 했다. 열 가마를 수확하기도 어려운 실정이라 많은 농민이 배를 곯았고 빚을 지고 농토를 잃게 되었다.

전라도 암태도에서 일어난 소작쟁의가 주변 지역으로 퍼져 조금씩 나아지기는 했으나 경제 질서는 한번 무너지면 쉽게 바로 잡히지 않는다. 난로를 피워서 온기를 뿜어야 방이 따뜻해지는 법이다. 얼음이 아무리 열을 내려고 해본들 찬바람만 더 깊어질 뿐이다. 이 원리는 경제라고 다를 리 없다. 가진 자가 내놓아야 얼어붙은 경제가 풀린다.

"내놓지 않아서 부자가 되었으니, 더더욱 내놓을 줄을 모릅니다."

김산 말대로 나라든 개인이든 부자는 내놓지 않는다. 의열단원 몇 명이 만리타향에서 아무리 의분 강개해본들 조선 땅에 사는 민중 살림살이가 펴질 리 없다.

1926년 12월 어느 날, 나석주가 단독 면담을 청했다.

"먹고살기 어려운 원인을 게으름과 흉년 때문이라고 일본이 벌이는 거짓 선전에 조선 민중이 속지 않게 해야 합니다."

그는 민중을 자각시키겠다며 조선으로 보내달라고 청했다.

"적을 목 베기 위해서는 왼팔 정도는 내줄 결심이 있어야 합니다."

잃지 않으면 얻을 수 없다며 살아 돌아오지 못해도 한 점 부끄러움도 후회도 없다고 각오를 밝혔다.

나석주는 중국어 실력이 좋았다. 중국 사람에게는 조금 어설프게 들려도 일본 사람에게 유창하게 들릴 정도는 되었다. 서른다섯 살 먹은 마중덕이라는 신분증을 만들고 중국 노동자처럼 변장해 인천행 배에 올랐다.

12월 28일 나석주는 동양척식주식회사와 조선식산은행에 폭탄을 던지고 권총을 난사했다. 직원과 경기도 경찰부 경부보를 사살한 뒤 일본 경찰로부터 추격을 받자 모여든 군중을 향해 '나는 조국과 조선 민중이 자유를 누리게 만들기 위해 투쟁했다. 2천만 민중아, 분투하여 쉬지 말라!'고 외친 후 권총을 스스로에게 겨누어 영원한 안식으로 들어섰다.

나석주 거사가 있은 뒤 두 해가 지난 어느 날, 백운학이라는 소년이 의열단에 가입하겠다며 찾아왔다. 열서너 살밖에 안 되어 보이는지라 의열단원이 되기에는 너무 어리다고 생각했다. 소년은 자기 이름이 나응섭인데, 오는 동안 신분이 탄로 날까 봐 백운학이라는 가명을 썼다고 했다. 그 순간 나는 처음 보는데도 얼굴이 낯익은 까닭을 금세 알아차렸다.

"가친은 함자가 석 자 주 자이십니다."

역시나 짐작이 맞았다. 제대로 찾아왔다고 하자 응섭은 울음을 터트렸다. 나석주 동지 아들이다. 아버지를 빼다 박은 얼굴이다. 김창숙이 달려들어 응섭을 와락 끌어안았다. 응섭은 아버지 유언에 따라 거사 보고를 하러 왔다며 목소리를 가다듬었다.

"의열단원으로 죽는 것에 한 점 후회도 부끄러움도 없다고 하셨습니다."

나씨 집안 장남으로 아버지 뜻을 이으라는 유언을 받고 왔다고 당당하게 밝히는 응섭은 열세 살이라고 해서 어린애라고만 할 수 없는, 강단 있는 아이였다. 나석주 아들다웠다.

3

중국 혁명전선에 참여하다

중국 지도자, 손문과 만남

신해혁명으로 중국 최고 권력자가 된 손문이 나를 만나자는 연락을 해 왔다.

"만남이 역사를 만들고, 역사가 만남을 만듭니다."

나는 회의에서 더욱 목소리를 돋우며, 손문은 개인이 아니라 중국이라는 국가니까 의열단을 외교 상대로 본다는 뜻이라고 크게 강조했다. 의열단을 단지 청년 몇 명으로만 여기지 않고, 국가처럼 여기는 뜻이니 무조건 만나야 한다는 결론을 이끌어냈다. 언제나 그렇지만 일본 제국주의만 아니라면 누구든, 언제든, 어디서든 못 만날 까닭이 없다.

손문은 만나자마자 아픈 곳을 찔렀다.

"언제까지 돌아오지 않는 화살을 쏘려 하시오."

의열단원이 거사를 성공시켜도 공을 치하받을 기회조차 얻지 못하고 원수 손에 무참히 꺾여버리는 상황에 대한 안타까움이라고 이해했다. 조선과 일본으로 동지 수백 명을 보냈으나 돌아온 사람은 겨우 손에 꼽을 정도인 사정을 손문도 잘 알고 있었다. 돌아올 화살을 쏘고, 돌아오게 해서 또 쏘아야 한다는 손문 말에 가슴이 꽉 옥죄어졌다.

지난달 임시정부에서 일하는 백범 김구도 의열단 본부로 격려차 방문한 자리에서 해방조국에서 나라를 이끌어가야 할 인재를 낭비하는 것 같아 너무 참담하다며 안타까워했다. 의열단 거사를 낮추어 평가하려는 뜻은 없다고 했으나 뼈에 사무친 아픔을 의열단 밖 사람에게 듣기는 더 민망했다.

박재혁 동지, 최수봉 동지, 김상옥 동지, 김지섭 동지, 나석주 동지. 일본 세상이 아니었다면 누구 하나 허투루 볼 인재가 아니다. 살아 있다면 더 큰 일을 할 수 있었다는 손문 말이 내 가슴 한구석을 후벼파는 듯했다.

"승리한 대가는 죽음이 아니라 개선이어야 하오."

밀양을 떠날 때 할아버지가 독일 군대든 중국 군대든 내가 직접 지휘하는 군대를 이끌고 돌아오라 한 당부와, 승리한 대가는 개선이라는 손문 말이 하나도 다르지 않다. 승리자로 개선할 수 있는 길이 있다면 어떤 길이든 기꺼울 뿐이다.

중국은 1911년에 일어난 신해혁명으로 만주족이 세운 청나라 왕조가 무너지고 황제를 비롯한 지배층은 만주로 쫓겨 갔다. 더불어 봉건시대가 무너지고 민중이 주인인 나라, 중화민국이 되었다. 하지만 막강한 군대를 앞세운 봉건군벌은 신해혁명에 반발했다. 혁명 세력과 봉건군벌 사이에 벌어진 치열한 내전으로 중국은 대혼란에 빠져들었다. 그 후 중국 혁명 세력은 단일대오를 갖추기 위해 국민당과 공산당이 손을 잡고 국민혁명군을 세웠다. 서로를 적으로 여기는 국민당과 공산당이 힘을 합치고, 소련까지 힘을 보태 국민혁명군 간부를 양성하는 황포군관학교를 세웠다.

손문은 의열단과 조선 청년이 중국 대혁명에 참여해달라고 부탁했다. 봉건군벌을 치는 북벌에 참여해달라는 말이다. 중국이든 조선이든 봉건시대를 무너뜨리고 민중을 억압에서 구하는 대의와 명분, 나아가 새로운 나라를 세우는 데에는 든든한 군대가 있어야 한다는 생각은 나도 손문도 다르지 않다.

"당장은 북벌이 목표지만 곧 일본과 전쟁을 벌이게 될 상황을 대비하는 일이기도 하죠?"

손문은 일본과 전쟁이 일어나지 않기를 바라지만, 일어날 것이라며 내 짐작에 동의했다.

중국과 일본 사이에 전쟁이 일어난다면 단지 두 나라 전쟁에 그치지 않고 세계전쟁으로 번질 게 분명하다. 중국과 소련이 손을 잡았고, 중국 땅 만주는 소련 땅 연해주와 이어져 있다. 적어도 중국과 소련, 그리고 조선이 일본과 맞서게 된다. 손문도 조선 청년을 군대로 성장시켜야 한다는 내 뜻에 동의하고, 황포군관학교에 조선 청년을 입교시키겠다고 약속했다.

하지만 유자명은 분석가답게 냉철한 분석을 앞세워 펄쩍 뛰었다. 첫째, 의열단을 죽이는 일이다. 둘째, 국공합작은 허깨비나 다름없다. 셋째, 우리는 어디까지나 중국에서 외국인이다. 유자명이 첫째, 둘째, 셋째 하며 세세한 이유를 들 때는 일이 크게 심각하다는 뜻이다. 의열단 해체는 우리가 애써 세운 더없이 강력한 조직인 의열단을 스스로 부수는 일이니 우리가 세운 나라를 무너뜨리는 격이라고 했다. 아무리 국내와 국외에서 대중운동이 활발해졌다고 해도, 폭력투쟁이 큰 효과를 거두지 못하고 낡은 방법이라는 오해를 받고 있어도, 의열단은 의열단으로서 지켜내야 할 자리가 있다고 했다.

"황포군관학교는 소련, 중국공산당, 중국국민당이 손을 잡고 세웠으니 개와 원숭이가 한 우리에 든 꼴입니다."

유자명 말대로라면 원수가 잠시 손잡았을 뿐이니 국민당과 공산당이 맺은 국공합작이 깨지는 순간, 황포군관학교도 문을 닫게 된다. 국민당과 공산당으로 진영을 따라 흩어지면 의열단도 분열된다. 조선 사람이 단일대오를 갖추기는커녕 이념에 매달린 노예가 되어 돌이킬 수 없는 분열만 부를 뿐이다. 끔찍한 결과 예측이다.

또 유자명은 손문이 모든 세력을 대동단결로 묶은 까닭은 혁명을 완성하려는 목적이지만 공산당은 아직 소수에 불과하기 때문에 국민당에 붙어서 세력을 키우려는 목적이리라고 했다. 소련은 중국공산당이 자리를 잡도록 돕기 위해 참여했을 뿐임을 잊지 말자고 했다.

"무엇보다 손문이 우리를 돕는다지만 우리를 위한 일이 아님을 명심해야 하오."

유자명이 내리는 판세 분석은 진저리를 칠 만큼 냉정했다.

신흥무관학교에서 양성한 간부가 독립군을 이끌고 봉오동과 청산리 전투에서 일본 군대를 무찔렀다. 마적이 아니면 총을 구할 길이 없었을 때, 연해주에서 자수성가한 사업가 최재형이 자금과 인맥을 동원해 체코 의용군으로부터 무기를 샀고, 두 전투에서 승리할 수 있었다.

볼셰비키 혁명군인 '붉은군대'와 혁명에 반발하는 백군 사이에 벌어진 러시아 내전이 끝나자 돌아가려는 체코 군대가 여비를 마련해야 하는 사정을 알고 무기를 팔게 했기 때문이다. 그 소식을 들었을 때는 우리도 총을 들고 싸우는 군대를 세울 수 있게 되었으니 의열단도 북로군정서나 독립군에 합류해 힘을 보태려 했다.

하지만 승리는 잠시뿐이었다. 만주는 우리 땅이 아니고, 중국 혁명정부도 힘이 미치지 못했다. 만주를 차지하고 있는 군벌 세력도 독립군과 조선 사람을 지켜주지 않았다. 일본은 봉오동과 청산리에서 당한 보복으로 독립군을 도왔다는 죄를 씌워 조선 마을을 불태우고 조선 사람 수천 명을 학살했다. 그 사건을 경신참변이라고 불렀다.

그리고 그다음 해인 1921년, 일본 손에 우리 동포가 몰살을 당하고 일본에 쫓긴 독립군이 러시아 자유시로 갔다가 무장해제를 당하는 과정에서 조선독립군 수백 명이 목숨을 잃은 자유시참변이 일어났다.

"러시아가 북해에서 어업권을 얻으려고 일본이 요구한 조선독립군 무장해제 주장을 들어주었기 때문이오."

유자명은 어느 나라나 자기 나라에 이익이 된다면 이념이나 명분 따위는 헌신짝처럼 버리는 게 현실이라며 당장 눈앞에 있는 이익만 보고 휘둘리면 안 된다고 당부했다. 중국과 소련 땅에서 군대를 조직해 일본과 싸우려면 중국 정부나 소련 정부로부터 지원과 보호를 받아야 한다는 사실을 깨닫는 데에 너무 큰 값을 치렀다.

유자명 말대로 만약 중국이 다시 국민당과 공산당으로 나뉘어 혼란스러운 분열로 치닫게 된다면 우리도 덩달아 분열될지 모른다는 걱정을 떨칠 수 없었다.

하지만 김산은 행동가답게 실행이 우선이라고 했다.

"우리 조직이 든든하면 중국인이 국공으로 파벌을 나누든 분열을 하든, 우리는 우리 길을 당당히 갈 수 있습니다."

김산은 자유시에서 일어난 참변은 독립군이 고려혁명군과 대한의용군으로 나뉘어 단일대오를 갖추지 못한 탓도 크다며, 우리 대오가 하나 되어야 중국도 소련도 우리를 상대방으로 여기고 존중하게 된다고 했다. 중국과 소련에게 손잡을 조선 사람이 어느 세력인지 선명하게 보여주어야 된다는 주장에도 모두 공감했다. 의열단에 해체란 없으며, 확장을 위해서는 버림으로써 더 큰 의열단을 얻는다는 말에도 모두 공감했다. '의열단이 중심을 잡고 대오를 확장한다'는 말도 좋았다. 김산은 지금이야말로 중국과 만주, 러시아에서 하릴없이 떠도는 조선 청년을 한자리에 모아 큰 조직으로 만들 기회라면서 살아 돌아오는 화살로 쓰이기를 열망하는 조선 청년이 넘쳐나니 당장 군관학교로 가자고 목소리를 높였다.

"군벌을 타도하는 혁명전선에 우리가 참전한다면 아주 좋은 전투경험을 덤으로 얻게 될 겁니다."

황포군관학교 입학에 대해 회의론을 펼치는 유자명과 당장 입학을 서두르자는 김산이 서로 다른 주장을 하자 의백으로서 나는 더더욱 신중하게 상황을 판단하고 생각을 정리해야 했다. 몇 해 전, 수많은 망명 청년이 신흥무관학교로 몰려온 것은 독립에 대한 열망 때문이다. 하지만 이유가 하나 더 있었다. 망명한 조선 청년들의 먹고 자고 입는 문제를 해결하기 위함도 중요한 이유였다. 김산이 남개대학을 그만두고 고국으로 돌아갔다가 의학 공부와 결혼을 약속하고 형으로부터 지원을 받아서 되돌아온 일도 먹고살 길이 없었기 때문이다.

목숨을 건 혁명투쟁만큼이나 생업이 때로는 더 가까이에서 목을 조이는 현실을 나 또한 너무도 잘 알고 있다. 내 주위에는 임시정부에서 일하며 먹고사는 문제를 해결하면서 의열단원으로 활동한 청년이 많았다. 하지만 임시정부가 창조파와 개조파로 갈리며 분열해버린 뒤로는 뿔뿔이 흩어졌다. 누구는 막노동으로, 다른 이는 가게 점원으로, 농장 인부로, 누군가는 장사로 그렇게 먹고사는 길을 열어가고 있지만, 각자도생이라는 개인 목표와 혁명이라는 공동 목표는 그 거리가 너무 멀면 안 된다. 지도부가 자신을 버려둔다고 여기게 해서도 안 된다.

나는 생각을 거듭한 끝에 결론을 내렸다. 의열단 근거지를 광주로 옮기고 황포군관학교에 입교하기로 결정했다. 그러나 유자명은 외세에 기댄 결과는 좋은 적이 없었다며 끝내 마음을 바꾸지 않았다. 언제나 그렇지만 아무리 토론을 해도 완전히 하나로 결론이 나기는 참 어렵다.

나는 최상은 아니라 해도 이 길이 최선이니 의열단을 꼭 지켜내자는 결론으로 논쟁을 마무리했다. 대신 유자명이 상해에 남아서 의열단 본부를 지키기로 했다. 말은 그럴듯하게 '상해에 남는다'로 포장했지만 사실상 낙오다. 유자명을 두고 가는 걸음이 결코 가볍지 않았다.

황포군관학교에 입교하다

1926년 1월, 의열단은 황포군관학교 입교에 착수했다. 하지만 손문이 한 약속과 달리 교장인 장개석은 모든 단원을 정식 생도로 받을 수 없다고 했다. 사격이나 기본 군사학을 아는 사람을 선별해서 수습 과정을 거쳐 정식 생도로 입학시킨다는 말에 많은 단원은 적잖이 실망했다. 하지만 황포군관학교는 엄연히 중국군 간부를 양성하는 사관학교다. 우리를 위한 학교가 아니다. 현실을 직시하자고 달랬다.

내 말을 받아서 김산이 고개 숙인 단원을 빙 둘러보며 실망하지 말라고 했다.

"특혜는 좋은 결과로 이어지지 않아요. 그깟 선별 얼마나 잘하는지 우리가 해봅시다."

신흥무관학교 출신이거나 만주에서 독립군으로 활동한 단원이라면 선별을 쉽게 통과할 수 있다며, 우리가 얼마나 대단한지 진면목을 보여주자고 분위기를 띄웠다.

"백면서생은 나에게 말만 하시오. 내가 명사수로 만들어줄 테니."

김상윤 말에 모두 의기가 솟았다.

황포군관학교 입학생 선별은 사격부터 시작해 전술훈련으로 이어졌다. 사격장에서부터 빙그레 웃은 장개석이 전술훈련장에서는 얼굴을 활짝 폈다.

“역시 의열단이오. 내가 괜한 말을 한 것 같소.”

선별에 나선 대원 모두 대단하다고 감탄했다.

“헛된 이름은 전하지 않는 법이지요.”

장개석은 명불허전이라는 고사성어를 들면서 의열단 모두를 4기 입학생으로 받아주었다. 수습 과정을 거치면 정식 생도로 승급시켜 준다는 약속과 함께.

임시정부를 통해 입교한 사람까지 하면 우리 동포 생도는 2백명이 넘는다. 간부로 성장해서 한 명이 백명만 이끌어도 2만 명 군대가 된다. 2만 명이면 어느 나라 어느 군대와도 붙어볼 규모가 된다.

황포군관학교 생도가 되면서 나는 이름을 최림으로 바꾸었다. 일본 추적을 피하기 위함이다. 상해와 북경을 오고 가며 활동하는 내가 남쪽 도시인 광주에서 중국이 세운 사관학교에 들어간 사실을 일본은 얼른 눈치채지 못할 거다.

의열단원과 떠돌던 조선 청년들은 군관학교에 들어오자 생활이 안정되었다. 신흥무관학교처럼 학비도 식비도 내지 않고 공부만 하면 되니 먹는 문제와 입는 문제, 살 집까지 아무 걱정이 없게 되었다.

상황이 이렇다 보니, 작년 가을 이후 광주에 모인 조선 청년은 의열단원 60여 명을 포함해 8백여 명에 이르렀다. 만주 독립군 4백여 명 가운데에는 자유시로 갔다가 참변을 당하고 돌아온 이도 많았다. 여기에 볼셰비키 혁명 때 시베리아에서 활동한 혁명군 백여 명, 국내에서 온 백여 명도 있었다. 군관학교에 들어오지 않고 중국 국민혁명군에 소속되어 여러 북벌 전투에서 큰 공을 세운 조선 청년도 많았다.

"의백이 나 보고 싶어 할 것 같아서."

얼마 지나지 않아, 상해 의열단 본부를 지키던 유자명이 광주로 왔다. 진지하기로 둘째가라면 서러워할 유자명이 농담을 한다는 건 민망하거나 미안하다는 뜻이다. 괜한 고집을 부렸다며 건네는 사과다.

유자명은 황포군관학교에 입교하지 않고 학교 밖에서 사업을 벌였다. 유자명에게 입교하러 오는 조선 청년을 무한 분교로 보내라고 했다. 이제 황포군관학교 본교는 입학할 자리도 부족하고, 중국 사람이 대다수인 틈에 조선 사람이 섞인 격이라 중심을 잡기도 힘들었다. 앞으로 단일대오를 세우는 밑거름을 쌓기 위함이었다. 무한 말고도 조안, 남창, 낙양, 성도, 곤명에도 분교가 있었으나 무한이 국민당 좌파 정부 수도여서 국민혁명군과 연결고리를 쉽게 만들 수 있기 때문이다.

"여기서 조선 청년조직이 든든히 세워지면 혹여 나중에 각자 자기 진영을 따라 공산당과 국민당으로 흩어지더라도 후일에 다시 만나면 곧바로 일사불란한 조직이 되고 한 명령으로 지휘를 받는 게 가능할 게요."

나는 나중에 조선인 부대가 단일대오로 뭉치게 되면 무한에 근거지를 마련하는 계획까지 치밀하게 세우자고 했다.

광주에 조선 사람이 많아졌으니 중국을 비롯한 여러 나라와 다른 나라 단체나 조직과 상대할 공식 창구를 만들어야 했다. 또한 의열단이 체질을 개선할 필요성도 높아졌다. 이제는 의열투쟁만이 아니라 군대를 양성해 무장투쟁을 하고 대중운동을 통해 항일투쟁을 해내기 위해 여기저기 흩어져 있는 조선 사람을 모아 정치조직으로 든든히 세워야 한다는 결론에 다다랐다.

1926년 여러 회의를 거쳐, 의열단을 한국혁명청년회로 전환하고, 실무 작업을 김산과 김성숙이 맡도록 했다. 황포군관학교 조선 청년 생도 대부분과 국민혁명군 소속인 조선 청년, 광주와 둘레 지역에서 활동하는 조선 청년 3백명이 한국혁명청년회에 참여했다. 당은 나를 최고 지도자로 세우고 중앙위원을 열한 명으로 선출해 세웠다. 수창과 남창에 지부를 두었다.

"만리타향에서라도 이렇게 모이면 조금도 외롭지 않습니다."

창당식에서 모두 감격해했다. 울먹이는 단원은 두 손을 꼭 잡아주었다. 의백으로서 미안하고 최고 지도자로서 너무나도 고맙다.

중국 국민혁명군 정치부 소위로 임관

1926년 10월에 황포군관학교 6개월 과정이 끝났다. 임관식에서 내 왼쪽 자리에 선 중국인 동기생 등걸이 축하한다며 손을 내밀었다. 내 오른쪽에 선 김종과도 악수를 했다.

"요즘 관대장님이 최림, 최림! 하고 다니는 거 모르지?"

등걸이 나와 김종을 번갈아 보며 입꼬리를 살짝 올렸다. 나쁜 소식은 아닌 것 같은데 전해 듣는 말이라 살짝 긴장이 되었다. 까닭을 물으려는데 임관식이 시작되었다. 관대장이 졸업생에게 직접 계급장을 달아주는 순서가 되었다. 도열한 졸업생 사이로 지나가며 한 명 한 명 계급장을 달아주고는 축하 악수를 건넸다. 등걸 앞까지 온 관대장이 손으로는 등걸 가슴에 소위 계급장을 달아주면서도 고개는 우리 쪽으로 돌려, 나와 김종을 보며 빙그레 웃었다. 관대장은 전보다 살이 통통하게 오르고 피부가 뽀얘졌다. 확실히 안색이 좋아졌다.

"하루에 한 번만 화장실에 가도 되는 즐거움을 알게 해준 고마운 동지라오."

내 가슴에 계급장을 달아주며 옆에 서서 악수를 이어 받는 주은래에게까지 자랑이 이어졌다.

"김종과 최림을 모르면 이 학교 사람이 아니지요."

학생부 주임인 주은래도 맞장구를 쳤다. 나와 김종을 하나로 묶는 주은래 말에 등걸이 한 말뜻을 알아차렸다.

입교하고 두 달여가 지난 때였다. 관대장은 늘 생도와 어울려 점심 식사를 했는데, 하루는 나와 마주 앉게 되었다. 그런데 반 그릇도 채 못 비우고 아랫배를 움켜쥐고 얼굴을 찡그린 채 일어나 화장실로 달려갔다. 관대장 옆자리에 앉은 등걸은 대수롭지 않게 여겼다.

"오래전부터 배앓이를 하는 모양이더라고."

중국 사람은 배앓이 정도는 병으로 쳐주지도 않는다.

"밥을 제대로 못 먹는 일이면 당연히 대수지."

내가 대수롭지 않은 일이 결코 아니라며 정색을 해도 등걸은 어깨를 한번 움찔할 뿐이었다.

"조선 사람은 호들갑이 심해."

등걸이 평소에 하는 말을 그 옆에 앉은 황소미가 흉내 내고는 일부러 호탕한 척 껄껄 웃었다. 이럴 때는 중국 사람이 모두 낙천가로 보인다.

동기로 입교한 조선 청년 가운데 김종이 의술에 밝았다. 대대로 한의사 집안이다. 내가 걱정을 하자 황소미가 김종에게 부탁해보자고 나섰다.

"만성이면 병이라기보다는 증이라고 해야 하오."

김종은 배 속이 차가워서 위장이 활발하게 움직이지 않을 뿐이라고 했다. 황소미는 고칠 방법이 없는 병이냐고 애가 타는 표정을 지었다.

"병이 아니고 증이라니까."

김종은 말귀를 못 알아듣는다고 짜증 난 척을 했다. 고장 난 상태는 아니고 몸이 힘들다고 보내는 신호일 뿐이라고 하면서도, 사람이 미련해서 몸이 보내는 신호를 무시하니 큰 병에 걸린다고 했다. 김종은 《동의보감》을 펼쳤다. 김종이 총보다 더 애지중지하는 책이다.

"경옥고를 쓰면 배를 금세 따뜻하게 할 수 있는데……."

김종이 하는 혼잣말인데 모두가 알아들을 수 있는 큰 소리다.

경옥고에 들어가는 생지황, 꿀, 백복령은 쉽게 구할 수 있다. 하지만 이 중국 땅에서 인삼을 구하는 일은 조선에서 산삼 구하기만큼 어렵다. 가장 중심이 되는 약재를 구할 수 없으니 쉽게 고칠 수 있다는 말이 무색해졌다. 나는 국내 조직을 동원했다. 거의 한 달이 걸려 인삼이 왔다. 조선이라도 인삼이 도라지처럼 흔한 것도 아니고, 중국 땅 광주까지 오는 길이 멀기도 했기 때문이다. 배편과 인편으로 이 사람 저 사람을 거쳐서 오다 보니 중간에 새어나간 양도 적지 않았다.

"이걸론 완치가 어려울 텐데."

김종은 겨우 열 뿌리밖에 안 된다며 아쉬워했다. 재료를 항아리에 담아 구리솥에 중탕으로 사흘을 끓였다. 오직 뽕나무만을 땔감으로 썼다. 조선 청년 생도 몇 명이 돌아가며 불 앞에서 번을 섰다. 은근한 불길을 유지하려면 밤이나 낮이나 불 곁을 떠나면 안 된다.

"동의보감을 따라야 한다며 어찌나 까다롭게 구는지."

불 앞에서 번을 서고 온 세주가 투덜거리는 소리에는 김종이 얼마나 정성을 들여 약을 만드는지에 대한 감탄이 더 많이 섞였다.

"탕약은 제대로 챙겨 먹기 어렵겠죠?"

김종이 나에게 묻는 말이지만 내가 대답해줄 말이 있을 리 없다. 김종 혼잣말이나 마찬가지다. 김종은 인삼을 달여서 물엿처럼 만들더니 콩알 같은 환약으로 만들어 아침저녁으로 세 알씩 먹으라며 관대장에게 주었다.

"십 년이 넘은 병인데."

경옥고를 모르는 관대장은 정식 의사도 아닌 조선 청년이 만든, 이름도 생소한 검은 알약에 고개를 갸우뚱했다.

"고장 난 것이 아니니 병이 아닙니다. 기능이 약해서 그저 아프기만 한 것이라 본인만 고통스러운 증입니다."

김종이 원인을 알려주자 일단 먹어보겠다며 받아 들었다. 관대장을 시중드는 당번병한테 꼭 챙겨 드시게 하라고 김종이 윽박지르듯 당부했다. 닷새가 채 안 되어서 관대장이 김종 숙소로 직접 찾아왔다. 늘 배 속이 살살 아픈데도 드러누울 정도는 아니니 환자 행세를 할 수도 없고, 하루에 대여섯 번, 어떤 날은 열 번도 넘게 화장실을 가야 했는데 배 속도 편해지고 화장실 가는 횟수도 싹 줄었다는 관대장 웃음에 근심 기운이 싹 빠졌다.

"그저 다행입니다."

김종이 안도했으나 관대장이 돌아가자 병 뿌리를 완전히 뽑지는 못했을 거라며 아쉬워했다. 아니나 다를까 술을 거나하게 마신 다음 날 김종이 예상한 대로 병이 도졌다. 이번에도 문제는 인삼 구하기였다. 하지만 약효를 확신한 관대장이 직접 나서서 인삼을 알아보았다. 좌우합작이 위력을 발휘하는 순간이었다. 단 며칠 만에 상해에서 구했다는 인삼 한 상자가 왔다.

경옥고 덕분에 배앓이를 완전히 떨쳐버린 관대장이 김종에게 고맙다고 했을 때 김종이 평소대로 '그저 다행입니다'로만 끝났으면 아무 일도 없었을 텐데, '다 최림 생도 덕분입니다'라고 해버렸다. 그 바람에 관대장이 경옥고를 만드느라 많은 조선 청년 생도가 약 달이는 불 앞에서 두 번이나 사흘씩 밤낮으로 번을 선 사실을 알게 되었다. 관대장은 조선 청년 모두에게 빚을 졌다며 언젠가는 크게 갚겠다고 굳게 약속했다.

참 고마운 약속이다. 장개석을 따라 군벌을 타도하는 전쟁에서 조선 청년 생도가 세운 공에 대한 감사와 별개로 관대장 개인이 빚을 졌다며 칭찬에 침이 마를 지경이었다.

"이래서 의술이 무기보다 강력하다는 거요."

김종 말이 너스레만은 아니었다. 이태준이 내몽골 왕을 자기편으로 만든 일과 겹쳐졌다. 덕분에 김종은 황포군관학교에서 인삼으로 고질병을 잘 고치는 명의로 이름을 떨쳤다.

졸업 후 나는 국민혁명군 정치부 소위로 임관했다. 더불어 황포군관학교 본교에서 강의하는 교관이 되었다. 처음으로 공식 직분이 생겼다. 하지만 우리나라 군대가 아니라 중국군 장교라는 사실이 내심 씁쓸했다.

비밀스런 태양

정치학 강의를 마치고 나오는데 문 앞에 소련군복을 입은 오성륜이 서 있었다. 상해 황포탄 부두에서 일본군 육군대장 다나카 저격에 실패하고 탈출한 바로 그 오성륜이다. 소련에서 활동하다 러시아어 교관으로 황포군관학교에 부임한 것이다. 황포군관학교가 중국 국공이 합작하고 소련이 돕는 학교라는 사실을 실감하는 순간이다.

소련은 참 주도면밀하다. 중국인에게 소련식 교육을 시키기 위해 러시아어를 쓰는 조선인을 보냈다. 하지만 소련이 무엇을 하든, 중국이 국공합작을 하든, 우리는 의열단이다. 4년 만에 돌아온 오성륜 환영회로 학교 안팎에서 활동하는 단원이 모두 모였다. 오랜만에 옛 기분이 났다.

환영회 자리가 파하고 돌아가려는데 오성륜이 은근히 불렀다.

"의백을 만나고 싶다는 사람이 있소."

나는 학교로 오면 되지 않느냐고 되묻지 않았다. 학교에 와서 만날 사람이라면 오성륜을 통하지 않았을 테니 말이다.

짐작한 대로, 만나겠다는 사람은 학교를 방문한 소련 대표단이었다. 소련 대표단이 묵고 있는 여관으로 오라고 했다. 말은 황포군관학교가 국공합작이고 소련이 힘을 보탰다 해도, 중국 땅에서 의열단장이든 한국혁명청년회 대표 신분이든 소련 대표단을 만나는 일은 중국 사람에게 좋게 보일 리가 없다. 국민당이든 공산당이든 중국 사람은 자존심이 무척이나 높다. 굳이 자극할 필요는 없다. 소련 대표단도 나와 생각이 다르지 않으니 숙소로 부른 게 분명하다. 안내와 통역을 맡는다며 오성륜이 앞장섰다.

소련 대표단장이 다가오며 먼저 손을 내밀었다. 아무 감정이 없는 밋밋한 악수, 세지도 약하지도 않은 손아귀 힘. 백인 남자지만 그리 크지 않은 덩치라 손도 내가 제압당하지 않을 크기다.

"밀양 사람 김원봉이오."

오성륜이 통역을 하고, 대표단장이 뭐라고 하자 오성륜이 살짝 웃고는 통역을 했다.

"의열단장이라서 비밀스런 태양이냐고 묻네요."

오성륜이 '밀양'을 비밀스런 태양이라고 한자 뜻까지 풀어서 통역을 하는 바람에 밀양 사람 김원봉이 아니라 은밀한 태양인 사람 김원봉이 되어버렸다.

대표단장을 향해 오성륜이 웃은 정도 수위로만 웃으며 손을 내저었다. 너무 크게 웃으면 무시한다고 여길 테고, 웃지 않으면 화를 낸다고 여길 테니. 밀양은 서울에서 멀리 떨어진 작은 읍이고 마을 이름이며, 내가 나고 자란 고향이라고 알려주었다.

유쾌한 오해가 풀리자 소련 대표단장이 자세를 고쳐 앉았다.

"아일랜드에도 의열단 같은 조직이 생겼다오."

통역을 하는 오성륜 입에서 아일랜드라는 단어가 나오자 내 귀가 한껏 열렸다. 조지 쇼우가 떠올랐기 때문이다. 오성륜을 통해 아일랜드 조직에 조지 쇼우가 있는지 묻자 소련 대표단장이 고개를 저었다. 거기까지는 모른다고 했다.

"당신들 폭력은 목적이 무엇이오?"

소련 대표단은 거침없이 폭력이라는 용어를 썼다. 살짝 기분이 안 좋았지만, '아름다운 폭력'이라는 뜻으로 폭력이라는 말뜻을 확인했다. 소련은 제정 러시아를 아름다운 폭력인 볼셰비키 혁명으로 무너뜨리고 민중국가를 세운 자부심이 적지 않다. 의열단이 볼셰비키 혁명에서 영향을 받았느냐는 소련 대표단 질문에는 고개를 끄덕이지 않았다.

"폭력은 우리가 할 수 있는 유일한 투쟁 방식이오."

의열단도 볼셰비키 혁명처럼 민중을 억압으로부터 구원하기 위해 아름다운 폭력을 쓰기는 해도 공산주의를 꿈꾸지는 않는다고 했다. 오성륜이나 김산처럼 의열단원 가운데 공산주의를 꿈꾸는 사람이 많기는 해도 의열단 공식 입장이 공산주의가 아니라는 점은 분명하다.

조지 쇼우가 영국 식민지인 아일랜드 사람으로서 일본 지배를 받는 조선 사람이 벌이는 의열투쟁을 공감하고 지원했으니 아일랜드 폭력조직과 의열단이 직접 연결될 수도 있다. 그동안 의열단이 벌인 투쟁 소식을 듣고 아일랜드 사람이 스스로 만들었을 수도 있다. 어떤 방식이든 아일랜드 폭력조직이 의열단으로부터 영향을 받았다는 짐작에도 소련 대표단은 동의했다.

소련 대표단은 한국혁명청년회가 조선공산당 중국지부가 되라는 뜻을 넌지시 내비쳤다. 내가 대답을 주저하자 둘 사이에 잠시 침묵이

흘렸다. 소련 대표단은 거절이라는 뜻을 얼른 알아차렸다.

"사진을 같이 찍는 영광을 주시겠습니까?"

그는 정중하게 부탁했다. 오성륜이 난처한 표정을 지으며 거절해도 된다고 나에게 알려주었다.

누구든지 사진을 찍으면 얼굴이 알려지는 위험을 감수해야 한다. 이름을 최림으로 바꾸었으니 그동안은 일본이 눈치채지 못했겠지만, 이름 위에 사진이 붙으면 바로 표적이 될 게 분명하다. 김원봉이라는 이름까지 버리고 군관학교 생도를 거쳐 간부가 된 노력을 물거품으로 만들 수 있다.

그렇다고 소련 대표단에게 안 된다고 하자니 오성륜은 자신이 몸담은 공산당을 거스르는 일이고, 찍자고 하자니 의열단원으로서 의백을 위험에 빠뜨리는 일이 되어 무척 곤란할 수밖에 없게 되었다. 그런 오성륜을 난처하게 만들 수 없어 기꺼이 찍겠다며 먼저 일어섰다. 소련 대표단은 사정을 모르지 않는다며 극비 자료로 보관하겠다고 약속했다. 의열투쟁을 끝까지 지지하며 꾸준히 관심을 가지고 지켜보겠다면서 힘껏 응원한다는 말이 너무 판에 박힌 소리로 들렸다.

돌아오는 길에 오성륜은 지지와 관심, 응원이라는 말에는 돕는다는 뜻이 들어 있지 않다고 아쉬워했다. 의열단이라고 여기든, 한국혁명청년회라고 여기든, 우리에게 거는 기대가 크지 않다는 뜻이기도 하다는 말에 나도 크게 공감했다.

"아일랜드 조직에 대해서도 훤히 알고 있을 텐데."

우리가 아일랜드 조직을 모른다고 하니 안도하는 표정을 지은 까닭은 아일랜드 조직이 국제사회에서 의열단과 연결되기를 원치 않기 때문이라는 내 말에 오성륜도 공감했다.

"의백이 공산주의자가 아니라고 했을 때 소련 대표단장 얼굴이 일그러지던데요."

단원이 모인 회의장에서 오성륜이 말을 꺼냈다. 김산은 코민테른이 아무리 지도해도 중국공산당은 세력이 아직 약하기 때문에 소련은 힘을 쓸 수 있는 세력을 자기편으로 모두 합치기 위해 의열단을 찾았을 것이라고 분석했다.

"그 소련놈들, 중국국민당 초급 간부가 된, 조선 청년을 대표하는 의백이 소련공산당원이 되어 중국 공산혁명에 앞장서기를 바라는 꿈이 무산되어 실망도 했을 겁니다."

김산은 공산주의자라고 해도 소련 말에 무조건 복종하지는 않는다며, 소련이 원치 않아도 중국이 바라는 일이 아니라도, 우리는 의열단이라며 아일랜드 조직과 연락해보자고 제안했다.

독립을 위해서라면 상대가 누구든 손을 잡아야 한다는 생각이 벽에 부딪혀 튕겨 나온 느낌이다.

"일본은 의백한테 기와집 천 채 값을 현상금으로 걸었고, 소련은 자기편으로 만들려고 대표단까지 보냈으니 의열단이 큰 세력이 된 것만은 분명해졌네요."

김산이 껄껄껄 웃음을 터트렸다.

"그쪽은 의백이 아무리 마음에 안 들어도 기대를 버리진 못할걸요."

우리가 소련에 기대하는 수준과 거의 같은 무게로 우려하고 있는 것처럼, 소련도 마찬가지라며 더 크게 웃었다. 억지가 조금 섞인 웃음이다. 김산 웃음에 나도 가벼운 웃음으로 동의했다.

소련 대표단과 헤어지면서 나눈 악수에는 만날 때보다 힘이 좀 더 들어갔던 기억이 났다. 이물감이 확 줄어 있었다. 내 오른 손바닥을 살짝 펴고 내려다보았다. 소련에 기대가 조금은 생겼다. 하지만 아무 말도 입 밖으로 내지는 않았다. 일전에 황옥과는 훨씬 더 따뜻했다. 하지만 결과는 비극이었다. 사람 속은 알 수 없다. 오늘 잡은 손이 영원히 같은 손일 수도 없다. 정치 상황과 외교 목적에 따라 언제든 달라질 손이다.

오성륜이 분위기를 바꾸려고 밀양을 한자 뜻대로 설명해서 생긴 얘기를 하며 실실 웃었다.

"의열단이 비밀결사 단체니까 단장이 비밀스런 태양 맞네요."

김산은 통역 실수가 아니라고 낄낄거렸다.

"은밀한 태양이 좀 더 잘 어울리려나?"

김상윤 말에 장난기가 가득했다.

"은밀하다 하니 너무 음란한 느낌이 나오."

김산이 그렇게 말해놓고 으흐흐 소리를 내며 웃자 모두 짓궂은 농담으로 왁자해졌다. 지도자를 태양에 비유하는 일이야 동서고금에 흔한 일이니 오성륜 실수 덕분에 소련 대표단이 의열단을 더 대단하게 생각하게 되었다는 유자명 말에 귓불이 화끈 달아올랐다. 웃어야 할지 울어야 할지 얼른 갈피를 잡지 못했다.

장개석이 벌인 북벌과 청당운동

1925년 3월에 손문이 죽은 뒤, 1926년 1월 제2차 전국대표회의에서 중앙집행위원장으로 선출된 장개석은 군벌 세력을 타도하는 대대적인 북벌을 선언했다. 군대를 몰아 광동으로부터 북경을 향해 치고 올라갔다. 장개석 부대는 광동을 떠난 지 6개월 만에 양자강 유역을 장악했고, 중국 민중으로부터 큰 환영을 받았다. 민심을 잃은 군벌 세력은 점차 힘을 잃어갔다.

북벌운동에는 황포군관학교 생도가 대거 참여했다. 중국 국민혁명군에 사병으로 입대한 조선 청년도 북벌에서 많은 공을 세우게 되었다. 황포군관학교를 졸업한 한국혁명청년회원도 대부분 중국 국민혁명군에 배속되었고, 부대를 따라 너나없이 북벌에 참여했다. 북벌에 성공하는 만큼 공도 커졌다. 한국혁명청년회도 중국 국민혁명군에서 자리를 점점 크게 잡아갔다. 이제 중국에서 마지막 남은 신해혁명 반대 세력은 북양군벌뿐이다.

1차 북벌이 끝나고 채 여운이 가시지도 않았는데 장개석은 '청당운동'이라는 이름으로 쿠데타를 일으켰다. 1927년 4월 12일을 기해서 공산당을 타도하자는 격문이 황포군관학교 곳곳에 나붙었다. 예상한 대로 올 것이 왔다. 이미 예견된 일이라 크게 놀라진 않았다. 김산과 오성륜 등을 비롯한 공산당원들이 무사히 몸을 피했는지 알아보게 했다.

장개석이 일으킨 쿠데타는 무한에 자리 잡은 국민당 좌파가 공산당과 손을 잡으면서 시작된 국공합작이 무너지는 신호였다. 장개석은 국민당 안에 자리 잡은 공산당을 처단한다는 명분을 내세웠다. 한 총탄으로 두 새를 떨어뜨리는 전략이다. 국민당 안에서 좌파를 몰아낸다는 구호를 통해 국민당과 손잡은 공산당까지 쓸어내려는 전략이다. 어제까지 동지로 모인 국민당과 공산당은 이제 이념으로 갈라선 적이 되어버렸다.

조선 청년은 대부분 몸을 피했다는 보고가 올라왔다. 유자명이 정세를 세밀하게 판단해온 덕분에 장개석이 쿠데타를 일으킨다는 예상도 이미 하고 있었다.

중국 국민혁명군이 북벌에 성공하면 할수록 무한에 자리 잡은 국민당 좌파정부도 점점 성장했다. 북벌 과정에서 군벌로부터 빼앗은 무기와 재물은 무한 좌파정부를 살찌우는 자양분이 되었기 때문이다.

"무한 좌파정부는 이제 북벌에서 얻은 자원과 자부심으로 프롤레타리아 혁명을 일으키려 합니다."

오성륜은 혁명이 가까워졌다고 들떴지만 유자명은 웃지 않았다. 유자명이 웃지 않은 일은 머잖아 나쁜 결과로 이어진다. 좌우합작으로 하나가 된 국민당이지만 어디까지나 반봉건, 반군벌, 반외세를 위해 손을 잡았을 뿐, 좌파와 우파라는 실체가 바뀔 수 없다는 점을 모든 단원이 알고 있었다.

"장개석이 변심하면 공산당이 당하는 형국이 될 테니 선불리 판세를 뒤집으려다가 골육상쟁하는 일이 없도록 명심하시오."

나는 이렇게 여러 번 당부해두었다. 중국이 좌우로 갈라지더라도 우리끼리 총질하는 사태가 일어나서는 안 된다는 사실을 단장으로서 엄중하게 명했다. 덕분에 처단 대상이 되는 조선 청년 공산당원은 일사분란하게 퇴로를 열고 빠져나갔다.

경비사령부가 학교로도 들이닥쳤다. 공산당원 소초녀가 체포되었다. 날마다 수백 명이 거리에서 공개 처형되었다. 구경꾼이 거리를 가득 메웠다. 비명을 지르는 사람도 많았지만 환호하는 사람도 많았다. 울음소리와 박수 소리가 뒤섞였다.

"사람이 죽는데 박수라니."

공개 처형이 잔인하다며 모두 고개를 절레절레 저었다. 공개 처형은 '까불면 죽는다!'는 효과를 노리는 행위다. 죽음이라는 공포를 이용해서 대중을 단번에 휘어잡는 효과가 무척 크다.

"우리 편이 나쁜 편을 죽였으니 나는 이제 안심해도 된다. 우리 편 만세!"

대중 집회라도 하듯이 유자명이 소리를 질렀다. 무차별 처형을 비꼬는 말이다. 유자명이 한 말대로 공개 처형은 적에게 공포를 주지만, 아군에게는 안도감을 준다.

이 사태가 어디까지 번질지 모른다. 공산당원이 아니어도 광주를 벗어나라고 명령했다. 의아해하는 단원 몇 명이 있었으나 '공산당원이라고 이마에 써 붙이고 다니는 게 아니니 조심하는 게 좋소'라고 한 다음, 민중이 속 시원해지는 데에 필요한 만큼 죽여야 끝날 일이라는 점을 상기시키자 모두 납득했다.

죽일 수 있는 힘을 얻은 세력은 죽이고 싶은 사람을 골라서 공산당원으로 몰기만 하면 되는 편리한 때라는 점도 상기시켰다. 엄중한 시기일수록 단장에게는 냉철한 판단과 냉엄한 명령이 무엇보다 중요하다.

황포군관학교 생도를 비롯해 한국혁명청년회원 청년 모두 상해로 가는 배를 탔다. 항구가 멀어지자 다들 한숨을 내쉬었다. 황포군관학교 졸업생으로 국민혁명군 간부가 되어 꿈꾼 편안한 생활이 여름날 낮잠에서 본 풍경이라도 되듯이 사라져버린 아쉬움이다.

"실패는 없소. 이만큼 전진한 거요."

나는 실망하지 말라며 단원마다 어깨를 토닥여주었다. 중국군 장교가 되어서 힘을 키운 다음, 조선 사람으로 부대를 만들어 국내로 진군하겠다는 큰 꿈은 신흥무관학교처럼 많은 간부를 길러내는 데까지 성공했다. 중국은 국공합작에 실패했을지 모르나 우리는 지휘관 수백 명을 얻었다. 내디딘 걸음 수만큼 전진했음은 분명했다.

홍콩을 지난 다음 날, 갑판에 나와 섰는데 배 한 척이 총을 어지럽게 쏘아대며 다가왔다. 해적이다. 황포군관학교 출신 조선 청년과 중국 청년 수십 명이 타고 있지만 당장 마주 싸울 대오를 갖추기도 어렵고, 변변한 무기도 없다. 어설프게 해적과 맞섰다가는 승객 모두 위험해진다. 배에서 뛰어내리기에는 육지가 너무 멀다. 그저 해적이 시키는 대로 갑판 한쪽으로 몰려서 머리를 감싸고 엎드려 있는 수밖에 없다. 선실마다 다니며 짐을 뒤지는 소란이 이어지고 총소리가 몇 번 나더니 자기 배로 돌아가 바다 너머로 사라졌다.

유 동지가 총을 맞았다는 소리를 듣고 선실로 달려갔다. 선원과 청년 몇 명이 중국 사람 시신을 들고 나왔다. 유자명은 오른쪽 허벅지에 총알이 박혔다.

"가방을 지키려다 목숨을 내주고 말았다오."

유자명이 중국 사람이 들려 나간 문 쪽을 눈으로 가리키며 혀를 찼다. 가방만 주면 될 일을 목숨까지 주고 말았다는 소리다. 가방을 빼앗기지 않으려는 중국 사람을 향해서 쏜 총에 이불을 뒤집어쓴 유자명도 맞았다. 하지만 중국 사람이 죽는 소동에 해적이 이불을 들춰보지는 않았다. 총에 맞은 일은 불행이지만 해적에게 들키지 않은 일은 다행이다. 행과 불행이 순식간에 오고 갔다.

"가방이랑 목숨을 바꿨으면 좋았을 텐데."

가방이 덤인지 목숨이 덤인지 모르겠다며 유자명이 일어섰다. 뼈를 다쳤는지 본다며 걸어보겠다고 했다. 양옆에서 청년 둘이 부축했다. 얼굴이 일그러지기는 해도 몇 걸음을 걸었다. 뼈를 건드리지는 않은 것 같아 다행이다 했는데 다리가 순식간에 부어올랐다.

"총알이 뚫고 지나갔으면 좋았을걸."

유자명이 얼굴을 찡그린 채 입가로만 웃었다. 다른 사람을 뚫고 온 총알이라 힘이 떨어져서 허벅지에 박히고 말았다.

"이만큼도 천만다행이니 상해까지 참고 가겠소."

유자명은 고집을 부렸지만 천주에서 내리도록 했다. 조금만 늦었으면 다리가 썩어 들어가 잘라야 할 뻔했다는 의사 호통에 입이 삐죽 나와 있던 유자명도 더는 푸념을 하지 않았다. 유자명을 병원에 입원시키고 청년당원 둘을 붙여놓았다.

민족협동전선을 세우다

상해에 오자마자 나는 단재 선생을 찾아갔다.

"결국 우리가 스스로 하지 못했기 때문이오."

단재 선생은 황포군관학교 얘기를 다 듣고는 길게 탄식을 했다. 동맹은 좋은 의미지만 동맹이 깨지면 모두에게 큰 상처를 남긴다는 단재 선생 말에 고개가 절로 끄덕여졌다. 하지만 단재 선생도 조선 청년 수백 명이 군 지휘관 자질을 얻은 것은 적지 않은 수확이라고 기뻐했다.

"한 번 좌절이 실패가 아님은 의백이 더 잘 알지 않소? 역사는 아무리 느려도 전진하는 법이오."

이 고난이 다른 자리에서 기회로 이어질 테니 실망하지 말라는 단재 선생 말에 기운이 솟았다.

상해에는 무한에서 청년당원을 이끌고 온 김상윤도 있었다. 프랑스 조계를 들락거리는 일본 경찰 숫자도 전보다 훨씬 더 많아졌다.

"조선 사람은 무슨 죄를 뒤집어씌우든 엮어서 잡으려고 혈안이 되었다오."

단재 선생이 상해 정세를 자세히 알려주었다.

자국민을 보호한다는 구실을 내세우는 일본을 중국도 막을 도리가 없다. 마음으로야 조선 사람은 일본 정부에게 자국민이 아니지만, 일본이 조선을 지배하고 있으니 국제법상 조선 사람은 일본 국민이다. 자국민 범죄자를 잡겠다는데 어쩌겠는가. 일본 정부에게 조선 혁명가는 불령선인이라는 딱지가 붙은 범죄자일 뿐이다.

"이제는 의백이 중국혁명군 소위 신분이 아니고, 우리도 국민혁명군 장교나 군관학교 생도가 아니니 아무도 못 지켜줍니다."

김상윤 말대로 일본 손에 잡히는 순간 중국과 소련, 그 누구라도 우리를 도울 수 없다. 미리 막아줄 도리도 없다. 우리가 알아서 먼저 피하는 수밖에 없다.

무한과 광주에서 청년당원이 상해로 속속 모여들었다. 국내에서 신간회가 만들어진 소식도 들려왔다. 1927년 2월 '민족유일당 민족협동전선'이라는 표어 아래 민족주의 진영과 사회주의 진영이 제휴해 창립한 민족운동단체다. 드디어 이해관계와 이념에 따라 우후죽순처럼 갈라져 있는 모든 단체가 단일대오로 손을 잡았다. 폭력투쟁단체뿐만 아니라 민중을 계몽하고 독립운동을 지원하는 단체도 포함되었다. 1896년 독립협회가, 1907년 13도창의군이, 1919년 임시정부도 줄기차게 시도한 단일대오가 드디어 신간회라는 이름으로 이루어졌다. 신간회가 세워졌다는 소식을 듣자 기적이라도 일어난 듯 가슴이 뛰었다.

"국내에서 혁명 의지가 펄펄 뜨겁게 끓어오르고 있습니다!!"

한국혁명청년회가 국내에서 세운 신간회와 손을 잡은 해외 조직이 되자고, 회의 때마다 당원을 향해 호소했다. 지연, 혈연, 학연, 종교,

계급, 이념 등에 따라서 분열만 하는 임시정부를 비롯한 해외 독립운동 세력이 아직 이루지 못한 단일대오를, 일제의 탄압을 직접 받는 국내에서 갖추었다니 한편으로는 무척 부끄럽고 또 한편으로는 무척 더 부러웠다.

"국내에 이렇게 단단한 조직이 생겼는데 무슨 일이든 못하겠소!!"

군대 조직도 될 수 있고 계몽 조직도 될 수 있다는 내 말에 당원 모두가 고무되었다. 얼른 폭탄을 만들고 사람을 정해서 의열투쟁 거사를 일으키자는 기대가 끓어올랐다.

하지만 기대를 가로막는 시간은 금세 돌아오고 말았다. 부두 노동자로, 점원으로, 농장 일꾼으로 지내며 혁명활동을 하려는 계획은 역시 일본에게 가로막혀버렸다.

"대충 세어봐도 5백 명이 넘을 것 같습니다."

부두에서 내리는 일본군을 보았다는 보고가 올라왔다.

"청당운동을 명분으로 장개석이 상해로 밀고 온다는 소식과 맞물린 일이야."

나는 단박에 상황을 알아차렸다. 일본은 북벌 과정에서 자국민이 희생되는 사태를 막기 위해 상해에 군대를 보낸다는 핑계를 댔다. 지난 북벌 때 주은래는 중국 국민혁명군이 진격을 쉽게 하도록 돕기 위해 상해에서 노동자 폭동을 일으켰다. 그 바람에 상해에 사는 일본 사람이 불안에 떨었다면서 일제는 자국민을 보호한다는 명분으로 군대를 보냈다. 그러나 중국국민당은 일본을 막아내지 못했다. 국공합작이 깨져 동력이 약해진 결과다.

일본 군대가 많이 온다는 사실은 일본 경찰도 많아진다는 뜻이다.

며칠 되지도 않았는데 김상윤이 총에 맞을 뻔했다. 일본 경찰이 군인을 이끌고 부두를 들쑤시고 다녔다. 중국인 감독이 가로막아도 일본 경찰은 막무가내로 조선 사람을 무조건 잡아들였다. 조선 사람에게 상해는 이제 국내나 다름없는 일본 세상이 되어버렸다. 장개석이 아직 상해에 들어오기 전이니 중국 관리도 일본을 막아내지 못한다.

1927년 4월 이동이 가능한 모든 청년당원을 이끌고 상해보다 안전한 지역인 무한으로 의열단을 옮겼다. 무한에서는 권준이 나를 기다리고 있었다.

"밀양 사람 김원봉이시오? 난 상주 사람 권준이오."

의열단을 창단한 날 했던 자기 소개처럼 너스레를 떨며 손을 내밀어 악수를 하면서 호탕하게 웃어젖혔다.

"부탁한 대로 주은래 정치국 위원과 만나기로 교섭을 해놓았습니다."

권준은 몇 년 사이에 말투가 시원시원해지고 풍모도 훌쩍 변했다.

주은래는 무한에서 맺은 국공합작이 깨진 다음, 국민당 좌파 세력을 비롯해 장개석 독재에 반대하는 정치 세력을 결집, 국민정부라는 좌파정부를 세웠다. 공산당 붉은 깃발 아래 주황색 깃발도, 적갈색 깃발도 모인 형국이다. 국민정부는 외세 축출과 군벌 타도를 내세웠다. 지금 중국에 위협이 되는 외세는 일본뿐이다. 일본을 몰아내려는 세력과는 기꺼이 손을 잡는다는 원칙을 바꿀 까닭이 없다.

"붉다는 공통분모가 있으니 국공합작처럼 어이없이 분열하지는 않을 겁니다."

내 말을 받아 유자명은 공통된 적을 향해 나라끼리 연대하는 것을 국제주의, 즉 '인터내셔널'이라고 했다.

"지난 북벌 때 노동자를 모아 폭동을 일으켜 장개석이 상해로 들어오는 길을 열어준 공을 숙청이라는 상으로 받고 말았구려."

나를 향해 터뜨리는 주은래 웃음이 헛헛했다. 공산당도 의열단도 실패와 실패, 좌절과 좌절이 이어진 역사라는 그를 향해 나 또한 헛헛한 웃음으로 맞장구를 쳤다. 주은래는 군벌을 무너뜨리고 외세를 몰아낸 북벌이 결국 장개석이 권력을 쟁취하는 수단으로 변질되었다며 아쉬워했다.

우리가 무한에 온 목적이 조선 사람을 하나로 모아 민족협동전선을 세우기 위해서라고 하자 주은래는 반색을 하며 적극 지지했다. 혁명에서 단일대오가 얼마나 중요한지를 누구보다 많은 경험으로 알고 있는 주은래다.

한국혁명청년회를 중심으로 모든 조선 사람이 모여 독립당촉성회라는 이름으로 선언문을 채택했다. 독립당촉성회가 통일된 지도기관으로서, 모든 독립 조직을 하나로 묶는 일에 나선다는 선언이었다. 상해와 북경에서 민족주의자와 공산주의자 사이에 고조되고 있는 단일대오 시도를 촉진하는 선언이었다. 또한 단일대오로 대독립당이 만들어지면 독립당촉성회는 즉각 해체하겠다고 선언했다.

"선언은 희생을 앞장서서 약속하는 일입니다."

우리는 국내에서 세운 신간회처럼 모든 독립 단체와 개인을 하나로 모으는 데에 희생할 뿐이라는 설립 연설을 모든 회원이 지지해주었다. 자신을 의열단원이라 여기는 사람도 한국혁명청년회원이라고 여기는 사람도, 독립당촉성회원이라고 여기는 사람도 대독립당을 세우는 일에 밑알이 되자는 내 호소에 모두 박수로 화답해주었다.

중국 민중봉기에 함께하다

주은래가 몸담고 있는 국민정부는 북벌에 나섰던 군대를 이끌고 민중봉기를 일으키기로 결정했다. 첫 봉기 장소는 남창으로 정했다. 많은 조선 청년이 봉기군에 참여했다. 1927년 8월 1일에 우리가 소속된 하룡부대는 남창성 안에 들어가 대기했다. 적과 아군을 구별하기 위해 목에는 붉은 넥타이를 매고, 팔에는 흰 띠를 두르고, 손전등이나 등불에는 열십자를 붙였다. 신호가 울리면 수비대를 공격해 성 밖에 대기 중인 본대가 들어오는 길을 여는 임무를 맡았다.

약속한 새벽 두 시가 되었다. 총성 세 발이 울렸다.

"전투 개시!"

모두 함성을 지르며 수비대를 공격해 들어갔다. 성 밖에서도 성벽을 지키는 수비대와 전투가 시작되었다. 3만 명이나 되는 봉기군이 밀어닥쳤으나 수비대 저항도 만만치 않았다. 해가 떠오르고야 전투가 끝났다. 성 안을 모두 차지한 국민정부는 인민위원회를 설치하고 살육과 약탈을 금지시켰다. 봉기군은 점령군이 아니므로 성 안에 사는 주민은 적이 아니라 같은 편이라며 민심을 안정시켰다.

남창봉기는 공산당을 세우고, 국공합작을 하고, 장개석이 일으킨 쿠데타로 국공합작이 깨진 다음, 지리멸렬이라는 말이 딱 어울리게

추락한 좌파 세력이 기사회생한 거대 사건이다. 국민정부는 여세를 몰아 광주로 진격을 결정했다. 광주에 수도를 세우고 나라로서 정부를 선포하려 했다.

"국민당과 동등해진 셈이오."

김산은 중국공산당이 이제는 단지 정치세력이 아니라 실체 있는 국가가 되었다고 좋아했다.

하지만 나는 마냥 기쁘지 않았다. 3만 명이나 되는 군대가 포위한 성 안에서 수비군이 충분히 겁을 먹었기 때문에 항복을 유도했다면 큰 희생 없이도 차지할 수 있었다.

"사람 죽는 것을 파리 죽음보다 못하다고 여기는 사람들 같소."

김산은 내 말에서 의미 없는 피를 흘린 아쉬움을 잘 읽어주었다. 주은래가 불러서 간 자리에서 조선 청년이 같이 싸워주어 고맙다고 수고를 치하하는 말을 들을 때도 나는 기분이 좋지 않았다.

그러나 국민정부가 남창을 떠나기 직전에 국민당 군대가 몰려왔다. 정면대결로는 어림없는 규모로 밀려드는 국민당 군대에 쫓겨 국민정부가 남창을 버리고 떠나는 모양새가 되었으나 광주로 향하는 대열은 사기가 드높았다.

하지만 우리 부대는 하루도 못 가서 이제침이 이끄는 국민당 광서군에 가로막히고 말았다. 광서군도 국민정부군처럼 항복하라는 말도 없이 무작정 대포부터 쏘아댔다. 포격을 앞세우고 몇 배가 넘는 머릿수로 밀려왔다. 대포 소리와 총소리에 묻혀 우리 부대는 명령도 제대로 전달되지 않았다. 쏟아지는 포탄과 총탄 세례에 대오는 순식간에 무너졌다. 지휘 체계가 붕괴되고 뿔뿔이 흩어지고 말았다. 5천 명에 이르는 부대가 순식간에 오합지졸이 되어버렸다.

나는 무작정 앞으로 나가려고만 하는 중국 병사 몇 명을 불러 세웠다.

"개죽음이오."

나는 중국 병사와 둘레에 있는 조선 청년을 비롯해 열댓 명을 이끌고 언덕 뒤로 몸을 숨겼다. 납작 엎드려 있어야 하는 상황이다. 아무리 기다려도 전진 명령은 물론 후퇴 명령도 떨어지지 않았다. 두 시간도 못 되어서 뒤로 돌아온 적에게 퇴로마저 차단되고 말았다.

"최 동지!"

누군가 불렀지만 고개를 들지 않았다.

"거참, 이봐요. 최림 동지! 귀가 먹었나, 자기 이름 부르는 줄도 모르네."

이번에는 조선말이다. 그때서야 나를 부르는 소리임을 알아챘다. 고개를 들어 언덕 위에서 내려다보고 선 사람과 눈이 마주쳤다. 김종이었다. 광서군 군관복을 입었다. 엉거주춤 일어서서 언덕 위로 올라갔다.

"동지가 어찌?"

"최 동지는 여기 왜 있소?"

"나야 뭐……."

뭐라고 할 말이 없어서 말끝을 흐렸다. 김종은 얼른 태도를 바꾸어 유창한 중국어로 목소리를 한껏 높였다.

"조선 사람이 중국 혁명에 참여할 리가 없으니 끌려온 게 분명하오. 내 말이 맞지 않소?"

일부러 더 크게 지르는 소리였다. 나를 향해서는 눈을 찡긋했다. 조선 청년은 유자명을 비롯해 일곱 명이었다. 김종은 광서군이 전투를 마무리하고 대열을 갖추는 쪽을 힐끗 보더니 반대쪽을 가리켰다.

"조선 사람은 억지로 끌려왔으니 다른 나라 전쟁에 말려들지 말고 돌아가시오."

김종은 얼른 가라며 내 등을 몸이 휘청거릴 만큼 세게 쳤다. 악수도 포옹도 할 수 없는 상황에서 김종이 최선을 다해 건넨 인사가 분명하다. 등에 툭 닿은 손길이지만 진심을 읽기에는 충분했다.

전투가 정리되는 광서군 진영에서는 줄지어 꿇어앉은 포로를 향해 총을 쏘아댔다. 부상자까지 모두 사살을 당했다. 전멸이라는 말이 하나도 이상하지 않을 상황이다.

전쟁이 끝나면 이웃이 되어서 살아갈 한 나라 사람인데 철천지원수라도 되듯이 잔인하게 몰아붙이고 기어이 죽이고 말았다. 이미 길이 막혔으니 항복하라고 한 다음 몇 시간만 기다렸으면 골육상쟁은 일어나지 않았을 텐데, 남창에서 든 생각이 새삼 떠올랐다. 입장이 바뀌고 보니 더 절절하다.

한참을 말없이 걸었다. 죽음에서 벗어나게 해주었으니 고마워해야 할지 무자비한 살육을 원망해야 할지 모르겠다며 고개를 젓는 유자명과 눈이 마주쳤다. 많은 뜻이 담긴 쓴웃음 말고는 어떤 반응도 보일 수가 없었다.

황포군관학교를 졸업한 다음에 중국 국민혁명군에 들어가고, 황포군관학교 교관이 되고, 장개석이 이끄는 중국 혁명에 참여해 민중을 억압하는 봉건군벌과 지주를 몰아내는 과정에서 숱한 경험과 수많은 동지를 얻었다. 중국이 좌우로 갈라진 지금 나에게는 좌파에도 동지가 있고, 우파에도 동지가 있다. 하지만 반대로 좌파에도 우파에도 적이 생겨버렸다.

남창에 이어서 건설된 광주 코뮌은 국민당 반격으로 사흘 만에 막을 내렸다. 국민당이 되찾은 광주에서는 남창보다 더 잔인한 약탈과 살육이 벌어졌다고 했다. 국민당 군대는 아무 집에나 들어가 물건을 빼앗고 여자를 강간했다. 반항하면 무참히 죽였다. 수천 년 동안 전쟁터에서 점령군이 벌여온 약탈을 자기 나라에서 저질렀다. 자기 나라 국민을 적이라도 되듯이 주저 없이 죽였다.

국민당이 저지른 무차별 학살을 백색테러라고 불렀다. 주은래는 살아남은 국민정부군을 이끌고 소비에트 해방구인 해풍과 육풍 지역으로 이동했으나 1928년 3월에 완전히 무너지고 말았다. 그 과정에서 조선 청년도 수백 명이 목숨을 잃었다. 나와 유자명은 가까스로 상해로 돌아왔으나 모인 동지는 20여 명뿐이었다. 더 이상 돌아올 사람이 없다는 절망 사이로 손문이 했던 말, '돌아오지 않는 화살'이 떠올랐다.

배신한 단원을 처단하다

강평국으로부터 밀정에 대한 보고가 올라왔다. 나석주 동지가 동양척식주식회사와 조선식산은행에 거사할 때 도와준 동지를 일본 경찰에 밀고해서 체포당하게 만든 이가 김천우라고 했다. 의열단 강령에 따라 즉각 복수에 돌입했다. 김천우를 천진으로 유인할 작전을 세웠다. 곧 일으킬 거사 책임자를 강평국으로 정했다며 김천우에게 강평국 호위 임무를 맡기 위해 천진으로 오라고 명령을 내렸다.

거사에 대한 정보를 얻을 기회로 여기고 기꺼이 의심 없이 따라올 김천우를 겨냥한 올가미였다. 그리고 다른 지역에 있던 양수복과 이종원, 이지영을 천진 역으로 불렀다. 상해에는 김천우와 각별한 동지가 있을 수도 있으니 아무도 동행하지 않았다. 다급한 상황이 오면 동지로서가 아니라 인간관계가 먼저 나와서 일을 그르치는 경험을 되풀이해서는 안 되기 때문이다.

내가 천진으로 가는 기차를 타기 직전부터 미행이 붙기 시작했다. 김천우가 밀정이라는 증거를 눈으로 확인하는 순간이다. 천진 역에 내려 골목을 꺾어 돌았다. 골목에서 나를 기다리고 있는 양수복을 지나치며 '백하'라고 속삭이고 엄지를 치켜 올렸다. 미행을 처단하고 백하로 오라는 뜻이다. 양수복이 걸어가는 소리와 품에서 칼을 꺼내는 부스럭 소리가 나는가 싶더니 그가 꺾어 돌아간 골목 너머에서 윽! 하는 비명이 들렸다. 이어서 멀어지는 달음박질 소리는 미행을 처단한 증거다. 만약 양수복이 미행을 처단하는 데 실패했다면 달려가는 발소리가 날 리 없다.

김천우와 나란히 앉아 바라본 운하에는 바람을 탄 물결이 심장처럼 찰박찰박 뛰었다. 봄바람이 등 뒤에서 운하 쪽으로 불었다. 서해 바다를 건너 조선 땅으로 불어갈 바람이다. 새싹을 돋우고, 온갖 꽃을 피워낼 따뜻한 봄바람이다.

김천우는 운명을 직감했는지 내가 건넨 술잔을 단숨에 들이켰다. 50도가 넘는 중국술도 멈추지 않고 거침없이 넘기곤 하는 김천우가 울컥 딸꾹질을 했다.

“역시 술은 단번에 비워야 맛이라니까요.”

딸꾹질을 했음에도 시치미를 떼고 호기를 부렸다.

“훈풍은 봄마다 불어서 겨울을 되돌리지만 한번 잃어버린 국권은 아무리 봄을 외쳐도 되돌아오지 않아요.”

김천우는 빈 술잔을 손 안에서 공깃돌처럼 굴리더니 물로 던져버렸다. 잔이 떨어진 자리로부터 동심원 물결이 일어났다.

“독립이 오지 않아도 우리는 우리 길을 가야지. 그게 의열단이야.”

뒤에 서 있던 양수복이 의열단 강령을 잊었느냐며 김천우에게 핀잔을 주었다.

“오지 않을 독립이 동지와 조국을 배신한 핑계는 되지 않아. 가족에게 남길 유언이 있나?”

해방조국에 돌아가면 전해주겠다는 내 물음에 김천우는 시선을 아래로 떨구고 고개를 가로저었다. 우리가 해방조국에 돌아가지 못한다는 뜻인지, 유언이 없다는 뜻인지 알 수 없는 고갯짓이다. 김천우가 젓던 고갯짓을 멈추다가 내 눈과 마주쳤다.

"의백한텐 참으로 미안하오."

김천우는 이번에는 마주친 눈을 떼지 않고 고개만 살짝 가로저었다. 너무 늦은 후회다. 아무리 내가 의백이라도 배신자를 살려줄 수는 없다. 총을 들자 머리를 앞으로 내밀며 얼른 끝내달라면서 눈을 감았다. 한 발 앞으로 다가가 머리를 겨누었다. 방아쇠를 당기는 순간에는 차마 눈길을 김천우로 향할 수 없었다. 내 손으로 처단한 첫 의열단원이다. 무척 안타깝고 씁쓸했다.

김천우 시신을 운하에 실려 보냈다. 물결 따라 흐르다 서해로 흘러 흘러 영혼이라도 가족 곁에 가기를 바랐다.

개인감정은 조직을 해치는 독약이다. 배신자에게는 단호해야만 한다. 한때는 일본을 처단하는 의열투쟁에 일심으로 함께한 동지였으나 이제는 죽음조차 위로받지 못하는 신세가 되어버렸다. 일본 밀정으로 죽었으니 일본이 죽음을 기억해주리라는 기대는 애당초 하지 않는 게 좋다. 일제는 김천우가 밀정이었다는 것도 인정하지 않을 테니.

원 샷이면 원 킬이라며, 방아쇠를 한 번 당기면 적이 꼭 한 명은 죽어야 한다는 말을 곧잘 하고 사격을 참 잘했던 김천우다.

"둘이면 더 좋고요."

사격 연습을 할 때면 농담처럼 곧잘 호기를 부린 김천우다. 참 아쉬운 김천우다.

"배신자일 뿐입니다."

강평국이 내 상념을 깨뜨리며 현실을 상기시켰다. 맞다. 강평국 말이 맞다. 김천우는 동지를 팔아넘긴 배신자일 뿐이다. 김천우가 의열단이었다는 사실도, 동지라는 사실도, 배반 앞에 연기처럼 사라져버렸다.

배신자를 처단하는 일은 '까불면 죽는다'와는 같은 면도 있지만 다른 점도 크다. 배신자가 있을지도 모른다는 의심은 의열단원 모두에게 엄청난 공포를 안겨준다. 공포는 투쟁력을 떨어뜨리는 가장 큰 적이다. 그래서 배신자 처단은 공포를 제거하는 일이다. 공포가 제거되면 안도감과 심기일전 심리로 인해 투쟁 열기는 몇 배로 끓어오른다.

운명으로 만난 동지 박차정

"책벌레라더니 진짜 맞네."

박차정이다. 화북대학 도서관에 살림이라도 차렸느냐며 책 쪽으로 얼굴을 바짝 들이댔다. 예전에 김산이 북경대학 도서관에서 한 말이 기억에서 솟아나와 박차정이 한 말과 겹쳤다. 박차정이 북경으로 온 지도 두 달이 지났다. 요 며칠 사이에서야 얼굴에 스물한 살 청년다운 생기가 돌았다. 박차정은 일부러 상기된 목소리를 냈다. 나에게 기운을 불어넣으려는 시도가 분명하다.

"배신자 처단한 일을 동지 희생된 것처럼 마음 아파하다니. 얼굴 푸석해진 것 좀 봐요."

박차정은 사흘을 내리 잠 못 이룬 눈치를 내 얼굴에서 단박에 알아챘다.

"동지를 자기 손으로 처단했는데 어찌 마음이 편하겠어요. 그 마음 나도 잘 알아요."

박차정이 등 뒤에서 양 어깨를 두 손으로 감싸 쥐었다.

"힘들면 말해요. 내가 오라버니 업어줄게."

귀여운 농담에 피식 웃음이 터졌다.

두 달 전, 박문호는 동생 박차정이 거듭된 투옥으로 온몸이 만신창이가 되었다는 소식을 들었다며 제대로 먹지도 못하고 잠도 못 잤다. 박문호는 의열단에 가입하고 바로 국내로 들어갔다가 신간회 중앙간부로 활동했다. 호기롭게 출발했지만 신간회는 좌우로 나뉘어 분열하다 결국 해소되고 말았다. 그 길로 박문호는 의열단으로 돌아왔다.

1927년 신간회가 세워지자 여성단체도 하나로 모여 근우회를 조직했다. 근우회는 1929년 광주에서 일어난 학생의거를 뒤에서 도왔고, 1930년 1월에 일어난 서울 여학생 시위를 지도했다. 근우회에서 중심 일꾼인 박차정은 잇달아 투옥되었다. 투옥은 모진 고문으로 이어진다. 옥살이를 마치고 서울에 있는 큰오빠 박문희 집에 있다는 소식이 들려왔다. 박문희도 의열단원이다.

1931년에 신간회가 흩어지면서 근우회도 해소되어버렸지만, 박차정을 국내에 두었다가는 어떻게든 또 활동을 하게 될 테고, 그러면 또 투옥될 게 뻔하다. 박문호가 내는 조바심도 당연하다. 그냥 보고 있을 수만은 없었다. 회의에서 박차정을 망명시키는 사업이 승인되자, 박문호는 파견할 청년단원 한 명을 고르고 골랐다.

"말도 마세요. 국내에서 활동하는 동지를 두고 갈 수 없다며 버티는 바람에 온 종일 설득을 했답니다."

박차정이 무사히 도착했다는 보고를 하러 온 박문호는 푸념이 섞인 말투였으나 얼굴에는 웃음이 가득했다. 망명 사업 결정회의 때 '내가 보내는 청년단원 말을 내 말처럼 잘 따를 거예요'라고 한 박문호다.

"작은오빠 말은 잘 들을 거라더니?"

놀리느라 되묻는 나에게 박문호는 쩝 입맛을 다셨다.

"의주에서 압록강 건너기 전에도 돌아가겠다는 걸 겨우 말렸다고 하네요. 우리 정이 고집을 누가 말려요."

계속해서 서울로 되돌아가겠다고 고집을 부리던 박차정은 청년단원이 '지금 안 가면 의백이 직접 데리러 온다'고 하자 이내 고집을 꺾었다고 했다.

박차정은 몸 상태가 보고받은 것보다 훨씬 안 좋았다.

"일신여학교 때부터 경찰서를 우리 집처럼 드나드느라."

박차정은 피시시 웃었지만 스물한 살 처녀가 하혈까지 할 정도로 심각했다. 그 몸으로도 오자마자 독립운동단체에서 활동하겠다며 나섰다. 의열단장 명령으로 공부부터 하라며 화북대학에 입학시켰다. 중국어도 배우고 영어도 배울 겸이다.

업어준다는 말에 터트린 내 웃음에 웃는 모습 처음 본다며 박차정도 안심이 되는 모양이다.

"의열단 단장에다가 키 크고 잘생기고, 교양까지 넘치니……. 이러니까 보는 여자마다 좋아 죽지. 위험해요 위험해."

박차정이 던진 농담을 되받아 나는 '여자가 위험하다는 말이지?' 하며 농담을 건넸다. 그러자 박차정은 나쁜 사람이라며 내 어깻죽지를 탁 내리쳤다.

회의에 늦겠다며 다 보지 못한 책을 내 손에서 뺏다시피 챙겨서 대신 반납하러 가며 문 앞에서 기다리라고 했다. 사람이 드나드는 문 앞에 서 있기가 머쓱해서 먼저 나왔다. 도서관 밖에 정동원이 기다리고 있었다. 휘문중학을 중퇴하고 재작년에 북경으로 와서 화북대학에

다니고 있는 청년동지다. 아마도 도서관에는 박차정과 같이 온 모양이다.

우뚝 선 버드나무 그림자가 호수까지 길게 늘어졌다.

"와, 멋지다. 이렇게 멋진 호수는 태어나서 처음 봐요."

뒤따라 나온 박차정이 지나치게 말꼬리를 길게 끌었다.

"학교 다니면서 맨날 보는 호수일 텐데, 새삼스럽긴."

내 핀잔에도 아랑곳 않는 박차정은 정동원과 나를 번갈아 보았다.

"나 혼자 보는 거랑, 내 님이랑 같이 보는 거랑 같은가 뭐."

당돌하게 말하면서도 박차정은 귓볼이 새빨개졌다.

"쬐끄만 녀석이 잔망스럽긴."

내가 꿀밤을 먹이려 하자 박차정은 냅다 뛰어 가버렸다.

정동원이 박차정에게서 눈을 떼지 않고는 안심해도 되겠다고 했다. 달음박질하는 뒷모습이 건강해 보인다고 했다. 내가 아무 대답을 하지 않자, 정동원은 국내에서부터 박차정에 대해서는 이미 민중을 이끄는 투사라는 이름을 들어서 잘 알고 있었다고 했다. 그러고는 한참을 뭉그적거렸다. 나에게 할 말이 있다는 뜻이다.

"박차정 동지랑 연인으로 사귀고 싶습니다."

자기 마음을 받아줄지 모르겠다며 내 반응을 살폈다. 잘 해보라는 말을 기다리는 눈치다. 그때서야 정동원이 박차정 앞에서 언제나 주눅 들어 보인 까닭이 동지로서 존경심 때문만은 아니었음을 눈치챘다.

정동원을 마주 보고 어깨를 감싸 쥔 나는 언젠가는 두 사람 모두 조선 민중을 위해 크게 쓰일 날이 올 거라고 격려해주었다. 정동원은 기대한 답이 아니어서 실망한 눈치였으나, 더는 아무 말도 하지 않았다. 셋이 나란히 걷게 되자 정동원은 박차정이 국내에서 한 사업 얘기로 칭찬에 침이 마를 지경이었으나 박차정은 많은 동지를 두고 떠나와 버렸다며 부끄럽다고만 했다.

신간회 해체에서 얻은 교훈

의열단이 강력한 대중활동을 선언한 뒤로 의열단 내에서 밀정 사건이 잦아진다며 모두 우려했다.

"구더기 무서워 장 못 담그겠소?"

걱정하는 단원을 향해 투사도 밀정도 어차피 우리가 투쟁 속에서 감당해야 할 운명이라며 두려움 앞에 꺾여서는 안 된다고 힘을 주어 설득했다.

신간회와 근우회가 해체된 사실은 대중화가 만병통치는 아니라는 근거다. 이에 박차정은 '구성원으로부터 이해와 요구를 받아, 잘 조정하고 추진동력으로 이끌어갈 지도자 조직이 없었기 때문'이라며 대중화 문제가 아니라 지도력 부족 때문이라고 진단했다.

독립과 계몽을 위해 '전국사회단체총연합회' 성격으로 하나가 된 신간회지만 좌와 우, 급진과 온건처럼 도드라지는 차이는 물론이고, 지역과 혈연, 그리고 학연을 비롯해 드러나지 않은 장벽도 컸다고 했다.

"서로 한 발만 물러서면 되는 거였어요."

행동력이 필요하면 활력이 좋은 사회주의 계열 단체가 맡으면 되고, 민족주의 계열은 명망이 높으니 대중을 이끄는 일을 맡으면 되는

데 서로 자기 입장만 내세웠다며 아쉬워했다.

"신간회를 만들었더니 우리 편은 별 이익이 없고, 저쪽만 좋아졌다고 생각하기 시작하면서 갈등만 도드라져버렸어요."

사회주의 계열 쪽에서는 '에헴!'만 하려 한다며 민족주의 계열을 불신하고, 민족주의 계열 쪽에서는 신간회를 공산당으로 만들려고 한다면서 사회주의 계열과 힘을 합치려 하지 않았다고 했다. 신간회가 무너지면서 산하단체인 근우회를 비롯해 거의 모든 조직이 연쇄반응으로 무너져버렸다고 했다. 차라리 사회주의 계열이 신간회에서 분리 독립해 별도 조직을 만들자는 얘기도 나왔지만, 사회주의 계열 단체끼리도 이해와 요구가 달랐고, 분파주의라는 비판을 받으면서 같이 망하는 수밖에 다른 길이 없었다고 안타까워했다.

"망할 때는 모두가 망한다는 걸 알아요. 막을 방법도 다 알아요. 그 방법은 자기를 버려야 하는데 아무도 버리려 하지 않고 버리자며 나서지도 않으니 결국 망하는 거죠."

유자명이 절망이라고 했다.

"발전적 해체라는 말이 있습니다."

절망은 없다며 내가 분위기를 띄웠다. 해체는 소멸이 아니라 새로운 탄생을 위한 밑거름이 되도록 만들면 된다. 신간회 해체로 국내에서 인재를 키우지 못하게 되었으니 국외에서 우리가 키운 다음, 국내로 파견하면 된다. 정동원에게 조선 민중을 위해 쓰일 날이 올 거라고 한 말도 바로 이런 이유 때문이다.

민중 속으로

활동력이 좋은 조선공산당재건동맹이 인재를 키우는 일을 맡아달라는 내 뜻을 안광천도 박차정도 기꺼이 받아들여주었다. 조선공산당재건동맹 산하에 정치학교를 세우자는 의논은 어렵지 않게 합의가 되었다. 폭탄을 던지는 의열투사가 아니라 민중 속으로 들어가 계몽하고 조직해서 독립 역량을 키워내는 일꾼을 양성하는 학교다. 이름은 '레닌주의정치학교'로 정했다.

"민중이 눈을 떠서 자기 몫을 찾게 되어야 일제를 몰아내야 한다는 자각도 커집니다."

안광천은 민중을 독립역군으로 자각하게 만들어야 한다고 주장했다. 안광천이 비록 공산주의자고, 레닌주의정치학교가 조선공산당재건동맹에 속한 조직이라고 해도 우리 목표는 다르지 않다. 일제 강점으로부터 조선 민중 해방이다. 국내에서 신간회는 해소되었지만 국외에서라도 좌우와 계급과 학연, 지연을 버리고 하나 되는 모범을 세워가야 한다.

신간회가 해소되자 국내에서는 독립운동에 나서려는 청년이 급격히 줄었다. 독립운동을 해보려고 해도 찾아갈 곳이 없어져버렸고, 독립에 대한 희망도 급격히 줄어들었기 때문이다. 독립운동 세력은 새

물이 공급되지 않는 연못 같은 지경이 되었다. 독립운동에 나서는 청년을 공급하는 역할을 레닌주의정치학교가 감당해내야 한다.

"연대하라, 그리고 조직하라!"

박차정이 주먹을 쥐어 들고 외쳤다. 레닌주의정치학교 교훈 겸 교육 목표가 되었다. 중국은 좌우합작을 깨버렸지만, 우리는 공산주의자 안광천과 손을 잡고 학교를 세웠으니 좌우합작을 이룬 셈이다.

1930년 4월에 개교한 레닌주의정치학교 1기생으로 열 명이 모였다. 반가운 얼굴이 많았다.

정동원은 얘기를 듣자마자 바로 입학지원서를 썼고, 황포군관학교를 다니다가 병으로 중퇴한 오필득은 정치학교를 연다는 연락을 하자마자 달려왔다.

"중퇴생 딱지를 드디어 떼게 되었습니다. 생각만 있고 행동할 길이 없어 얼마나 답답했는지 모른답니다."

오필득 혼자만 한 생각은 아니었다. 입학생 누구나 크게 다르지 않았다. 입학생은 국내외에서 학생운동이나 노동운동을 해온 투사가 대부분이었다. 이미 독립과 민중해방을 열망하는 학생과 노동자, 농민으로 활동했던 사람들이라 혁명가로 수준을 높이는 과정이 그리 어렵지 않았다.

"맞소, 그럴 수 있소."

교육과정에서 내가 가장 많이 쓴 화법이다. '아니오, 당신은 틀렸소'로 반대부터 하면 이미 상대는 무시당했다는 모멸감으로 이쪽 말을 듣지 않으려 장벽을 쌓는다. 고모부에게 배운 화법이다.

일단 '동지 말이 맞소' 한 다음에, '다만 이런 문제가 우려되니 같이 고민해봅시다'라고 대화를 이끌어야 상대도 자신이 잘못 생각한 점이 있다는 사실을 기분 좋게 받아들일 수 있다. 자기 뜻을 꺾어도 기분이 나쁘지 않아야 상대를 신뢰할 수 있고, 뜻을 하나로 모았을 때 큰 힘으로 상승된다. 연대는 바로 이렇게 공감과 신뢰를 기본으로 한다. 연대가 된 다음에야 비로소 누가 우두머리가 되고 누가 무슨 일을 맡은 일꾼이 되고를 정하는 조직으로 나아갈 수 있다.

"지도자는 '내가 당신들보다 똑똑하니 무조건 나를 따르시오' 해서는 안 됩니다."

내가 맡은 강의는 톨스토이와 사회주의였으나 조직을 이끄는 지도자로서 어떤 자세를 갖추어야 하는지 늘 강조했다.

6개월에 걸친 레닌주의정치학교 과정이 끝나고 동지 대부분이 국내로 들어갔다. 정동원은 의열단 본부에 두고 싶었으나 박차정에게 고백을 했다가 정강이를 걷어차였다.

"쬐끄만 녀석이 어디서, 나 임자 있는 몸이거든."

짝사랑에 실연당한 정동원은 실의에 빠져 있었다. 청년에게 사랑은 때론 혁명보다 강력한 에너지다. 그러나 어쩌겠는가. 사랑을 잊기 위해 멀리 떨어지는 처방도 나쁘지 않다.

1930년이 되면서 국내에서 브나로드운동이 크게 일어났다. 지식인이 농촌으로 가서 민중을 계몽하는 운동이 물결처럼 일어났다. 머잖아 국내로 들어간 동지가 서울, 평양, 신의주, 원산, 대구, 부산, 강릉, 목포에 조직을 세웠다는 소식이 왔다.

혁명학교 2기는 열한 명이 모였다.

"사람이 모인다는 것은 좋은 일을 하기 때문입니다."

나는 브나로드운동이 국내에서 독립운동 조직을 재건하는 좋은 토양으로 다져질 희망이라며 모두를 격려했다. 이제는 건설하고 돌아오는 망치가 되어야 한다. 돌아오지 않는 화살 시대는 끝났다.

박차정과 결혼

조선공산당재건동맹 일을 맡은 박차정이 만주 지부에 다녀왔다.

"배고파요."

사무실에 들어오자마자 밥 타령이다. 아직 점심때가 이르지만 자주 가는 중국 요릿집으로 데려갔다. 오랜만에 외식이라며 박차정은 무척 좋아했다. 박차정이 망명해 온 뒤로 처음 단둘이 먹는 밥이다.

"국내 지부에도 한번 다녀와야겠어요. 지부와 중앙을 끈끈하게 연결해 일정한 투쟁력을 유지해야 해요."

지부는 본부와 떨어져 있어 소통이 쉽지 않기 때문에 투쟁력이 중앙보다는 떨어질 수밖에 없다며 걱정이 크다. 일을 만드는 데에는 누구도 따를 자가 없는 박차정이다. 투쟁력을 유지한다는 말은 활동자금을 맹렬하게 모은다는 뜻도 담겨 있다.

"무슨 일이든 돈이 있어야 하니."

그러는 사이에 요리가 나왔다.

"이렇게 맛있는 밥은 오늘 처음 먹어보네."

내 말에 박차정이 입에 문 만두를 컥 내뱉고는 눈만 돌려서 올려다보았다.

"맨날 먹는 밥인데 무슨."

박차정이 짐짓 모른 척하더니 피식 웃었다.

"혼자 먹는 거랑, 님이랑 둘이 먹는 거랑 같은가 뭐."

쑥스럽지만 이번에는 내가 웃지 않고 말을 하자, 박차정은 눈이 휘둥그레졌다.

"나쁜 사람, 내가 얼마나 기다렸는데."

박차정은 말을 채 맺지 못하고 양 볼에 눈물이 주르르 흘러내렸다.

"늙은 남자랑 사는 거 괜찮겠어?"

"어린 여자랑 사는 거 괜찮겠어요?"

"띠동갑 부부라고 사람들이 놀릴 텐데 괜찮겠어?"

"밖으로 다니느라 집에서 살뜰히 챙기지 못할 텐데 괜찮겠어요?"

질문만 오고 갔지만, 그 질문 속에는 대답이 모두 들었다. 박차정이 일어나 뒤로 돌아와서는 화북대학 도서관에서처럼 내 어깨를 감싸 안았다. 화북대학 도서관에서는 두 손으로만 감싸 안았지만 이번에는 팔까지 모두 둘러서 꽉 껴안았다. 박차정이 내 가슴께로 모은 손을 내 두 손으로 쥐어 잡았다. 잡힌 손을 꼬물거려서 박차정과 내 손가락이 칡넝쿨처럼 얽혔다. 손가락을 잡은 느낌만으로도 내 사람이라는, 오직 내 사랑이라는 감정이 한껏 솟구쳐 올랐다. 태어나 34년 만에 처음으로 느껴보는 사랑이라는 감정이 한껏 솟아올랐다.

"의백 색시 된다고 정동원 동지 울리더니 드디어 우리 차정이 소원 풀었네."

박문호가 가장 먼저 축하한다면서 내 손을 마주 잡아주었다. 결혼식에 양가 가족이 아무도 없으면 얼마나 쓸쓸할까 걱정했는데, 박문호가 있어서 얼마나 다행인지 울컥 눈물이 솟았다. 1931년에 서른네 살인 나와 스물두 살인 박차정은 그렇게 백년가약을 맺었다. 개띠 띠동갑 부부가 탄생했다며 축하해준 동지 모두가 참 고마웠다.

하지만 박차정은 결혼을 해버려서 국내 지부에 다니러 못 가게 되었다고 입이 삐죽 나왔다.

"세상에 좋은 일만 있는 건 아니야."

내가 달래줘도 위로가 되지 않는 모양이다. 박차정은 결혼은 구속이라는 말이 틀리지 않는다며 얼굴을 펴지 않았다. 결혼하고 사흘도 안 되어서 후회하는 신부가 어디 있느냐는 내 핀잔에는 얼굴이 빨개지며 웃기만 했다.

4

독립운동 진영을 하나로

만주사변과 들끓는 반일감정

레닌주의정치학교 3기로 입학하겠다며 경상도 안동 사람 이육사가 찾아왔다.

"저 같은 사람이야 성리학을 공부했으니 이해하기가 힘들겠지만 성리학이나 공산주의학이나 백성을 편안케 하려는 길에서 서로 만나는 지점이 있겠지요?"

국외로는 처음 나온 이육사다. 장진홍 동지가 결행한 대구은행 폭침 거사 때 붙들려 받은 수인번호 64번을 호로 정했다. 퇴계 이황 후손임을 자부하는, 꼿꼿하기가 대쪽 같은 사람이다.

"나 같은 사람은 오줌 누는 것까지 일본이 감시하는 판입니다."

국내 사정이 점점 나빠진다며 걱정했다.

이육사는 만주사변을 아느냐고 물었다. 1931년 일본 군부와 우익 세력은 만주를 식민지로 만들어 주요 자원과 군수물자를 공급하는 기지로 만들기 위해 활발히 움직였다. 일본군 참모 이타가키를 중심으로 만주 침략 계획을 모의해 만주 철도를 스스로 파괴하고는 만주 군벌 장학량이 저지른 일이라고 트집을 잡았다. 철도를 보호한다는 구실을 내세워 군대를 보냈다. 일본군은 겨우 엿새 만에 요녕성과 길림성을 차지하는 등 만주 전역을 점령했다. 장학량은 민중을 억압하고 착취만 할 뿐 일본 제국주의라는 외적을 막아낼 전투력이 없었다.

"그런데 이 정세가 우리에게 불리한 면만 있지는 않습니다."

이육사도 나와 같은 생각이었다.

국민당 사람이든 공산당 사람이든 중국 사람은, 조선 사람은 일본 스파이거나 나라를 되찾을 의지가 없다고 생각했다. 1931년 7월에 만주에서 일어난 만보산 사건은 불에 기름을 부었다. 만주에서 땅을 빌린 조선 사람이 벼농사를 지으려고 수로를 냈는데, 주변 중국 사람 땅에 수로가 가로지르게 되니 항의는 당연했다. 두 나라 사람 사이에 원만하게 해결될 수 있는 문제를 일본 관리와 경찰이 끼어들어 도리어 다투게 만들었다. 몸싸움이 일어나 중국 사람 몇 명이 다친 사건을 일제는 조선 사람이 죽고 다쳤다고 보도했고, 이 소식을 듣고 국내에서는 보복이라는 이름으로 중국 사람을 해쳤다. 결국 두 나라 사이에 원한이 깊어지고 말았다.

"이제 만주가 일본에게 침략을 당했으니, 조선과 동지라고 여기게 될 거요."

내 말에 이육사도 크게 공감했다. 우리에게는 좋은 기회다. 중국이 우리에게 손을 내밀 좋은 이유가 생겼고 이이제이할 기회다. 이이제이란 오랑캐로 오랑캐를 제압한다는 뜻으로, 일본과 원수가 된 중국을 이용해 일본을 몰아내자는 의미다. 국제 정세가 우리에게 유리해진 상황은 반갑지만, 만주에 사는 우리 동포가 일본 손에 놓이게 된 걱정으로 내 마음은 더 복잡해졌다. 복잡해진 마음에 답이라도 보내듯이 만주 지부가 지리멸렬해지면서 간간히 보내오던 활동자금이 끊어졌다. 만주에 있는 우리 동포 조직이 위기에 빠졌다는 뜻이다.

1931년은 만주사변으로 만주가 일본 손에 속속 점령당한 해였다. 그러나 해가 바뀌어 1932년이 되자 온 중국이 반일감정으로 들끓었다.

"상해는 터지기 직전인 시한폭탄 같습니다."

상해 지부에 다녀온 세주가 곧 무슨 일이 터지겠다며 분위기를 전했다. 일본 조계에 많은 군대가 들어와 있고, 일본 경찰이 활보하는 상황이니 무슨 일이 안 터지면 더 이상할 판이다. 일본은 만주에서 물러가라며 날마다 시위가 일어났다. 1월이 채 가기도 전에 중국 사람이 일본 승려를 저격했다. 중국 사람은 환호했지만 일본이 조작한 냄새가 너무 강하게 났다. 만주사변을 일으키기 위해 만주 철도를 폭파한 조작과 너무 비슷했다. 일본은 며칠 만에 군대 수만 명을 상해로 보냈다.

"군대를 준비해서 대기하고 있지 않았다면 3개 사단이나 되는 병력을 며칠 만에 보낼 수는 없습니다."

세주가 말하지 않아도 누구나 알아챌 상황이다.

일본군은 20일도 채 걸리지 않아서 중국군을 상해 밖으로 밀어내 버렸다.

"마음만 먹으면 중국 땅 전체를 집어삼키는 것도 시간문제 같은데요."

세주가 하는 걱정에 나는 고개를 가로저었다. 일본 군대가 아무리 강해도 일본이 만주와 중국 본토에서 동시에 전쟁을 치를 정도까지는 국력이 되지 않는다.

전쟁은 물자 싸움이다. 탄환을 만들 쇠가 있어야 하고, 탄환을 날릴 화약이 있어야 한다. 차를 움직일 기름이 있어야 하고, 군대를 먹일 식량이 있어야 한다. 아직 일본이 그 정도로 강력하지는 않으니 지나치게 과대평가는 하지 말라고 했다. 당장 북경으로 밀고 들어오지 못할 테니 불안해하지 말라고 단원 모두를 안심시켰다. 지나친 경계와 두려움은 우리 스스로를 작게 만들 뿐이다.

윤봉길 의거를 돕다

1932년 4월 초, 임시정부에서 주석을 맡고 있는 백범이 보냈다는 사람이 나를 찾아왔다. 지금은 임시정부를 백범 혼자서 지키고 있다고 해도 과한 말이 아니다. 양반 귀족 출신이 아닌 백범이 주석이다 보니, 후원금도 거의 모이질 않는다고 한다. 이름만 거창하지 돈도 없고 조직도 제대로 갖추지 못한 단체로 작아졌다.

의열단이 임시정부와 척을 진 사이는 아니지만 그동안 서로 무언가를 주고받을 일도 없었다. 그런데 임시정부에서 의열단에 처음으로 도와달라는 손길을 내밀었다. 백범이 쓴 편지도 없이 사람만 왔는데, 비공개로 대화하기를 원했다. 빈방에 둘만 마주 앉았다.

"주석께서는 애먼 의열단에 피해가 가지 않기를 바란다고 하십니다."

의열단이 나섰다고 하지 말라는 말이다. 의열단에 피해를 주지 않으려는 뜻이라고 했으나 그 뜻만 들어 있지는 않다는 눈치를 못 챌 내가 아니다. 레닌주의정치학교를 연 뒤로 의열단 전체가 공산주의자로 몰리고 있으니, 의열단 도움을 받았다는 소리를 듣고 싶지 않은 마음이 더 크게 들어 있다고 짐작했다.

하지만 독립이라는 대의 앞에서 파벌 따위는 있을 수 없다. 빛이 되었든 그림자가 되었든 성공만 된다면 어떤 자리라도 마다할 까닭이 없다는 대답을 주어서 보냈다.

단원에게는 임시정부가 찾아온 까닭은 정치학교를 임시정부와 손잡고 해보자 한다고 둘러댔다. 유자명은 내 말을 믿지 않는 눈치였으나 더 묻지는 않았다. 몰라서 더 좋은 일이 세상에는 너무나도 많다. 의백만 알아야 하는 일은 그동안에도 많았다. 다행히 일이 끝날 때까지 비밀도 잘 지켜졌고, 부탁받은 일도 늦지 않게 준비가 되었다.

석 달 전인 1932년 1월, 한인애국단 소속 이봉창이 동경에서 일본 왕 마차에 폭탄을 던졌으나 불발되었다. 배로 일본까지 가는 동안 바닷물 습기로 화약이 젖어서 제 기능을 발휘하지 못하는 문제를 염두에 두지 못한 실패다. 이미 오래전에 김지섭 동지가 한 실패가 교훈이 되지 못하고 또다시 소중한 청년만 목숨을 잃고 말았다. 이제는 사제 폭탄 기술도 좋아져서 그 정도는 아닌데 어디서 조악한 폭탄을 구한 게 분명하다. 결국 돈 문제와 인맥 문제다. 돈이 많았으면 어떻게든 좋은 폭탄을 샀을 테고, 처음부터 의열단을 찾아왔더라면 많은 돈을 들이지 않아도 좋은 폭탄을 구할 수 있었는데, 참 아쉬운 일이다.

이봉창 거사가 실패한 후 1932년 4월 29일 상해 홍구공원에서 울린 폭음은 '조선 사람은 독립할 생각이 없다'고 그간 일제가 벌여온 선전이 거짓임을 만천하에 알린 쾌거였다. 한인애국단 소속 유봉길이 던진 폭탄은 상해 점령과 일본 왕 생일을 축하하려고 모인 상해 침략군 사령관과 일본 민간인 우두머리를 비롯한 여러 사람을 죽이고 다치게 했다.

윤봉길은 현장에서 무자비한 폭행을 당하고 체포되었다. 백범은 즉각 한인애국단이 거행한 일이라고 밝혔다.

"공을 독차지하려는 건가?"

유자명 말이 다른 단원에게는 뜬금없는 소리로 들리는 모양이다. 세주가 무슨 말이냐며 다가섰다.

"임시정부라고 하지 않고 한인애국단이라고만 하는 게 이상해서 그러는 모양이네."

나는 세주 말을 가로막고 유자명을 향해 더는 말하지 말라는 눈짓을 보냈다. 한인애국단을 임시정부 주석인 김구가 만들었으니 한인애국단이 곧 임시정부라고 여기는데 임시정부를 빼고 한인애국단이라고만 발표한 김구를 모두 의아해했다.

보름여 만에 일본군은 장개석과 휴전을 맺고 상해에서 물러갔다. 나는 그때서야 공식석상에서 단원 모두에게 윤봉길 의거를 도운 사실을 설명했다. 모든 단원이 환호했으나 비공식으로 도왔으니 영원히 묻힐 비밀이다.

"상해를 발판으로 대륙을 집어삼키려 한 일본 제국주의 악행이 윤봉길 의거로 좌절되었소."

일본이 중국에 군인을 자꾸 보낼 수는 있지만 지휘관이 죽고 말았으니 전쟁을 멈출 수밖에 없어졌다는 내 말에 모두 박수로 환호했다.

"하지만 휴전 조건에 윤봉길 의사 석방은 들어 있지 않잖아요."

세주는 휴전이 되어도 윤봉길은 돌아오지 못한다며 눈물지었다. 성공해도 환호와 눈물이 뒤섞이는 의열투쟁이라는 사실을 또 확인하고 말았다.

장개석은 중국 수십만 대군이 못한 일을 조선 청년이 해냈다며 크게 칭송했다. 지난 1월 만보산 사건으로 어색해진 중국과 조선 사이도 급격하게 가까워졌다.

하지만 일본이 상해에서 물러가는 휴전협정에는 조선 독립을 돕지 않는다는 조항이 들어 있었다. 이제 일본은 상해를 샅샅이 뒤져 모든 조선 사람을 잡아들일 순서만 남았다. 중국 수십만 대군이 못한 일을 조선 청년 한 명이 해냈다고 장개석은 칭송했지만, 조선 사람을 지켜주지 않기로 정한 휴전협정에 반발하지 못하도록 만들려는 정치 수사에 불과했다. 장개석은 개인으로는 윤봉길 의거에 감사할지 몰라도 정치로는 일본 요구를 들어주어서 휴전을 맺는 쪽을 선택했다.

일본을 피해 의열단 본부를 남경으로 옮겼다. 레닌주의정치학교도 더는 열 수 없었다. 레닌주의정치학교를 이끈 안광천은 국민당 지역인 남경으로 가지 않고 새로운 길을 찾아 떠나갔다.

남경으로 옮겨 오자마자 김학무가 찾아와 면담을 청했다.

"장개석을 죽여야겠습니다."

의열단이 남경으로 옮겨 온 첫 사업으로 장개석 암살을 건의했다. 남경으로 온 단원을 활용한 계획도 완벽하게 짜 왔다.

"장개석은 주황색, 주홍색, 적갈색까지 빨강이라고 우기고 있습니다."

김학무는 정적이라면 사회주의 물만 닿아도 공산주의자로 몰아서 숙청을 해버리는 장개석을 더는 두고 볼 수 없다며 사업 실행을 간청

했다. 조선 사람이 어떻게 되든 상관하지 않겠다는 휴전조항도 이가 갈린다며, 상해사변 처리에 대한 불만도 컸다. 휴전조항에 조선 독립을 돕지 않겠다고 한 약속은 일본 손을 빌려 좌파단체를 처리하려는 술수라고 판세를 읽었다. 장개석을 더 두었다가는 의열단도 공산당으로 몰려 숙청당하고 만다는 걱정도 컸다.

장개석이 청당운동이라며 쿠데타를 일으키고, 정적을 숙청하는 과정에서 많은 조선 사람이 목숨을 잃었다. 남창봉기와 광주봉기에서 국민당은 무자비한 살육을 저질렀다. 장개석을 죽여야 하는 이유는 차고도 넘친다.

"아직은 죽여야 할 때가 아니오."

나는 일제를 타도하기 위해 장개석이 쥐고 있는 힘을 이용하자고 김학무를 설득했다. 뜻이 맞지 않는 상대라고 타도하려고만 하면 결국에는 주변에 아무도 남지 않게 된다. 장개석이 일본을 적으로 여기고 있으니 언젠가는 장개석을 이용할 가치가 생길 거라며 기회를 살펴보라는 임무를 주어 김학무를 보냈다.

"손잡은 사람이 많으면 동지가 많아지기도 하지만 손잡은 사람이 서로 갈라서버리면 모두에게 적으로 보이게 될 수 있습니다."

김학무는 떠나면서 손잡는 상대를 잘 선택해야 한다는 당부를 잊지 않았다. 손을 잡았다고 해서 모두가 한마음으로 통하는 한 편이 되지는 않는다는 김학무 말이 틀리지 않다고 공감해주었다.

"염불에는 관심이 없고 잿밥에만 관심이 있다고 비난할지도 모릅니다."

김학무는 진심으로 나를 걱정했다.

"우리는 지금 몹시 배가 고프오. 염불보다 잿밥이 더 시급하오."

내가 한 말에 김학무도 공감하고 헤어졌다. 마지막에라도 김학무와 뜻이 통해서 다행이다.

조선혁명군사정치간부학교를 세우다

황포군관학교 동기인 황소미와 만날 약속이 정해졌다. 황소미는 아주문화협회를 맡고 있다. 이름이 문화운동을 하는 민간단체 같지만 국민당 정책을 세우는 정부기구나 마찬가지다. 황소미도 윤봉길 의거를 수십만 군대와 견주었다.

"장개석 주석이 조선 혁명가라면 누구든 가리지 말고 도우라는 특명을 내렸어."

상해 휴전협정 때문에 겉으로는 중국이 조선 독립을 돕지 않는다고 해도 비밀리에 돕기로 정해져 있다고 했다.

"나는 아주문화협회 책임자이고, 우린 황포군관학교 동기가 아닌가. 더 이상 무슨 설명이 필요한가?"

정치학교 운영자금을 책임져주겠다며 아무 걱정 말라고 했다. 앞으로 무슨 일이든 도울 테니 하고 싶은 일이 있으면 말만 하라고 손을 꼭 잡아주었다. 황소미는 언제나 손이 참 따뜻한 사람이다. 기대보다 더 큰 후원 약속에 욕심이 생겼다.

"그렇다면 군관학교를 세울 수 있게 도와주오."

정치학교 자금 약속을 받았으니 거절당해도 손해 볼 일은 없다. 황소미는 황포군관학교처럼 문과 무를 겸비한 인재를 키워낼 군관학교를 세우고 싶다는 뜻을 단박에 알아들었다.

"역시 최림은, 아니 약산은 꿈이 큰 사람이오."

그 문제는 관대장을 통해야 해서, 자기가 결정할 수 있는 범위를 벗어났다고 하면서도 불쾌해하지 않았다.

"만주를 회복하는 데에 힘을 보탠다고 하시오."

황소미는 관대장이 솔깃해할 말도 알려주었다.

"조선이 명·청시대를 이어서 지금도 지방정부로 남아 있었다면 약산도 우리 중국에서 큰일을 맡을 인재가 되었을 텐데."

"만주는 고구려와 발해 땅이고, 조선도 해삼위라고 부르며 이범윤에게 간도시찰원이라는 벼슬을 주어 보내서 다스렸고, 지금은 조선 사람이 살고 있는 땅이니 당연히 조선 청년이 앞장서서 회복……."

황소미가 내 손을 덥석 잡고는 말을 막았다. 조선을 자기 땅이라고 했다가 중국이 그 옛날에 고구려와 발해 땅이었다는 소리를 들었으니 오히려 자기가 주먹을 세게 먹었다며 우리끼리 역사 논쟁은 그만하자며 손사래를 쳤다.

관대장은 볼에 더 살이 올라 통통해졌다. 황포군관학교 시절과는 비교가 안 될 만큼 혈색이 좋아졌다. 오른손으로는 악수를 하면서 왼손으로는 내 어깨를 감싸 안아주었다.

등걸은 숫제 덥석 끌어안았다. 황포군관학교가 문을 닫고 남창과 광주봉기에서 죽은 사람이 너무 많았다면서, 그 와중에 목숨을 잃었으면 어쩌나 걱정했는데 무사하다는 소식을 듣고 얼마나 다행으로 여겼는지 모른다며 무척 기뻐했다.

"황포군관학교 동창 모임이라도 할 작정이오? 이거 배 아픈데."

등걸과 추억담이 길어지자 관대장이 끼어들었다. 위장병이 도졌냐고 내가 정색을 하자 관대장 얼굴에 파안대소가 터졌다.

평생 배 나온 사람을 부러워하며 살았는데, 이제는 제법 배에 살도 붙고 건강하다는 관대장도 장개석을 설득하려면 만주 회복에 조선 청년이 힘을 보탠다는 말을 앞장세워야 한다고 알려주었다.

"군대를 이끌고 국내로 진군하려면 당연히 만주를 먼저 회복해서 거쳐가야 합니다."

내 말에 관대장은 고개를 끄덕이면서도 머잖아 비행기를 타고 바다 위를 날아서 조선까지 갈 수 있는 세상이 될 거라고 했다.

"그렇긴 한데, 상해사변 휴전 조건에 조선 독립을 돕지 않는다는 조항이 있어서……."

관대장이 말끝을 흐리며 학교 세우는 일을 돕지 못한다고 하자, 등걸이 피식피식 웃었다.

"그렇다고 안 도와줄 것도 아니시면서."

황포군관학교 전우를 무시하느냐는 등걸 말에 영문을 몰라 어리둥절해졌다. 아무 걱정 말라는 등걸을 믿었다. 삼민주의역행사 서기를 맡고 있는 등걸이 빈말을 할 리는 없다. 삼민주의역행사는 남의사라고 줄여서 부르는 비밀조직이다. 만주사변이 터지자, 일본에 유학 보낸 황포군관학교 출신 장교를 귀국시켜 만든 장개석 친위 비밀조직이다. 당중당이라고 불러도 좋을, 국민당 안에 있는 최고 조직이다. 장개석이 펼치는 모든 정책이 남의사에서 나온다. 장개석이 남의사의 사장이고 바로 아래가 서기 자리인데 그 자리를 등걸이 맡고 있다.

겉으로는 관대장이 훨씬 높은 직급이지만 직책에서 나오는 힘은 등걸이 훨씬 강하다.

나는 장개석 앞으로 보내는 서한을 등걸에게 건넸다. 황소미가 가르쳐준 대로 조선과 중국이 연합해 항일 전선을 만들어가야 하므로 의열단을 지원해달라는 내용이었다. 우리는 풍부한 인력이 있으니 국민당이 물자만 지원하면 훌륭한 항일 조직이 될 수 있다고 썼다. 등걸이 직접 장개석에게 보고한다는 사실은 내 편지가 장개석에게 가장 빨리 닿는다는 뜻이다.

머지않아 황포군관학교 5기생인 간국훈으로부터 연락이 왔다.

"선배님, 아니 스승님, 만나서 영광입니다."

간국훈은 마주 잡은 손을 놓지 않겠다는 듯이 손아귀에서 힘을 빼지 않았다. 간국훈은 황포군관학교 생도로는 후배이고, 내 강의를 들었으니 제자이기도 하다. 지금은 남의사에서 일하고 있다.

내가 보낸 서한을 본 장개석이 몹시 만족하며 남의사에 의열단을 최대한 도우라고 했다면서, 남의사는 대만, 월남, 인도 등 피압박 민족을 돕는 기구로 민족운동위원회를 아래 조직으로 세웠다고 했다.

"의열단만큼 유능한 장교를 많이 거느린 단체가 또 있나요?"

간국훈은 자기는 아무 일도 하지 않겠다고 했다. 이미 황포군관학교에서 북벌에 참여하면서 조선 청년이 얼마나 대단한지는 증명되었다며 교육 훈련이나 이후 활동은 아무도 걱정하지 않는다는 말이 참 고맙다. 간국훈은 나를 위해 진국빈이라는 가명과 함께 남의사에 주임위원이라는 직책으로 공식 직함까지 만들어놓았다.

"진국빈 주임위원님 앞으로 잘 부탁합니다."

간국훈은 내 가명을 부르며 잔뜩 너스레를 떨었지만 일본 눈을 피하게 해주려는 배려가 참 고맙다.

간국훈과 협의를 거쳐 '조선혁명군사정치간부학교'라고 이름을 정했다. 줄여서 조학이라고 불렀다. 조선 독립, 일본이 괴뢰국으로 세운 만주국 타도, 만주 회복을 위해 문과 무에 걸친 인재 양성. 이 세 가지가 조학이 지향하는 목표가 되었다. 교육 기간은 황포군관학교처럼 6개월로 정했다. 졸업 후에는 일본과 만주국 고관을 처단하고, 만주국을 무너뜨리려는 항일 단체를 돕고, 국내외 노동자 농민을 조직하는 일을 맡기로 정했다.

"우릴 만주국 회복 전사로 쓰겠다는 것인가?"

세주는 조학을 세우는 목표에 만주에 관한 것이 너무 많다고 투덜댔다. 만주 회복이 조선 독립으로 가는 지름길임을 모르는 단원은 없으니 더는 말하지 않았다.

국민당 광서군에서 근무하는 김종을 찾아갔다.

"이 자리보다 험한 길이오."

조학에 참여해달라고 부탁을 하면서도 국민당 장교로 승승장구할 길을 버리라고 하는 미안함이 컸다.

"의열단은 어디에 있더라도 부르면 응하는 게 강령 아니오."

김종은 자기를 빼고 학교를 세웠다면 부대를 이끌고 쳐들어가서 한 판 붙자고 했을 거라며 자기를 잊지 않은 게 도리어 고맙다고 했다. 김종은 조학에서 사격과 전술학 강의를 맡았다. 권준, 이영준을 비롯해 의열단과 황포군관학교 동기 여럿을 불렀다. 박차정은 임철

애라는 가명으로 조직 활동과 조선 정세 과목을 맡았다.

국민당 군사위원회 간부 훈련반이 남경에서 가까운 탕산에 있었다. 1대부터 5대까지 반이 편성되어 있었다. 조학도 탕산에 있는 선사묘라는 절에 자리를 잡았다. 겉으로는 국민당이 세운 학교다. 공식 이름은 중국군사위원회 간부 훈련반 제6대다. 일본 눈을 피하려는 위장이다. 1기 입학생 26명은 모두 조선 사람이다.

"우리도 소림사 스님처럼 무공이 높아지는 것이오?"

절 문을 들어서며 세주가 너스레를 떨었다.

"총 쏘는 법도 배울 테니 소림사 스님 무공은 댈 데가 아닐 거요."

아직 백면서생인 이육사도 맞장구를 쳤다.

1932년 10월에 드디어 조선혁명군사정치간부학교 입학식이 열렸다. 황소미와 등걸을 비롯해 남경을 수비하는 국민당 군 사단장이 군인 2백여 명을 이끌고 축하하러 왔다. 수많은 귀빈이 절 옆 연병장 너른 마당을 가득 메웠다.

나는 교장 진국빈으로서 연설을 했다.

"본교의 개최는 해외에 있어서 최초로 시도되는 것으로써, 의열단이 과거 흘린 피의 대가로 얻은 결과인 동시에 현재 혈전 교섭의 결과 성립한 것이다. 조선민족이 일본과 대항하기 위해서는 군사학과 무기 사용법 등을 배워야 하는 바, 본교는 실제로 그것을 습득하는 곳이 될 것이다.

중·한 민족은 절대적으로 제휴하여 동삼성을 탈환함으로써 조선의 독립을 달성해야 하는 바, 이 목적하에 제군은 본교에서 열심히 기술을 습득하고 학습을 연마하여 장래의 발전을 기약하도록 하라."

의열단을 세운 날 밤에 반씨 집에서 한 연설과 다르지 않았다. 다만 여기서 키운 실력을 중국과 조선을 위해서 맹렬히 발휘하자는 말을 덧붙였을 뿐이다. 조선과 중국이 아니라 중국과 조선으로 중국을 먼저 언급한 것은 개교를 지원한 국민당과 귀빈을 향한 감사 표시다.

연설을 하고 내려오는데 간국훈이 나를 와락 끌어안았다. 마주 안고 등을 두드려주며 고맙다는 말을 건네는 순간, 드디어 우리 군사학교가 생겼다는 생각에 울컥하는 감정이 뜨겁게 올라와 겨우 진정시켰다.

"징그럽게 무슨 짓이니?"

정색하는 척 간국훈을 밀쳐냈다.

"딴죽 거는 놈이 몇 있어서 개교 과정에 애를 좀 먹었답니다."

그는 그렇게 말을 하면서 찡그렸던 얼굴을 활짝 폈다. 나는 간국훈에게 그동안 고생해준 데 대한 감사를 꽉 잡은 손으로 표했다.

"돈과 물자를 대주는 일 말고는 아무 간섭도 안 할 테니 마음껏 뜻을 펼쳐보시오."

등걸이 악수와 함께 건네는 격려가 참 고맙다.

"내가 간부 훈련반 고문단장입니다. 어떤 놈이 우리를 가로막을 수 있겠습니까?"

간국훈이 한껏 과장해서 큰소리를 치고 뿜어내는 파안대소가 참 통쾌하다.

국민당은 조학에 달마다 들어가는 고정 경비와 수시로 들어가는 비상 경비를 따로 정해놓았을 뿐만 아니라 의열단 운영비도 따로 정해서 달마다 지급해주었다. 또한 조학 졸업생을 위해서 중국군 간부 수준으로 지낼 수 있는 충분한 생활비와 활동비도 지원해주기로 했다. 이는 당장 근무할 부대가 없는 조선군 장교로 임관되더라도 장교 대우를 받고 활동할 수 있게 된다는 뜻이다.

의열단을 세운 뒤로 한순간도 돈 걱정을 안 한 적이 없고, 일본에게 붙들릴 걱정을 하지 않은 순간이 없다. 처음으로 돈 걱정, 일본 걱정이 없다. 충분히 먹고 충분히 입고 충분히 훈련하는 풍족한 시간이다.

"역시 사람은 친구를 잘 만나야 한다니까요."

박차정이 감탄을 했다. 관대장과 황소미와 등걸과 간국훈까지 모두 황포군관학교에서 맺은 인연 덕분이다.

통일전선결성회의 결성

윤봉길 의거가 일어난 뒤 안창호 선생을 비롯한 많은 독립지사가 일본 손에 붙들렸다. 임시정부도 항주로 옮겼다. 독립운동가가 뿔뿔이 흩어졌다. 박차정은 오촌지간인 김두봉 걱정에 잠을 제대로 이루지 못했다. 사방으로 수소문을 하더니 기어이 사람을 보내서 모시고 왔다. 김두봉은 두전 형님보다 한 살이 많다. 김두봉은 주시경 선생과 집필을 시작한 '우리말본'을 주시경 선생이 돌아가신 다음에도 중단하지 않고 홀로 완성해냈다. 조학 생도에게 우리나라 역사와 지리를 가르치면서 한글도 가르쳤다.

"서울 사람이 요즘 쓰는 말을 표준으로 삼아 글자를 정해야 합니다."

서울 사람은 '쌀밥을 쌈에 싸 먹다가 싸운다'고 하지만 나와 박차정과 세주를 비롯한 경상도 사람은 모두, '살밥을 삼에 사 먹다가 사운다'라고 발음한다. 또 서울 사람이 '무우'라고 하는 뿌리채소를 경상도 사람은 '무시'라고 한다. 서울말로 '하셨어요?'를 경상도 사람은 '했능교?'라고 한다.

"서울말과 지방 말이 다른 문제를 한 가지 말로 통하게 하려고 세종임금이 훈민정음을 만들었다고도 합니다."

김두봉은 '우리말본'이 문제 해결책이라며, 소리 나는 대로 규칙도 없이 각자 알아서 쓰던 글을 표준말법에 맞추어 쓸 수 있게 되었다고 했다. 정동원은 휘문고보 다닐 때 스승이었다며 두 번이나 스승이 된 김두봉을 아버지처럼 섬겼다.

황포군관학교에 들어갈 무렵 시도한, 하지만 실패한 협동전선을 만드는 중심 역할을 조학이 맡으려 한다는 뜻에 김두봉도 적극 찬성했다. 김두봉은 단재 선생이 만드는 신문 〈신대한〉에서도 일한 적이 있고, 임시정부 의정원 의원도 지냈고, 한독당 이사도 지냈다. 그 과정에서 든든히 다져놓은 좋은 인맥이 있었다.

"우리 차정이를 꼬드겨 부인으로 삼은 늙은 도둑놈으로 알았던 것 사과함세."

통일전선결성회의를 주재하러 상해로 떠나면서 김두봉과 드디어 서먹하던 사이를 텄다.

"도둑놈 맞아요. 당숙."

박차정이 장난을 쳤다가 너한테나 그렇지 나는 아니라는 핀잔만 들었다.

통일전선결성회의에는 한독당에서 이유필, 송병조가, 조선혁명당에서는 최동오, 윤기섭, 신익희가, 한국광복동지회에서는 김규식이 참석했다. 의열단에서도 한일래와 박건웅을 대표로 보냈다. 이렇게 많은 단체가 한자리에 모이기는 임시정부 이후로 처음이다.

통일전선결성회의를 마치고 돌아온 김두봉은 중국에 있는 각 독립

단체가 민족유일당을 세우기로 마음을 모았다고 전했다. 분명 좋은 소식인데 기쁘지도 절망스럽지도 않은 표정으로 덤덤하게 전했다. 이름을 '한국대일전선통일동맹'으로 정했다고 하면서도 웃지 않았다. '마음만 모았다'는 말은 조직을 구성하지 못했다는 뜻이다. 동맹을 세운다면서도 대표와 일꾼을 정하는 조직 구성을 하지 않았으니, 하지도 안 하지도 않은 채로 회의가 끝났다는 뜻이다.

"신간회도 해소되었고, 근우회도 흩어졌어요. 지향과 이해가 다른데 무작정 하나로 모일 수는 없어요."

박차정은 국내나 국외나 사정이 다르지 않다고 했다.

"무작정 하나로 모인다고 일이 다 잘되는 것도 아니잖아요."

나 또한 억지로 하나로 모여봤자 그 안에서 또 싸우게 된다며 단일대오에 너무 집착하지 말자고 담담하게 반응했다. 임시정부도 그랬고, 신간회도 근우회도 그랬다.

"일하기 편한 사람끼리 모여서 되는 역량 안에서 할 수 있는 일을 하고, 다른 단체가 하는 일이 이해와 역량에 맞으면 연대하면 돼요."

박차정이 내 말을 받아 덧붙였다. 의열단이 임시정부를 도운 일처럼 조직끼리 연대하면 된다.

"하나 되기로 결의한 것만도 아주 중요한 의미라고 생각해요."

단체끼리 연락 조직을 만든 의미도 결코 작지 않다며 실망부터 하지 말자는 내 말에 모두 고개를 끄덕였다. 단체마다 이해와 요구는 다르지만 서로 뜻으로 모아야 한다는 자각만으로도 큰 성과다. 신간회와 근우회처럼 실패를 되풀이하지 않으려면 서로에게 너무 많은 기대도 요구도 하지 말아야 한다.

임시정부가 빠진 민족혁명당

일본은 참 끈질긴 족속이다. 기어이 조학을 찾아냈다. 일본과 외교 분쟁을 피하려고 폐교를 주장하는 여러 사람을 간국훈이 '한 달여 남은 1기라도 마쳐야 한다'며 막아냈다. 덕분에 무사히 졸업식이 거행되었고, 정치와 군사에 달통한 장교 26명을 얻을 수 있었다.

"동지들은 졸업 후에 차차 개별적으로 행동해야 하지만 입교 시기의 혁명적 정신을 잊지 말고 조국을 위해 크게 투쟁할 뿐 아니라, 6개월 동안 받은 교육을 기초로 삼아 공부와 연구를 거듭하여 진취적인 정신을 기르고 결사적인 투쟁을 계속하여 우리들의 강토에서 강도 왜노를 몰아냄으로써, 조선의 절대독립과 동삼성의 탈환을 기해야 한다. 이렇게 함으로써 혁명투쟁을 위해 헤어진 동지들이 최후에는 반드시 목적을 달성하고 기쁜 얼굴로 서로 만나기를 기대한다."

나는 졸업 축하 연설을 하는 내내 목이 메여 자꾸 말을 멈췄다.

"혁명으로 나아가는 여러분 앞날을 축복합니다. 모두 만주로 가서 활동해주기 바랍니다."

축사를 맡은 간국훈이 당부했다.

그러나 며칠 전 나와 개별 면담을 한 졸업생은 모두 국내로 가고 싶다고 했다. 세주와 면담한 졸업생도 마찬가지였다. 국민당은 만주를 위해, 의열단은 조선 독립을 위해, 이렇게 혁명가를 양성한 목적이 동상이몽이었음을 또 확인했다.

졸업식이 끝나고 뒤풀이 자리에서 이육사가 직접 지은 시를 한 수 읊었다.

"까마득한 날에
하늘이 처음 열리고
어디 닭 우는 소리 들렸으랴.

모든 산맥들이
바다를 연모해 휘달릴 때도
차마 이곳을 범하던 못하였으리라.

끊임없는 광음을
부지런한 계절이 피어선 지고
큰 강물이 비로소 길을 열었다.

지금 눈 내리고
매화 향기 홀로 아득하니
내 여기 가난한 노래의 씨를 뿌려라.

다시 천고千古의 뒤에

백마白馬 타고 오는 초인超人이 있어
이 광야에서 목 놓아 부르게 하리라."

머리칼이 쭈뼛 서고 온몸에 소름이 돋았다. 장엄함을 나만 느낀 게 아닌 모양이다. 잠시 동안 아무도 아무 말도 하지 못했다. 가벼운 탄성을 뚫고 세주가 북을 치듯 손뼉을 짝, 짝, 짝, 짝 치고서야 묶인 줄에서 풀려나듯 모두 박수로 환호했다.

"졸업하는 심정을 적어보았는데."

이육사가 평소답지 않게 부끄러워했다. 제목이 무엇이냐는 내 물음에 조금 머뭇거리더니 '광야'라면서 머리를 긁적였다.

"제목으로 마침맞소."

나는 이육사 손을 잡고 감동을 전했다. 지금 우리가 서 있는 자리가 바로 광야다. 또한 우리가 가야 할 길이 바로 광야이니, 이육사가 시로 지금 우리를 가장 잘 표현했다. 누구도 침범할 수 없는, 우리만이 내달릴 광야. 비록 지금은 춥고 바람도 불지만 거칠 것 하나 없는 완전한 자유에 도달하는 그 광야가 바로 우리가 달려갈 광야라고. 이육사도 고맙다며 얼굴을 활짝 폈다.

조학 졸업생에게 임무 네 가지를 주었다. 만주와 국내에 의열단 지부 조직하기, 노동자 농민과 학생 조직하기, 각 민족운동 단체를 하나로 규합하기, 조학 입학생 모집하기.

일본 눈을 피할 장소는 산속에 자리 잡은 절이 가장 적당했다. 여름

내내 장소를 물색하느라 곳곳을 돌아보았다. 강녕진에 있는 증조사가 적격이었다.

"일본 눈을 피해야 하니 외진 곳일수록 좋습니다."

간국훈도 직접 가보고 와서 만족해했다.

1933년 9월에야 입학식을 연 2기생은 55명이나 되었다.

"40명 넘으면 너무 많은데."

세주가 탐탁잖은 표정을 지었다. 나이를 먹어가면서도 감정 숨기기는 참 못하는 세주다.

윤봉길 의거로 일본이 날뛰자 임시정부도 상해를 떠나 남경으로 왔다. 임시정부 주석인 백범은 국민당과 연합을 시도했다. 하지만 일본은 만약 임시정부가 남경에 자리 잡으면 군함으로 양자강을 거슬러 올라와 남경을 폭격하겠다며 드러내놓고 국민당을 협박했다. 일본과 어떻게든지 충돌을 피하려는 국민당은 임시정부를 막아섰다.

남경에 와서 임시정부 군사학교를 세우려 한 꿈은 당장에 모집한 20여 명을 조학에 위탁하고는 훗날을 기약할 수밖에 없었다.

조학 2기는 정치, 경제, 사회학, 철학, 비밀공작 과목에다 변증법을 비롯한 사회과학, 국내 정세와 중국과 소련을 비롯한 각국 혁명사를 추가했다. 군사 분야에도 기관총이나 보병 전술처럼 발전하는 군사기술을 더 넣었다.

백범이 격려를 하겠다면서 찾아왔다. 임시정부가 전장에 청사를 마련하고 자리를 잡았다는 소식은 며칠 전에 백범 부탁을 전하러 온 사람에게 들었다.

"급하기도 하시지."

차에서 내려 종종걸음으로 다가오는 백범을 향해 박차정이 혼잣말을 했다. 걸음이 빠르다는 뜻인지, 방문을 서둘렀다는 뜻인지 나는 얼른 알아듣지 못했다.

나는 백범을 생도 앞에 소개하고 연설을 청했다. 일본과 소련이 머잖아 전쟁을 벌이게 되고, 소련이든 중국이든 일본과 맞서는 나라와는 무조건 손을 잡고 싸워야만 우리도 독립할 수 있는 기회가 온다는 연설은 짧아도 강력했다.

"우리가 혁명에 일도매진해야 하는 중요한 시기가 되었습니다."

연설에서 백범이 서두르는 까닭을 알 것 같았다. 백범은 생도마다 일일이 악수를 하고 돌아서면서 나에게 물었다.

"인원이 많아서 불편하다면서요?"

물음이지만 물음으로만 들리지 않았다. 자기 식구를 너무 많이 맡겨서 미안하다는 뜻도 들었고, 결정을 했느냐고 묻는 뜻도 들었다. 여기까지 직접 왔으니 거절하지 말라는 압력도 들었다. 갓 입학한 자기 사람 20명을 낙양분교로 전교를 시켜달라는 부탁이다.

"겨우 손발 맞춰놨는데."

세주는 줬다 뺏는다며 장난하느냐고 입이 삐죽 나와 있다.

보병 전술은 4라는 숫자가 중요하다. 보병부대는 보통 4대로 나눈다. 가장 전투력이 좋은 군인으로 1대를 구성해서 중앙에 자리 잡게 한다. 그리고 2대는 왼쪽에, 3대는 오른쪽에 자리 잡게 하고, 4대는 후방에서 예비대로서 부족한 쪽을 지원한다. 세주가 40명이 딱이라고 한 까닭은 각 대를 열 명으로 조직해서 각각 무기와 할 일을 맡기는 방식으로 부대를 편성하려 했기 때문이다. 55명을 4대로 조직하려니 인원을 조절하느라 적지 않은 시행착오를 거쳤다.

그래도 국민당 지원을 받아낸 임시정부 수고를 물거품으로 만들 수는 없다. 천천히 모아서 개교하면 되지 않느냐는 말은 안 하기로 미리 결심하고 있었다. 개인으로야 얼마든지 할 수 있는 생각이지만 조학에서 교장으로서도 의열단 단장으로서도 그런 말을 해서는 안 된다.

낙양분교에서도 여기만큼 혁명군 간부가 배출되니 나쁠 일 하나도 없다고 세주와 박차정을 설득해두었다. 20명이 한꺼번에 빠져나가 버리자 며칠 동안 손발을 새로 맞추느라 애먼 진땀을 뺐다.

"낙양분교로 간 생도가 우리 동기이니 낙양분교생 모두 동기나 마찬가지요."

나는 남은 생도를 향해 형제 같은 동기가 많아졌으니 두 배로 기뻐하자는 말로 격려해주었다. 무엇보다 임시정부와 갈등을 빚지 않아서 다행이다.

3기는 44명으로 시작했다. 각 대를 열한 명으로 해서 무리 없이 훈련을 해나갔다. 하지만 일본 밀정은 너무 일을 잘했다. 3기가 시작되자마자 국민당은 일본으로부터 거센 항의에 맞닥뜨리고 말았다. 결국 학교를 화로강으로 옮겼다. 남경 성안에 자리 잡은 낡은 절 화로강은 공간이 너무 부족했다. 결국 각 대마다 아홉 명씩 36명만 남기고 여덟 명은 퇴교를 시킬 수밖에 없었다.

국내로 들어간 1기와 2기 졸업생이 활발하게 활동을 펼쳐가는 상황은 일제를 위기감에 빠뜨렸다. 결국은 대검거령이 내려져 활동 조직원 5백여 명이 붙들리고 말았다. 국내 조직이 순식간에 무너져버렸다.

"국내 조직 건설 성공은 대대적인 검거라는 재앙으로 이어지고 맙니다."

더 이상 국내 파견은 무리라는 김두봉 생각에 모두 공감했다.

이에 덧붙여 나는 국내로 파견하는 사업보다 머잖아 닥칠 전쟁에 대비하자고 했다. 일본이 만주에 괴뢰국을 세우고 청나라 마지막 황제 부의를 만주국 황제로 추대한 까닭도 대륙을 침략하는 교두보로 삼기 위해서라는 사실을 모르는 사람이 없다. 국민당이 만주 회복에 죽을힘을 다하지 않는 까닭은 만주를 변방이라 여기기 때문이다.

하지만 소련이 코앞까지 밀려온 일본을 보고만 있을 리 없다. 소련은 러일전쟁 때 무기력하게 당한 그 러시아 제국이 아니다. 소련과 일본 사이에 전쟁이 벌어지는 상황은 이제 시간문제일 뿐이다. 시한폭탄처럼 터질 시간을 향해 째깍째깍 시계가 돌아가고 있다. 소련이든 중국이든 일본과 전쟁이 벌어지기만 하면 우리도 조선 군대 자격으로 일본에 대적할 수 있어야 한다.

"이제 우리가 스스로 군대를 세워야 합니다."

내 결론에 아무도 반대하지 않았다. 하지만 군대를 세우려면 정치 세력을 먼저 세워야 한다. 우리가 정치 세력이 되어야 세력 아래에 군대도 둘 수 있다. 국내와 만주에 파견한 1기와 2기 졸업생에게 복귀 명령을 내렸다. 미국 동포단체까지로 넓어진 한국대일전선통일동맹을, 의열단이 중심이 된 통일동맹을 만들어 정당으로 조직하기로 정했다. 여기에는 김두봉이 앞장을 섰다.

1935년 7월 5일, 드디어 한국독립당, 신한독립당, 조선혁명당, 대한독립당, 의열단 등은 해체를 선포하고 하나로 모여 새로운 정당을 세우기로 결정했다. 중국이 한 국공합작처럼 좌와 우를 가리지 않고 민족유일당을 세웠다. 중앙집행위원 여섯 명으로 김원봉과 김두봉, 김규식, 이청천, 최동오를 임명한다는 선언으로 민족혁명당이 선포되었다. 줄여서 민혁당으로 부르기로 했다. 한 자리는 백범을 영입하기 위해 비워놓았다.

김규식은 중앙집행위원 수락 연설에서 1928년 5월에 만주에서 일어난 전민족유일당회의가 열리면서부터 시도된 민족유일당 운동이 드디어 결실을 보았다면서 감격해했다. 이청천은 임시정부가 함께하지 못한 아쉬움은 차차 대화와 타협으로 통합을 이루어내자며 희망에 부풀었다.

하지만 임시정부는 끝내 민혁당에 참여하지 않았다.

김종은 준비 단계에서부터 백범은 좌파와 손잡지 않는다며 기대를 보이지 않았다. 조학에서 공산주의자를 양성한다며 자기 생도를 떼어간 일을 잊지 말라는 김종 말대로 유일당에 관심조차 보이지 않은 임시정부는 꿈쩍도 하지 않았다.

김종은 임시정부가 한국대일전선통일동맹 때부터 사람을 안 보냈으니 좌파와만 손잡지 않겠다는 뜻이 아닌 것 같다고 했다. 세주는 백범이 모든 단체가 임시정부 깃발 아래 모이길 바라기 때문이라고 짐작했다. 하지만 임시정부가 우리나라에서 유일한 정부라는 백범 생각은 임시정부가 분열된 1920년부터 이미 공감할 수 없는 논리가 되어 있었다.

세주는 임시정부가 의열단을 창단할 때부터 자기 식구로 인정하지 않았음을 상기시켰다.

"품어주어야 기어들어가지."

세주가 푸념을 했다. 그 생각에 공감하고 다독이면서도 혼자만 품고 있으라고 당부했다. 공식석상에서 언급했다가 임시정부와 불필요한 오해가 생기게 할 필요는 없다. 민혁당에 참여하려고 임시정부를 해체해야 하는 부담이 커서 백범도 결정을 내리지 못했다고 짐작하기로 입장을 정했다.

"우리 여자도 가만히 있을 수 없죠."

박차정은 이청천 부인인 이성실과 민혁당 남경부녀회를 만들었다.

"남성 조직에서 잔심부름이나 하는 역할로는 목이 너무 말라요."

이성실도 박차정 못지않은 열혈여성이다.

남경부녀회는 봉오동 청산리 전투에도 수많은 여성 전사가 참여했다며 조선 부녀가 단결해 남성과 동등한 무장투쟁에 나서자고 독려했다. 더불어 남녀차별을 철폐해 모든 나라에 여성해방 운동으로 발전시켜 민족해방과 여성해방을 동시에 이루겠다는 각오가 컸다.

"남성은 조국 독립이면 되지만, 우린 여성 해방까지 해내야 해요."

박차정은 중국 임시수도 한구에서 열린 만국부녀대회에 한국 대표로 참가하고 임시정부에서 특사로도 갔다.

분열, 그리고 조선민족혁명당

민혁당 아래 군대를 세우는 일이 마음먹은 대로 속도를 내지 못했다. 남의사를 통해서 국민당으로부터 돈은 얼마든지 지원을 받을 수 있게 되었으니 나는 군대를 창설하는 비용도 남의사에서 얼마든지 얻어낼 자신이 있었다. 하지만 이청천은 무고한 조선 청년이 목숨을 잃는 무장투쟁을 피하자는 주장만 줄기차게 펼쳤다. 외교활동을 벌여 나가다가 적당한 시기에 군대를 창설하자며 외교독립론만 주장했다.

"헤어지면 반드시 만나고 만나면 반드시 헤어진다는 말이 중국 속담에만 있는 게 아니에요."

박차정은 민혁당에서 신간회가 흩어질 때와 비슷한 분위기가 난다며 불안해했다. 민혁당에 모인 세력 사이에 틈이 벌어지고 있다는 뜻이다. 박차정은 또 단체 이름을 조선민족혁명당으로 할 것이냐 한국민족혁명당으로 할 것이냐를 놓고 다투다가 결국 한국도 조선도 붙이지 못하고 민족혁명당으로만 부르기로 정할 때부터 불길했다면서 외교독립론자는 결코 무장투쟁을 이해 못한다고 단정했다.

세주는 민혁당에 참여한 단체가 군대 창설을 미루자고 주장하는 까닭은 외교독립론이 무장투쟁론보다 우월하다는 생각 때문이 아니라 쉬운 방법이기 때문이라며 답답해했다. 군대 창설이 최우선이고,

군대를 창설하지 못한다면 민혁당을 세운 아무런 의미가 없다고 했다. 또한 민혁당에 참여한 단체가 각자 해체하고 민혁당으로 모이기로 선언했으면서도 재정을 민혁당으로 합치지 않고 여전히 따로 조직을 유지하고 있다며 진심을 의심했다.

단일대오로 민혁당을 세워 조직까지 갖추고도 자기 세력을 버리지 못하는 데 대한 반감이 참여 단체끼리도 커지고 있다.

유자명은 군대를 만들면 의열단 쪽으로 힘이 기운다고 여기는 사람이 많아지는 현상은 결국 파벌주의 망령이라고 걱정했다. 나는 유자명이 하는 말을 부정할 수 없었다.

"다른 나라에 제발 살려달라고 편지나 해대는 게 외교라면 굳이 유일당이 아니어도 됩니다."

결국 공식석상에서 이 말이 내 입에서 나오고 말았다. 기다렸다는 듯이 민혁당을 부정하느냐는 비판이 여기저기서 들끓었다.

"빠져나갈 좋은 핑계를 찾았네. 김원봉은 피 흘리기만 좋아해서 무장투쟁만 고집하니까 같이할 수 없다고도 하겠지."

김두봉은 대거 탈당이 멀지 않았음을 이렇게 예상했다.

몇 달이 되지 않아 조소앙이 민혁당을 나갔다. 다음해에 전당대회를 치르며 당을 정비하려 했으나 이번에는 이청천이 나가고 말았다.

유자명은 차라리 잘됐다고 했다. 전당대회에서 민주 절차에 의해서 의백이 총서기로 선출되었는데 자기 마음에 안 드는 사람이 자리에 앉았다고 나가버리는 사람과는 어떤 일도 함께 도모할 수 없다고 했다. 조직을 모르는 사람은 나가는 게 차라리 낫다고 화를 냈다. 하지만 탈당을 시원하다고 할 수는 없었다. 민혁당이 반쪽으로 줄어들어버렸다. 얼마 지나지 않아 왕지연이 이끄는 공산주의 계열마저 탈당하고 말았다.

왕지연이 밝힌 탈당 이유는 중국공산당은 세력을 떨치는데 우리는 아무런 혁명활동도 하지 않고 있다는 점이지만 민혁당에 대한 반감이 진짜 이유라고 여기는 사람이 대부분이었다.

그즈음 중국공산당은 만주를 회복하기 위해 힘을 합치자고 국민당을 향해 줄기차게 요구했다. 하지만 장개석은 여전이 '일본은 피부병에 불과하나 공산당은 심장병'이라며 공산당 토벌을 멈추지 않았다. 이런 상황을 잘 알고 있는 왕지연은 공산당을 공격하는 국민당으로부터 지원을 받는 민혁당 군대 창설도 마땅찮게 여겼다.

김규식은 모두 조선 독립이라는 한 방향을 보고 있는 사실만은 분명하다며 결국에는 하나로 만날 세력이니 너무 실망하지 말자고 남은 세력을 다독였다. 김규식이 앞장서서 남은 조직을 가다듬었다. 당 이름도 조선민족혁명당으로 정비했다. 민족혁명당이라고 했을 때는 어느 나라 단체인지 막연했으나 조선민족혁명당이라고 정하자 조선 독립과 혁명을 위한 세력이라는 제대로 된 이름이 되었다. 당당한 이름으로 조선민족전위동맹과도 손을 잡았다.

김규식은 조학에서 양성한 장교가 125명이나 된다는 사실을 자주 상기시켰다.

"씨가 말라버린 독립운동 진영에 우리만큼 유능한 인재를 보유한 단체가 어디 있겠소."

우리에게 좋은 기회라고 하면서 조선민족혁명당 아래 군대 창설을 서둘렀다.

조선민족혁명군, 중일전쟁에 나서다

1937년 7월, 만주를 차지한 일본이 만리장성을 넘어 북경으로 밀고 내려오자 중국국민당도, 중국공산당도, 조선 독립운동 세력도 모두 조급해졌다. 중국이 일본에 완전히 점령당하면 우리 혁명도 지속할 길이 없어진다는 생각은 모두를 조여오는 절박함이다.

남경 둘레 지역에서 활동하는 조선 청년을 향해 조선민족혁명당 군대에 들어와 일본과 싸우자는 호소문을 돌렸다. 80명이 넘는 청년이 모여들었다. 그들을 남의사가 세운 중국중앙군사학교에 입교시켜 군사훈련을 시켰다. 남의사도 조선 청년을 대환영했다. 일본 눈치를 보느라 우리 독립운동을 드러내놓고 돕지 못한 중국이지만 이제는 돕지 않을 수 없는 상황이 되어버렸다. 중국도 우리 도움이 절실해진 것이다. 그동안은 우리가 아쉬운 소리를 하면서 부탁했는데 이제는 큰소리치는 상황이 되었다.

세주는 조학 출신과 의열단원 30명을 이끌고 상해로 갔다. 국민당과 손잡고 일본군이 점령한 상해에서 특무활동을 벌이는 임무를 맡았다. 일본군 지휘관과 고관 암살, 파괴와 선전활동 같은 후방 교란 활동이다.

북경을 점령한 일본군은 1937년 12월 13일에 남경까지 밀고 들어왔다. 남경을 점령한 일본군은 두 달여에 걸쳐 민간인 수십만 명을 학살했다. 민혁당은 중국 정부를 따라 한구로 옮겨야 했다. 장개석은 드디어 공산당과 손을 잡았다. 그렇게 2차 국공합작이 이루어졌다. 장개석 스스로 결정한 일이 아니라 만주군벌 장학량이 장개석을 서안으로 초대해 감금한 다음, 협상을 벌여 국공합작 결정을 이끌어냈다. 장개석이 마지못해 내린 결정이지만 참 다행이라고 모두에게 알렸다.

남경을 장악한 일본군은 광주까지 점령하고 무한으로 밀고 들어왔다. 하지만 무한부터는 산악지대다. 공산당이 국민당과 손을 잡기는 했으나 무기와 군사력은 크게 뒤떨어졌다. 일본군이 벌이는 속도전에 힘으로 맞설 수는 없었다. 그런 이유로 일본군 비행기가 폭격하기 어렵고, 대포도 날아오지 못하는 험준한 산악지대에 진을 치고 지구전을 벌였다.

5

해방이다, 광복이다!

조선의용대 창설

중앙군사학교는 졸업한 조선 청년을 모두 중국군으로 편성하려 했다. 하지만 조선 사람은 조선 군대에서 싸워야 한다며, 졸업생 모두 조선민족혁명군으로 활동하기를 바랐다. 조선 군대 창설을 더는 미룰 수 없었다.

중국군사위원회에 부대 창설 계획안을 보냈다. 며칠 지나지 않아 정치부 부부장인 주은래로부터 만나자는 연락이 왔다.

"스승님!"

부르며 내미는 내 손을, 주은래는 감격에 찬 얼굴로 마주 잡아주었다.

"국민당과 공산당이 손을 잡았고, 조선 청년도 군대를 창설한다니 일본군은 이제 숨을 곳이 없어졌소."

중국군사위원회 위원장인 장개석도 조선 군대 창설을 기꺼이 지원하라 했다며, 황포군관학교에서 우리가 벌인 사업이 드디어 빛을 보게 되었다고 기뻐했다. 얼마 전까지 원수처럼 싸운 국민당과 공산당이 탄탄한 단일대오를 갖춘 모습이 너무나도 부러웠다. 군대 창설 소문이 퍼지자 많은 청년이 모여들었다. 임시정부와 조선민족전위동맹에도 군대 창설에 동참해달라는 연락을 보냈다.

부대 이름은 조선의용대라고 정했다. 조선 군대지만 중국군에 소속되어야 하니 군대라는 의미인 조선의용군이라고 하지 못하고 부대라는 뜻으로 조선의용대라고 정했다. 조선의용대는 중앙관리부대를 총대라고 이름을 붙이고, 전투를 맡는 부대를 둘로 나누어 1지대와 2지대라고 이름을 붙였다. 1지대는 민혁당원 76명으로 조직했다. 황포군관학교 동기인 박효삼이 중국국민당군 대좌 자리를 내려놓고 1지대장을 맡아주었다. 2지대는 전위동맹 소속 74명으로 조직했다. 성자군관학교에서 소대장을 한 이익성이 지대장을 맡아주었다. 총대에 최고사령부는 유자명, 김성숙 등이 맡았다. 박차정은 부녀봉사단을 조직해 후방 지원을 맡았다.

1938년 10월 10일, 중국 임시수도 한구에서 드디어 조선의용대 결성식이 열렸다. 부대 깃발에는 조선의용대를 한자인 '朝鮮義勇隊'와 'Korean Volunteer'라는 영어 이름으로 당당하게 새겼다. 조선의용대 대원은 태극기와 군기를 앞세우고 당당하게 도열했다. 나는 조선의용대 총대장으로서, 비록 타국 땅이지만 당당하게 무장한 군사력을 갖춘 조선의용대가 내딛는 첫걸음을 축하하는 연설을 이어갔다.

"깃발을 높이 들고 중국 형제와 굳게 손잡고 최후까지 분투합시다. 우리가 역량이 작다고 깔보아서는 안 될 것입니다. 우리 조선 3천만 민중이 모두 우리에게 큰 역량이기 때문입니다."

우리 조선의용대가 비록 2백 명이 채 못 되고 우리 땅에서 창설한 군대는 아니지만 당당한 조선 군대이며, 조선 해방에 선봉이 되고, 중일전쟁에 참여한 국제 군대로서 큰 역할을 해내자고 강조했다.

조선의용대원 대부분 전선에 나가 일본군을 쏘아 죽이면서 우리 땅을 향해 진군하기를 바랐다. 하지만 주은래는 반대했다.

"이 유능한 군대를 적과 맞닥뜨리는 사선에 내보내다니 안 될 말이오."

장개석 뜻도 마찬가지라고 했다. 조선의용대원은 조선말과 중국어, 일본어에도 능통하다. 일본군의 사기를 떨어뜨리고 중국군에 잡힌 일본 포로를 심문하는 일에 제격이다.

상해에서 활동을 마치고 돌아온 세주도 우리에겐 후방공작이 마침 맞다고 했다. 일본이 차지한 지역 후방에서 일본군을 혼란에 빠뜨리는 활동이 전선에서 총으로 하는 싸움보다 더 큰 효과가 있다고 했다.

그 뜻을 받아들여 조선의용대는 지대별로 중국군에 배속되었다. 1지대는 강남전선으로 가고 2지대는 화중전선으로 갔다.

"비록 중국군 예하부대로 가게 되었지만 조선의용대에서 파견하는 부대이니 자부심과 품위를 잊지 마시오."

나는 부대원 모두를 일일이 손 잡아주면서 굳게 당부했다.

사태는 날로 불리해져서 광주가 점령당하고 중국 정부는 계림으로 옮겨 갔다. 중국군으로부터 조선의용대 총대도 계림으로 이동하라는 명령이 내려왔다. 조선의용대가 중국군 예하부대이니 명령에 따라야만 한다.

세주가 상해에서 벌인 후방활동을 경험 삼아 '대적군 표어 사업'을 벌이기로 했다.

"간다고 그냥 갈 수야 있나."

나는 세주가 상해에서 한 방식을 거울삼아 일본어로 격문 여러 개를 만들라고 했다.

'병사들은 전선에서 피를 흘리고 재벌은 후방에서 향락에 빠져 있다!', '병사들의 피와 목숨, 장군들의 금메달!', '침략전쟁에서 헛되이 목숨을 버리지 말고 투항하라!', '일본 병사 형제들이여, 무엇하러 머나먼 타국에 와서 아까운 목숨을 버리려 하는가?', '집안 식구들은 당신들이 돌아오기를 목이 빠지게 기다리고 있다!', '어서 총부리를 당신네 상관에게 돌려라!'

이 표어를 페인트로 담벼락과 물탱크를 비롯해 글씨를 쓸 수 있는 벽이란 벽에는 모조리 썼다. 삼삼오오 조를 짜서 누구는 사다리를 잡고 누구는 페인트 통을 들고 올라가 큰 붓으로 크게 글씨를 썼다.

"대장이라는 분이 글씨가 그게 무어랍니까? 보드라운 일에는 영 젬병이시라니깐."

사다리 밑에서 유자명이 나를 향해 핀잔을 주었다.

"명필 사이에 박필이 섞이면 도리어 돋보이는 법이지요. 역시 은밀한 태양다우시네."

박차정이 내 편을 들자 유자명이 부창부수라며 고개를 가로젓고는 애먼 다른 조를 향해서 놀지 말고 얼른 하라고 소리쳤다.

"일본어를 모르는 중국 사람도 격문에 담긴 뜻을 알게 되면 자기네 정부의 항전 의지가 높다는 걸 알고 큰 힘을 얻을 겁니다."

나는 글씨를 쓰고 있는 대원 사이를 다니며 모든 선전이 적을 향하는 듯 보이지만 우리 편이 용기를 얻는 본보기도 된다고 격려했다. 또 일본군 눈에 자동으로 들어가도록 보이는 모든 곳에 쓰라고 했다. 중국군도 중국 사람도 모두 철수해 일본군이 들어오기 전까진 아무도 안 다닐 길이니 길바닥에 쓰면 효과가 더 좋다면서 포장도로 바닥에도 쓰도록 했다.

"벽에 있는 표어를 보지 않으려고 고개를 숙여도 길바닥에 쓴 표어를 볼 수밖에 없게 됩니다."

내 말에 모두 한껏 고무되어서 힘든 줄도 모르고 표어를 곳곳에 썼다. 중국 정부도 중국 국민도 모두 떠나버려 텅 빈 한구시를 대적군 표어로 가득 채워놓고 계림으로 이동했다.

적군을 교란시킨 심리전

계림에 자리 잡은 본부로 일본 사람 녹지선이 찾아왔다. 그는 중국에 사는 일본인 사회주의 조직을 이끌고 있다. 중국 정부가 일본군 포로수용소에 가달라는 요청을 받고 포로와 같이 먹고 자며 반전 선전 활동을 벌이고 있었다.

"일본군 포로 말을 들으니……."

녹지선은 한구에 들어온 일본군이 조선의용대가 써놓은 일본어 표어 때문에 난리 법석이 났다고 전해주었다.

"처음에는 일본어가 있기에 우리를 환영하는 격문을 써놓았나 보다고 반갑게 다가섰으나, 내용을 알고는 추악한 전쟁에 나선 바보짓을 하고 있음을 깨달아버렸다고 했습니다."

녹지선 말대로라면 심리전이 제대로 먹혔다. 일본군은 표어 때문에 사흘이나 혼란에 빠졌다가 결국 모두 지웠다고 했다.

"벽에서 표어를 지운다고 머릿속에 박힌 표어가 말끔히 지워질 리가 있나요? 조선 청년은 수십만 군대도 못하는 일을 번번이 해내는 재주가 있소."

녹지선은 칭송해 마지않았다.

"사무라이 교육을 받은 일본군은 중국 사람 죽이는 일이 정의라고 믿습니다."

녹지선은 일본군이 처음에는 자기한테 반역자라며 소리쳤으나 시간이 지나고 일본이 중국에서 저지른 만행을 알게 되면서 마음을 열기 시작한 것과 조선의용대가 써놓은 격문을 보고 많은 일본군이 동요한 일, 장강지구 전투에서 많은 일본군이 죽은 소식을 전해주었다.

그동안 일본군 방송을 들으며 정보를 모으고 있었지만, 결코 들을 수 없었던 고급 정보다.

녹지선은 총으로 적을 쏘는 일보다 더 강력한 전투가 바로 심리전이라며, 조선의용대가 적을 교란시키는 일에 더 앞장서달라고 거듭 당부했다. 일본인 사회주의 단체도 조선의용대를 적극 돕겠다고 약속했다.

유자명이 대원 몇 명과 옥양목 현수막을 20미터나 되는 길이로 여러 개 만들었다. 붓글씨를 잘 쓰는 강진세가 특대형 붓으로 현수막에 격문을 썼다. 옥양목 폭이 1미터니까 글자도 키가 1미터나 되도록 아주 크게 쓸 수 있다.

해가 떨어지자 현수막과 대나무 장대를 트럭에 실었다. 유자명이 총 든 대원 여덟 명을 이끌고 트럭 운전석에 앉았다. 나는 말없이 보고 있다가 떠나려는 순간에 훌쩍 차에 올라탔다.

"방해나 하지 마세요."

유자명이 오지랖이라며 핀잔을 주었다. 말투는 까칠해도 위험한 작전에 왜 따라나서냐는 걱정이다. 오늘은 총대장이 아니라 충실한 조선의용대원이 되겠다며 중간에 내리라고만 하지 말라고 너스레를 떨었다.

일본군 진지 바로 산 너머에서 내려 도보로 이동했다. 키 작은 나무가 빽빽하게 서 있는 숲 너머로 달빛에 어렴풋이 일본군 막사가 보였다. 일본군 진지 앞 참호에서 150미터쯤 떨어진 곳까지 다가서자 유자명이 멈추라고 신호를 했다. 대원 둘을 데리고 몇 걸음 앞에 엎드려 일본군 진지를 감시했다. 낌새를 알아차린 일본군이 다가오기라도 하면 신호를 하고 퇴로를 확보하는 시간을 버는 임무다.

10분쯤 지나자 철수 신호가 왔다. 현수막 양쪽에 대나무 장대를 묶어서 나무에 묶어 세워놓았다. 날이 새면 일본군에게 현수막이 훤히 보일 거리다.

"총을 수만 발 쏘는 만큼 효과가 있을 거요."

나는 임무를 마치고 돌아온 대원을 향해 격려를 아끼지 않았다.

"가만있는 꼴을 못 본다니까요."

중국군 진영에서 돌아온 박차정이 자지 않고 있다가 핀잔을 주었다.

현수막 몇 개 걸고 오는 임무가 어려운 일은 아니다. 하지만 직접 해보아야만 대원이 겪는 현실을 제대로 알 수 있다. 박차정도 내 뜻을 잘 헤아렸다.

"하지만 당신 몸은 당신 혼자 몸이 아니에요."

조선의용대가 당당한 군대로 길이 남기 위해서라도 몸조심하라며 박차정이 뒤에서 내 허리를 꼭 껴안았다. 이럴 땐 동지 박차정이 아니라 사랑스러운 내 아내다. 혁명을 잠시 잊는다.

한빈이 중경조선부녀훈련반 20명을 이끌고 왔다. 중경에서 부녀회를 만들었다는 소식은 박차정을 통해 이미 들었다. 중경부녀회는 조선의용대를 후원하고, 건전하게 자신을 수행하는 단체였다. 그 가운데에서 대일항전에 전사로 참여하려는 사람이 모였고, 부녀훈련반을 만들어 두 달 동안 군사훈련을 받았다. 같이 온 여성대원 하나가 남자가 쏘나 여자가 쏘나 총알 힘은 똑같다면서 칼을 휘두르는 시대가 아니고 총은 방아쇠 당길 손가락 힘만 있으면 되니까 남자와 다를 바 없다며 여성도 전투대원에 배치해달라고 했다.

박차정이 이끄는 부녀봉사회와 통합해 부녀복무단을 만들었다. 여성단원이 늘어나자 열혈 남녀 청년대원 사이에 더욱 활기가 넘쳤다.

부녀복무단 대원과 남성대원을 섞어 조를 만들어 확성기를 들고 일본군 주둔지 가까운 강 건너로 갔다. 여자 목소리에 실린 일본어가 일본군 진지에 울려 퍼졌다. 일본 노래를 불러주기도 하고, 일본 연애소설을 읽어주기도 하면서 고향에 있는 누이 생각, 연인 생각, 어머니 생각이 절로 나게 만들었다. 우리 모두에게 공통된 적은 중국도 조선도 아니고 일본에 있는 귀족과 군벌이라며 표어와 격문을 풀어서 선전했다. 부녀복무단은 남자만 우글거리는 일본군 진영에 여자 목소리가 울리기만 해도 전투력이 떨어질 수밖에 없다며 선전활동에 더 힘을 쏟았다.

전투에서 부상 입은 박차정

1939년 2월, 아무리 지구전을 펼쳐도 일본군은 점점 조여들어 왔다. 계림도 위험해졌다. 곤륜관 방어선에서 중국군을 지원하라는 명령이 내려왔다. 부녀복무단도 전투에 직접 참여하겠다고 나섰다. 결정을 망설이는 기미를 보이자 박차정이 여성대원도 평등하게 전투 기회를 달라고 청했다. 평등이라는 말에 더는 망설이지 못했다.

본부 근무 인력만 남기고 모두 출동했다. 험준한 곤륜산에 자리 잡고 일본군을 끌어들여 벌이는 전투는 방어라기보다는 공격에 가까웠다. 작전대로 며칠 동안 전선을 유지한 채 시간을 끌었다. 지구전이다. 일본군도 전진하지 못하고 사격만 해댈 뿐이었다.

"너무 신중한데."

무심코 나온 혼잣말에 깜짝 정신이 들었다. 아무리 생각해도 일본군답지 않다. 그러고 보니 일본군 돌격대가 치고 나올 때가 한참 지났다. 그때 숨이 턱에 찬 전령이 여성복무단 쪽이 위험하다는 소식을 전했다. 달려갔을 때는 이미 부녀복무단 힘으로 일본군을 밀어낸 다음이었다.

"별것도 아닌 왜놈들이에요."

여성복무단 사기가 하늘을 찌를 듯했다. 그런데 박차정이 보이지 않았다. 부상을 입었다고 했다. 박차정은 오른쪽 가슴에 총을 맞았다.

중국군 병원에서 이레 만에야 깨어난 차정은 나를 홀아비 만들 뻔했다고 농담을 했다.

"마누라 죽으면 남편은 화장실 가서 남몰래 웃는다면서요."

핀잔 줄 기운이 생긴 모양이라 안심이 되었다. 박차정은 두 달이 지나서야 퇴원을 할 수 있었다.

"절대 안정해야 합니다."

군의관은 상처가 깊어서 언제 도질지 모른다며 조심하라고 신신당부를 했다.

내가 여성대원 부대만으로 한 구역을 맡긴 게 실수였다고 하자, 박차정은 여성대원이라고 무시하지 말라며 왈칵 화를 냈다. 그 바람에 박차정은 얼굴이 시뻘겋게 달아올랐다. 절대 안정을 취하라는 군의관 말이 떠올라 더는 아무 말도 하지 않았다.

계림을 버리고 중경으로 이동하라는 명령이 내려왔다. 그림 잘 그리는 대원을 모아 격문을 그림으로 표현한 네 컷 만화를 여러 종류 만들라고 했다. 물론 만화에 들어가는 글은 일본어다.

"격문은 사흘이면 지울 수 있다니깐 이번엔 더 파고들어봅시다."

격문은 지우면 사라지지만 삐라는 일본군 주머니에 들어가면 없어지지 않고 돌려보게 된다. 삐라를 대량으로 인쇄했다. 이번에도 조선의용대는 마지막으로 떠나며 계림을 온통 격문과 삐라로 뒤덮었다.

조선의용대, 화북으로 이동하다

많은 조선의용대원이 중경으로 합류한 지 얼마 지나지 않아서, 화북으로 이동해 중국공산당 군대인 팔로군에 배속시키라는 명령이 내려왔다.

"팔로군이 잘 싸워서 일본군 포로를 많이 잡았다고 하오."

조선의용대가 포로 공작활동을 맡으라는 명령이라고 대원 모두에게 설명했다. 대원 가운데에는 공산당 군대라서 싫다는 이도 있었다.

"대장이 가라면 가겠지만 그 명령을 내리지 말아주세요."

팔로군에 소속되기를 원치 않는 대원도 많았다.

"예수님이 다른 신을 섬기지 말라고 했듯이 나도 공산주의를 섬기기는 싫어요."

정치이념을 종교처럼 여기는 대원도 있었다. 민중을 착취하는 마약이라며 종교를 반대하는 공산주의에 개신교를 믿는 사람은 반감이 컸다.

반대로 팔로군도 조선의용대를 받아들이는 조건이 있었다. 팔로군에서는 대장인 내가 오는 것을 꺼려했다. 이 말을 세주가 전하자 김두봉은 몹시 화를 냈다. 하지만 나는 담담하게 받아들였다.

"제가 공산주의자가 아니고, 앞으로 공산주의자가 될 가능성도 없으니 다루기 까다롭겠죠."

조선의용대 대장인 내가 공산주의자가 될 가능성이 없다는 분석은 주은래도 늘 하던 말이다. 주은래는 공산당이 인재를 잃었다며 아쉬움을 표 나게 드러내곤 했다.

"저까지 화북으로 가버리면 여기 남은 가족은 누가 책임집니까?"

말은 그렇게 했지만 내가 간다면 장개석이 허락할 리가 없다. 팔로군이 일본군과 싸우며 키운 힘으로 화북에 든든히 자리를 잡아가고 있다는 점은 곧 좌우합작이 깨질 전조였다. 일본을 막으려니 급하게 힘을 합쳤지만 중국국민당과 공산당은 물과 기름이다. 합칠 수도 섞일 수도 없는 사이다.

결국 세주를 책임자로 정해서 화북으로 보내기로 했다. 겉으로는 화북 파견 대원이 가족을 동반하고 갈 수 없으니 총대장은 중경에 남아야 한다며 동요하는 분위기를 가라앉혔다. 팔로군에 가려는 대원과 가지 않으려는 대원을 구분했다.

"팔로군이고 칠로군이고 일본이랑 싸우기만 하면 돼."

세주처럼 싸우고 싶어서 나서는 사람도 많았다.

싸우지도 않는 여기서 밥이나 하다가 죽을 수는 없다며 여성대원도 대부분 갔다. 의백 옆을 떠나기 싫다며 남겠다는 의열단원도 많았다. 여기서는 싸울 수가 없고 공산당 군대로는 가기 싫다는 대원은 조선의용대를 떠나게 해주었다.

"당신이 못 가면 나라도 가야 하는데."

박차정도 많이 아쉬워했다. 요즘 들어 자꾸 살이 빠져서 볼이 쏙 들어갔다. 체력도 점점 떨어져서 이제는 단체 뜀박질도 같이 못한다.

"제수씨는 걱정 마시오. 내가 꼭 의백이 올 수 있는 길을 열어볼 테니."

세주가 큰소리를 쳤다. 팔로군에 가지 않을 사람은 여기서 싸우다가 해방조국에서 만나면 되지 무슨 걱정이냐고 했다.

"우리가 언제, 뭐, 장소 따지고 부대, 뭐. 따졌나 뭐."

세주 말이 꼬였다. 화가 많이 났다는 뜻이다.

강남전선과 화중전선에 남은 대원도 모두 낙양으로 오라고 명령했다. 맹진나루에서 만난 조선의용대는 황화를 건너 팔로군이 있는 화북으로 떠나갔다. 화북으로 가지 않은 사람은 본부대 소속으로 조직을 재편성했다.

화북으로 간 조선의용대는 공산당 수도인 연안에 자리를 잡았다. 박효삼을 지대장으로 해서 조선의용대 화북지대라는 이름으로 부대를 편성했다. 조선의용대 화북지대에서 제2지대장을 맡은 세주가 편지를 보내왔다.

오성륜을 만났다는 기쁜 소식과, 김산이 일본 스파이로 몰려 우리가 조선의용대를 세울 무렵에 중국공산당으로부터 처형을 당했다는 슬픈 소식이 들어 있었다.

"김산이 일본 스파이면 모택동은 일본 천황이다."

유자명이 주먹 쥔 손등으로 눈물을 훔쳐냈다. 편지에는 또 '일본 상관을 쏘고 조선의용대로 오시오'라는 격문을 새로 만들었다고 했다. 얼마 전부터 조선 청년이 일본군에 끌려와 조선의용대와 총부리를 겨누는 일이 많아졌기 때문이라고 했다.

중일전쟁을 일으킨 일제는 내선일체를 내세워 일본 사람과 조선 사람은 한 몸이고 조선 사람도 황국 신민이니 천황한테 충성을 다하라고 강요한다고 했다. 조선 청년을 전쟁터로 내몰기까지 한다는 소문도 사실인 모양이다.

"차라리 잘됐네요. 일본 군대에 있는 조선 청년이 안에서 일본군을 쏘면 밖에서 조선의용대가 호응해서 무찌르면 되니까요."

박차정은 밝게 말했으나 유자명은 말처럼 쉽지는 않다며 고개를 저었다. 그래도 아무 희망 없는 일본 전쟁터에서 조선의용대가 있다는 사실만으로도 일본군에 끌려온 조선 청년이 힘을 얻는다는 말에는 모두 고개를 주억거렸다.

박차정 앞으로는 여성대원이 보내온 편지가 자주 왔다. 화북지대가 태행산 주변에서 일본군과 맹렬하게 싸우고 있으며 잇달아 승리한다는 소식은 본부대를 들썩이게 하는 기쁜 소식이었다.

임시정부, 광복군 창설

시간이 지날수록 박차정은 자리보전하는 날이 늘어만 갔다. 갑자기 열이 올라 입원을 반복했다.

"열이 오르는 것은 몸 안에 염증이 생겼기 때문입니다."

고통을 호소하지 않았느냐고 묻는 의사를 향해 아무 대답도 할 수가 없었다. 박차정이 아픈 내색을 전혀 하지 않기 때문이다.

"어릴 때부터 고문을 많이 받아서 어지간해선 아픈 줄 몰라요."

박차정이 하는 말은 허세를 부리느라 하는 허언이 아니다. 남편인데 그 정도 눈치도 없느냐고 박차정을 수행하는 비서인 최동선이 핀잔을 주었으나 변명할 거리가 없었다. 심하게 아플 땐 한 달이 넘도록 입원을 하는 경우도 있었다.

"총 맞았을 때 당한 내상이 아물지 않은 탓입니다."

의사는 총알이 뚫고 지나가면서 망가진 자리가 평소에는 작은 고름 덩어리로만 있다가 피곤이 쌓이거나 감기 같은 병에 걸려서 체력이 약해지면 주변에 힘을 뻗쳐서 고통을 준다고 했다.

"몸에 변역이 약해지기 때문입니다."

나을 수 있는 병이 아니라는 의사 말에 절망감만 커질 뿐이다.

입원실을 지키고 있는데 백범이 병문안을 왔다. 박차정은 몸 둘 바를 모르고 감격해했다.

"허허로울 약산을 위해서라도 얼른 쾌차하시오."

진심으로 위로하는 백범을 향해 섭섭함이 솟는 까닭은 분명 내 마음에 수양이 부족해서다.

"제가 죽으면 이 사람 새장가 중매 꼭 서주세요."

박차정이 부탁하자 백범은 그런 말 말라면서 손을 내저었다.

배웅하는 병원 문 앞에서 남은 사람끼리 힘을 합쳐보자며 악수하는 백범 손에서 이물감이 너무 크게 느껴지는 까닭도 내가 닫힌 마음을 열지 못했기 때문이 분명하다.

백범은 국민당이 연거푸 거절했지만 끈질기게 설득해, 장개석 개인이 돕는 조건과 중국군에 편입되는 조건으로 1940년 9월 17일에 광복군 창설을 이루어냈다. 그동안 국민당이 백범이 하는 부탁을 쉽게 받아들이지 못한 까닭은 조선의용대로 지원을 집중하려 했기 때문이다. 하지만 장개석은 윤봉길 의거 때 조선 청년을 찬양하면서 임시정부에 빚을 졌으니 백범 부탁을 끝내 거절하기도 어려웠다.

공식 선포도 못한 광복군 창설식이 중국 측 인사 몇 명만 개인 자격으로 참석한 가운데 열렸다. 대원은 겨우 30명도 되지 않았다. 조선의용대는 초대도 하지 않았다.

그래도 광복군은 일본을 향해 선전포고도 했다. 공중에 대고 지르는 주먹감자랑 뭐가 다르냐고 비아냥거리는 사람도 있지만, 우리가 나라 이름으로 일본에 항전을 선포한 의미는 충분하다고 여기는 사람도 많았다.

"부인이 입원해 있으니 틈을 내기 어려울 것 같아 초대도 못했습니다."

백범이 진심으로 미안해하는 뜻이라 믿어야 한다고 여기는 자체가 벌써 내 마음에서 백범 뜻을 완전히 받아들이지 못한다는 증거다.

하지만 백범도 보통 사람은 아니다. 내 짐작은 머잖아 실체를 드러내고 말았다. 공산당과 사이가 나빠지기 시작한 국민당이 조선 독립운동단체에 대한 지원을 임시정부와 광복군으로 일원화하겠다고 결정해버렸다.

"지금 조선의용대 주력부대가 공산당 군대인 팔로군에 소속되어 있으니까 중경에 있는 조선의용대 본부를 지원하면 공산당을 돕는 셈이 된다고 여기는 모양입니다."

김두봉은 올 것이 오고야 말았다는 말도 덧붙였다. 조선의용대 전투부대가 화북으로 간 때는 국공합작 시기였는데, 만약 합작이 깨지면 조선의용대도 둘로 갈라져버린다고 걱정한 일이 현실로 다가와버렸다.

"일본이 태평양전쟁을 일으켜 힘이 분산되니 국민당도 국공합작에 대한 미련이 없어졌습니다."

전쟁이 곧 끝날 테니 더 이상 공산당이 커지기를 바라지 않는 국민당은 반쪽이, 아니 대부분이 팔로군에 소속된 조선의용대보다 백범 쪽으로 기울게 되었다는 내 짐작에도 모두 고개를 끄덕였다.

화남에서는 국민당이 일본군에 밀리고 있지만 화북에서는 팔로군이 잘 막아내고 있다. 공산당은 국민당이 지원하는 물자와 일본군에게 빼앗은 물자로 강력한 군대가 되고 있다. 강해지는 팔로군을 국민당은 위협으로만 여겼다.

"이게 다 나라 없는 설움이지요."

1차 국공합작으로 황포군관학교에 들어갔고, 국공합작이 깨지면서 조선 청년도 분리되어 버린 역사가 이번에 조선의용대가 팔로군과 국민당으로 두 쪽이 나면서 되풀이되었다. 개탄스럽다. 박차정은 시대가 변했다며 우리도 변해야 살 수 있다고 했다.

"백범이 섭섭하더라도 국민당이 야속하더라도 혁명 하나만 생각해요."

박차정은 침대에서 일어나지도 못한 채 내 손을 꼭 잡고 당부했다.

"중국 놈들이나 진영 따지고 이념 따지고 그러라고 해요."

언제부터 우리가 마음에 드는 상대랑 흡족한 활동을 했느냐며 유연하게 대처하자고 했다.

"의백이 선택하면 우리는 따를게요."

결론 같지도 않은 결론을 짓고는 회의가 끝나고 말았다.

그날 밤 박차정은 한참을 잠 못 이루고 뒤척였다.

박차정, 영원한 안식을 얻다

새벽닭이 우는 소리를 들었나 싶었는데 끙끙거리는 소리에 잠에서 깨어났다. 박차정은 목덜미까지 땀으로 흠뻑 젖어 있었다. 병원으로 업고 뛰었다.

박차정은 40도를 넘나드는 고열로 정신이 오락가락하면서도 잡은 손을 놓지 못하게 했다. 이마에 올린 물수건을 연신 갈아주어도 열은 떨어지지 않았다. 해열제 주사도 소용이 없었다. 내가 할 수 있는 일은 없었다. 그저 간절한 마음으로 의사만 바라보았다. 사흘간 사경을 헤매다 갑자기 열이 뚝 떨어졌다.

하지만 의사는 마음을 단단히 먹고 준비하라며, 굳은 표정을 지었다.

"나 죽고나면 꼭 새 여자 만나서 아들딸 낳고 살아요."

멀쩡한 사람처럼 정신이 든 박차정은 가늘어질 대로 가늘어진 목소리로 그렇게 짧은 유언을 남겼다. 그 누구보다 치열했고 그 누구보다 현명했던 동지, 사랑스러운 아내. 부상을 입어 두병을 하면서도 투쟁을 내려놓지 않은 열혈 투사 박차정은 1944년 5월 27일, 서른네 살 너무나도 젊은 나이에 영원한 안식과 자유를 얻고 말았다.

백범을 비롯해 임시정부에서 많은 사람이 문상을 왔다. 민혁당에서 갈라지고 처음 얼굴을 대하는 사람도 많았다.

"이틀 밤이 지나도록 아무것도 입에 안 대면 어떻게 하오."

백범이 물이라도 마시라며 내 어깨를 껴안고 물그릇을 입에 대주었다. 차마 팔을 돌려 뿌리칠 수가 없었다. 백범은 나를 둘러싼 모든 사람에게 안도하는 표정을 짓도록 만들었다. 장례란 죽은 자를 빌어 산 자가 벌이는 축제다.

"민혁당이 좌파정부가 되어서 임시정부를 연립정권으로 만듭시다."

위로와 한 다발로 묶인 화해는 힘이 참 강하다.

박차정을 묻고 돌아와 사흘 동안 방에서 나가지 않았다. 살아서는 단둘이 사흘을 보내본 적이 없었다. 민혁당을 세운 뒤로는 내가 자리를 비운 적이 없으니 단둘이 며칠을 보낼 기회가 없었다. 자상함과는 거리가 먼 남편이고, 열두 살이나 차이가 나는 늙은 남편이었을 뿐이다. 박차정이 없는 방에서 박차정과 보낸 사흘 동안 아내로서 박차정을 생각하고 동지로서 박차정이 남기고 간 말을 생각했다.

"당신에게 내 남편 자리는 겨우 한 줌뿐이고, 나머지 자리는 의열단 남편, 민혁당 남편이잖아요."

무심한 남편이라는 푸념이 귀에 쟁쟁하다.

조선의용대와 광복군이 이룬 단일대오

박차정을 멀리 보내고 사흘 만에 나는 제자리로 돌아왔다. 살았을 때도 죽었을 때도 많은 시간을 함께해주지 못하는 참 모자란 남편이다.

선택이라는 말은 선택지가 둘 이상일 때 하나를 고르는 행위다. 만약 선택지가 하나밖에 없는 상황이라면 그것은 상황이나 시대가 내리는 명령이라고 해야 한다. 박차정을 보내는 장례식 때 백범이 제안한 일에 대한 답을 줘야 할 때다. 아니 조선의용대에 선택과 결심을 알려야 할 때다.

의열단을 만들 때도, 황포군관학교에 입교할 때도, 조선의용대를 건설할 때도 나 혼자 생각으로 선택해 결정을 내리지 않았다. 항상 동지와 뜻을 모았다. 조선의용대와 광복군을 합쳐 더 강하고 통일된 군대를 만들자는 제안에 모두 찬성해주었다. 김두봉도 우리가 해온 선택은 상황이 내리는 명령이라는 점을 잘 이해해주었다.

하지만 조선의용대 본부가 광복군과 합치면 화북으로 간 조선의용대는 본부 없는 군대가 된다. 일하러 나간 사이에 집이 없어진 꼴이 되고 만다. 나를 비롯해 핵심 인원 몇 명이 개인 자격으로 조선의용대가 자리 잡고 있는 연안으로 가서 조선의용대 본부를 화북에 세우는 방법도 있다. 조직으로 이동하는 상황이 아니니 중국국민당에 보고하지 않아도 된다. 국민당도 반대할 명분이 없다. 하지만 그렇게 하면 여기 남은 민혁당원이나 조선의용대원 가족은 안전 보장이 안 된다. 화북으로 간 조선의용대원 가족 대부분이 여기 있다. 모두 가는 한이 있어도 나는 남아 있어야 민혁당과 가족을 지켜낼 수 있다. 상황이 내리는 명령은 이렇게 엄중하다.

김두봉은 자신이 조선의용대를 지켜야 할 사람이라는 점을 잘 받아들여주었다. 광복군에 들어가지 않으려는 대원은 김두봉과 함께 연안으로 가기로 결정했다. 떠나는 김두봉 손을 마주 잡고 조선의용대를 독립된 군대로 만들어달라고 부탁했다.

1942년 5월, 드디어 조선민족혁명당과 조선의용대가 임시정부와 한국광복군으로 합쳐졌다. 이렇게 되자 임시정부는 한국독립당 1당 체제에서 여당인 한국독립당과 야당인 조선민족혁명당으로 양당체제가 되었다. 두 당을 한독당과 민혁당이라는 약칭으로 불렀다.

조선의용대가 광복군에 들어간다는 소문이 나자 많은 청년이 모여들었다. 조선의용대가 화북으로 갈 때는 공산당 군대라고 여겨서 들어가기를 꺼렸는데 광복군과 합친다고 하니 공산당이 아니라 여겨서 찾아왔다고 했다. 밖으로 보이는 조선의용대 모습을 다시 한 번 확인하는 순간이다.

"대장이 공산주의자가 아닌데 어떻게 붉은군대랑 같은 취급을 하지?"

유자명도 이미 알고 있었으나 푸념처럼 뱉는 말이다.

"누가 감자인지 누가 고구마인지 구별이 참 어렵습니다."

한 청년이 푸념처럼 한 말로 설명이 대신 되었다.

원래 있던 30여 명에 조선의용대와 모여든 청년이 합쳐져 3백여 명으로 늘어나자 한국광복군도 당당한 군대가 되었다.

"중국은 국공합작이 깨지는 상황이지만 우리는 처음으로 국공합작을 이루어냈습니다."

백범은 감격으로 얼굴까지 후끈 달아올랐다. 하지만 임시정부를 국이라고 해도 될지는 모르겠지만 우리는 공이 아니니까 백범 말이 마음에 와 닿지 않았다. 이런 합작이라면 나는 이미 안광천과 손잡고 레닌주의정치학교를 세웠고, 중국국민당과 공산당이 합작해 세운 황포군관학교에 들어갔다. 이미 나와 의열단은 이렇게 여러 차례 좌우합작을 해왔다. 그러고 보니 의열단 자체가 좌우합작이다. 김산과 오성륜을 비롯한 여러 공산주의자가 있었다. 의열단은 좌우를 나누지 않고 하나로 힘을 모았다. 엄밀히 말하면 의열단은 합작이라기보다는 분열한 적이 없다고 하는 편이 더 맞는 말이다. 어쨌든 백범 말대로 황하 이남 땅에 있는 모든 조선 군대가 정치이념을 떠나서 하나로 모였으니 합작은 분명 합작이다. 광복군 총사령관은 이청천에서 성을 지씨로 바꾼 지청천이 맡게 되었다.

"약산을 광복군 부사령관으로 추대하는 데에 여러분 어떠십니까?"

임시정부 국무회의에서 백범이 외치자, 모두 박수로 찬성하는 뜻을 표했다. 나는 광복군 부사령관 자리를 받아들인다는 수락 연설을 했다.

"육탄이 아니면 독립이 없고, 붉은 피 없이는 민중을 구할 수 없다!"

내 연설에 마지못한 박수라도 치지 않을 수 없으니 아무도 부사령관 취임에 반대할 수 없게 되었다. 부사령관에 겸해서 임시정부 군무부장을 맡았다.

백범은 광복군을 임시정부 이름으로 싸우는 독립된 군대라고 주장했으나, 국민당은 한국광복군을 이번에도 중국군 예하부대로만 활용하려 했다. 전투 임무가 아니라 또 후방공작이었다. 그러나 광복군 창설에 걸린 조건이었으니 약속을 지켜야 했다. 또한 국민당으로부터 지원을 받기 위해서는 어쩔 수가 없었다.

나는 임시정부 국무회의에서 조선의용대가 한구와 계림에서 철수명령을 받고도 대적 표어 활동을 벌인 사례를 들었다.

"창설 조건을 바꿀 수 없더라도 국제전쟁에 일원이 될 수는 있습니다."

실망하지 말라고 했다. 지청천은 해외전선으로 파견 가는 부대원이 많아질수록 자신이 직접 지휘할 군대가 줄어드는 점을 염려해 얼굴을 잔뜩 찡그리며 드러내놓고 싫은 내색을 했다. 짐짓 모른 척하고는 중국군에 배속되더라도 실제 활동을 독자로 하면 된다고 국무위원을 설득했다. 중국군이 아니라 연합군 일원이 되면 중국 지휘를 받지 않아도 된다고도 했다. 남양군도나 버마, 인도 전선에서 일본군을 상대로 벌일 공작활동에 광복군보다 더 적합한 군대는 없기 때문이다.

하지만 지청천은 광복군이 국내로 진공해 들어가기 위해서 최대한 많은 병력을 집중시켜야 한다는 그럴듯한 핑계를 대며 해외 파견 결정을 번번이 무산시키려 들었다.

광복군이 3백 명으로 불어났지만, 아직 3백 명에 불과하다. 화남 지방에 있는 조선 청년을 다 모은다고 해도 천 명이 넘지 않을 테고, 화북으로 간 부대는 광복군으로 올 리가 없다. 임시정부가 지휘권을 내려놓지 않는 한 조선의용대에서 정식 군대로 성장한 조선의용군과 단일대오도 이룰 수 없다. 국내 진공작전은 실현 불가능한 명분과 헛된 꿈에 불과하다.

국내로 진공하려면 미국이 비행기를 제공하고, 국민당이 물자를 지원해야 하고, 팔로군이 조선의용군을 파견해주어야 한다. 큰 외교력이 발휘되어야 하는 일이다.

힘없는 편에서 막무가내로 벌이는 외교는 상대 나라에 굴욕만 당할 뿐이라는 내 말에도 냉담한 공기만 흘렀다. 강대국에 먹잇감이 될 뿐이라는 경험이 아직도 부족하냐고 현실 직시를 주장했다. 언제나 그렇지만 은근히 편을 짜서 내가 하는 어떤 말도 듣지 않으려는 국무회의장은 높은 벽 앞에 선 기분이 들게 한다.

"말로만 독립운동을 해온 사람 눈에는 우리가 거칠고 성급하게만 보이겠지. 하지만 어떡하나. 거칠고 성급한 자가 광복군 부사령관이 되어버렸으니."

유자명 말투에는 축하와 비아냥거림이 모두 들어 있었다.

최동선과 재혼

백범은 얼마 전에 큰아들 김인을 잃고 부쩍 말수도 줄고 웃음기도 엷어졌다. 회의를 마치고 나오는데 옷자락을 붙잡았다. 위로라도 되어줄 요량으로 뜰에 놓인 긴 의자에 나란히 앉았다. 가족 잃은 슬픔을 잘 안다고 말할 자격이 자신에게도 있다면서 나더러 외롭지 않느냐고 물었다.

박차정이 저세상으로 간 지 아직 1년도 지나지 않았다. 외로워도 외롭다고 느낄 여유도 없었다. 태행산에서 세주를 비롯한 조선의용군 동지 일곱이 일본 군대에 포위당한 팔로군이 빠져나갈 퇴로를 열어주고 전사했다는 소식이 왔다. 차리석, 손일민도 영원한 안식을 얻었다는 소식이 왔다. 줄줄이 이어지는 전사 소식은 슬픔과 슬픔을 사슬처럼 이어 붙였다.

"내가 약산 중매를 서려 하오."

자식도 없고 부인도 없이 늙어가는 모습이 보기 민망하다면서, 신부 될 사람에게는 이미 승낙을 받아놓았다고 했다. 최동선은 박차정을 수행한 비서였다. 아버지는 민혁당 중앙감찰위원을 지낸 최우강이다. 나보다 스무 살이나 어린 처녀다. 말도 안 되는 소리라며 손을 내저었다.

"동선은 이미 아버지를 설득했다고 하던걸."

백범이 껄껄껄 웃었다.

최동선이 백범을 들들 볶은 모양이다. 며칠 전 빨래를 챙겨주며, 언제까지 마누라가 할 일을 자기한테 시킬 거냐고 푸념한 까닭을 알 것 같았다. 평소에는 말대꾸는 고사하고 눈조차 제대로 맞추지 못하는 최동선이 갑자기 보인 당돌한 모습이 참 낯설었는데, 제 나름대로 청혼을 한 셈이라니. 귀엽다고 해야 할지, 웃어야 할지 말아야 할지 얼른 계산이 서지 않았다. 제대로 대답할 사이도 없이, 안 한다 말하지 않았으니 승낙이라며 백범은 결혼을 공식 선포해버렸다.

초혼은 띠동갑이랑 하더니 재혼은 스무 살이나 어린 처녀랑 한다며 부러움 반 놀림 반으로 결혼식장이 시끌벅적했다.

"전쟁과 혁명이 몰아치는 소용돌이 속에서도, 포탄 연기 자욱한 들판에도 꽃은 피듯이 사람이 사는 곳에는 사랑이 피어나게 마련입니다."

백범은 중매도 모자라 멋진 주례사로 축복해주었다.

일본 군대에서 탈영한 장준하

장준하는 동경에서 신학대학을 다니다 일본군에 자원입대해 관동군이 되었고, 강소성 서주에서 탈영한 청년이다. 체격이 당당하고 얼굴에 자신감이 가득했다.

"밀양 사람 김원봉이오."

내가 손을 내밀고 악수를 청했으나, 맞잡은 느낌이 너무나 서먹했다.

"예."

장준하는 외마디 대꾸를 했지만 '예'라고까지도 하지 않았다. 마주 잡는 척만 하는, 살짝 건드리기만 하는 악수다. 처음에는 일본 밀정으로 오해받아 마음이 상한 탓인 줄 알았다.

"목사인 아버지는 신사참배를 거부해 탄압이 혹독하고, 약혼녀는 망명한 아버지 속죄라며 일본군 위안부로 끌고 가려 해서, 내가 일본 군대에 들어가는 것으로 모든 문제를 해결하려 했습니다."

자원입대를 했는데 탈영을 왜 했느냐는 질문에 장준하는 대답이 시원했다. 일본군에 입대했다가 관동군에 배치만 되면 임시정부를 찾아갈 결심이었다며 계획한 입대라는 말에 거리낌이 조금도 없었다.

"일본 상관을 쏘고 조선의용대로 오라는 격문에서 용기를 얻어 모두 탈영했습니다."

장준하와 함께 온 청년 50명은 하나같이 탈영만 하면 갈 곳이 있다는 사실이 가장 큰 희망이었다고 감사를 표했다.

"일본어로 써놓았지만 조선 청년에게 하는 말이라고 다 알아들었습니다."

3월에 탈영해 중국인 마을에 숨어 있다가 장준하 일행에 합류했다는 김준엽도 마찬가지였다. 나는 장준하 일행이 여기 노구교 지역에서 내가 이끄는 광복군 1지대에서 함께 활동해주기를 바랐다. 하지만 장준하는 고개를 저었다. 나를 공산주의자라고 여기는 청년 몇 명이 절대 반대해서 임시정부로 가기로 결정했다며 진심으로 미안해했다. 처음에는 자신도 마찬가지였다며 사과를 했다. 첫날 악수할 때 장준하가 보인 반응이 그때서야 이해가 되었다.

장준하는 일행을 모두 이끌고 중경으로 가겠다고 길을 나섰다. 의열단을 만들면서부터 누구라도 단둘이만 마주 앉으면 어렵지 않게 설득을 할 수 있었다. 하지만 나를 공산주의자라고 공격하는 사람에게는 진심을 전하기가 참 어렵다. 설득하기는 더 어렵다. 공산주의에 반대하는 사람은 이상한 종교에 빠진 사람만큼이나 마음을 돌려놓기가 어렵다. 무슨 일이나 논리가 없는 반대는 설득할 논리조차 전혀 안 먹힌다. 헛헛한 웃음만 나왔다.

"팔로군에서는 공산당이 아니니까 오지 말라고 하고, 임시정부에서는 공산당이니까 싫다고 하니, 허, 그것 참……."

혼잣말 탄식이 절로 나왔다. 임시정부는 백범이 이끄는 한국독립당이 여당으로, 내가 이끄는 민족혁명당이 야당으로 양대 산맥을 이루고 있다는 점을 모르는 사람이 없다. 임시정부에서 절반을 차지한 정당 대표이자 임시정부 2인자인 광복군 부사령관을 보고 공산주의자라는 논리는 어디서 나오는지 궁금하기만 했다. 국내에서 이상한 일본 교육을 받아 세뇌된 모양이라는 유자명 말에도 그저 웃을 수밖에 없었다. 중경이든 여기 노구교든 광복군으로 열심히 활동하면 된다며 장준하 일행을 막지 않았다.

그런데 장준하 일행은 파촉령을 넘는다고 했다. 제비도 넘지 못한다는 파촉령이다. 일본군도 넘지 않은 파촉령이다. 아무리 일본군을 피해서 잡은 길이라고 해도 말리지 않을 수 없다. 삯을 줄 테니 비행기를 타고 가라 해도 장준하는 거절했다.

참 강직한 사람이다. 잠시 편하겠다고 신세를 졌다가 오해받을 여지를 남기지 않으려는 뜻으로 알아들었다. 나를 공산주의자라고 여기는 청년도 망명생활을 하다 보면 시야가 넓어지고 생각도 깊어질 테니 당장은 섭섭해도 혼자 삼키기로 마음을 먹었다.

파촉령을 넘어 걸어서 중경까지 간다면 탈영을 한 서주에서부터 장장 6천 리를 걸어서 가는 셈이다. 중국 서쪽 지방은 대부분 산악지대다. 이 추운 겨울에 험한 산길을 걷고 걸어서 중경까지 임시정부를 찾아가는 장준하 일행은 단지 이동 행렬이 아니라 장엄한 대장정 같았다.

광복, 그리고 28년 만에 돌아온 조국

1941년 12월 7일, 일본이 하와이 진주만을 기습공격하면서 미국을 적으로 만들었다. 태평양 전쟁이 시작되었다. 미국은 일본을 적으로 삼는 모든 나라와 손을 잡았다. 중국국민당과 손잡은 미국은 미군 첩보부대인 OSS를 중국에 파견했다.

OSS는 광복군에게 군사훈련을 시켜주고 비행기도 지원해주었다. 조학을 창설할 때 관대장이 내다본 대로 이젠 검문도, 체포 걱정도 없이 비행기로 날아서 조선 국경을 넘을 수 있게 되었다. 이제 우리 광복군도 국내로 진군할 힘이 충분히 생겼다. 임시정부도 일본군을 상대로 전투를 벌일 능력을 갖추었다. 광복군 전투력은 어디 내놓아도 손색없는 일당백이다. 일본은 중국과 만주는 물론 동남아시아를 비롯해 태평양 전역에서 미국과 치열하게 전쟁을 벌이고 있다. 그리고 점점 미군에게 밀리고 있다. 서울을 지키는 군대는 허술해졌음이 분명하다.

이범석이 이끄는 국내 정진군이 조직되었다. 비행기로 날아가 공중에서 낙하산으로 침투하는 부대다. 나는 민혁당 부대인 광복군 1지대 부대원 모두에게 공수훈련을 시켜서 국내로 짓쳐 들어갈 계획을 세웠다. 낙하산을 타고 공중으로 침투해 서울로 통하는 길목을 차단하고 서울에 있는 일본군을 순식간에 궤멸시키는 계획이다. 미국이 우리 부대원 수만큼 낙하산 장비와 비행기만 제공해주면 된다.

우리 손으로 일본을 몰아내는 순간이 눈앞에 다가온다는 기대만큼 아직은 일본이 항복하면 안 된다는 조바심도 커졌다. 더구나 1945년 8월 6일, 미국이 히로시마와 나가사키에 원자폭탄을 떨어뜨렸다는 소식에 마음이 더욱 급해졌다.

국내 정진군은 훈련 강도를 점점 높여서 실전처럼 국내 침투 상황을 연습했다. 그날은 국내 정진군이 서해를 건너 서울 상공까지 날아가는 비행훈련이 있었다. 비행기가 서울 상공에 도착했을 때 뛰어내리라는 명령을 내리면 바로 실전이 되는 훈련이다. 훈련에 나선 부대원을 격려하고 돌아오는데 백범이 다급하게 찾았다.

"내일 왜왕이 연합군에 항복을 한다 하오."

미군 첩보부대인 OSS에서 나온 소식이니 믿어도 된다면서도 백범은 표정이 그리 밝지 않았다.

"우리가 아무것도 안 한 채로 왜왕이 항복해서죠?"

내 짐작을 말하자 백범은 고개를 크게 주억거리며 우리가 연합군에게 아무 요구도 할 수 없게 되었다고 걱정했다.

지금 서울을 향해 날아가고 있는 국내 정진군 침투 계획에는 낙하한 부대가 어디로 집결해서 무엇을 할지까지 계획되어 있다. 오늘 훈련을 훈련으로 끝내지 말고 실전으로 바꾸어서 서울로 침투하라고 명령하고 싶었다. 하지만 미군 지휘를 받는 비행기는 서해상에서 조선쪽으로 더 나아가지 못했다. 바다 위에서 방향을 돌려 되돌아오고 말았다.

1945년 8월 15일 저녁 무렵, 중경에는 일본 항복을 알리는 호외가 뿌려졌다. 온 중경 거리가 종전 축하 물결로 넘쳐났다. 환호하는 물결 속에서 폭죽을 터트리고 하늘에 총을 쏘아댔다. 폭죽 소리와 총소리가 구분도 되지 않을 만큼 뒤섞여 어우러졌다. 중국 사람에게는 전쟁이 끝났다는 기쁨이고, 조선 사람에게는 일본이 패망해 우리가 해방되었다는 기쁨이었다.

이범석이 국내 정진군을 이끌고 여의도 비행장까지 갔다가 일본군에 막혀서 돌아온 다음부터는 미군 비행기도 일본에 있는 미국 기지로 가고 말았다. 며칠 안에 당장 국내로 들어갈 수 없다는 현실을 깨달은 임시정부는 귀국사업을 시작했다.

나는 황포군관학교 인맥을 통해 일본군 포로를 선별해달라고 부탁했다. 일본군에 끌려온 조선 청년은 일본으로 돌려보내지 말고 임시정부로 보내달라고 요청했다. 보내온 청년은 뜻을 물어 광복군에 편입시켰다. 곧 광복군이 국내로 행진해 들어갈 테니 수가 많을수록 더 당당한 모습이 된다고 임시정부 국무위원을 설득해 내린 결정이다. 나아가 새 조국을 짊어질 튼튼한 군대를 최대한 빨리 양성하기 위한 길이다. 이범석도 운남강무학교 동기를 통해 일본군이 점령한 지역에서 조선 청년이 탈영하도록 유도해 광복군으로 편성했다.

하지만 국내 사정은 내가 바라는 대로 돌아가지 않았다. 전쟁이 끝나기 겨우 며칠 전 일본을 향해 선전포고를 한 소련은 미국과 함께

북위 38도선을 경계선으로 그었다. 일본군을 무장 해제시킨다며 북위 38도선 북쪽으로는 소련군이 들어가고, 남쪽으로는 미군이 들어갔다.

서울로 들어간 미군은 여운형이 우리 스스로 세운 정부로 선포한 조선인민공화국을 해체시키고 미국 군사정부를 세운다는 훈령을 발표해버렸다. 군사정부는 점령지에서 군대가 정부를 세워서 통치하는 방식이다.

미군은 조선인민공화국과 마찬가지로 대한민국 임시정부도 인정하지 않았다. 임시정부 요인이 국내로 들어간다면 개인 자격으로만 가라고 했다. 개인 자격으로 가는 조건으로 상해공항에 군용기를 보내주었다. 광복군이 대오를 갖추어 행진해서 개선하는 내 바람은 이루어질 수 없게 되어버렸다.

"개인 자격으로 갈 수는 없어요. 우리는 당당한 대한민국 정부요."

"젠장, 개인 자격으로 들어갈 일이었으면 벌써 갔지."

나를 포함해 백범을 비롯한 그 누구든 임시정부 요인 자격으로 들어가겠다고 버텼다. 미군을 상대로 수차례 협상을 시도했지만 미국은 미군정 체제 아래 어느 정치집단도 인정하지 않겠다는 원칙을 바꾸지 않았다.

11월이 되자 얼른 들어가지 않으면 새 조국 건설에 참여할 시기를 놓친다는 절박함이 버티기를 밀어냈다. 결국 개인 자격으로라도 들어가자는 결정이 났다. 하지만 미군이 보내준 비행기는 겨우 15석짜리 수송기였다. 자리는 적고 가야 할 사람은 너무 많은 사태가 벌어졌다.

"국무위원부터 타야 합니다. 그래야 귀국해서 국무회의를 열 수 있습니다. 국무회의를 열어야 임시정부가 영이 섭니다."

내 주장은 전혀 먹히지 않았다. 국무위원만 가서는 아무 일도 못한다면서 백범을 둘러싼 국무위원 몇 명이 수행원을 이끌고 가야 한다고 한독당 쪽에서 우겼다. 소리를 지르고 막말을 하는 사태까지 벌어졌다. 주먹질까지 일어날 지경으로 분위기가 험악해졌다.

소란을 뚫고 내가 앞으로 나섰다.

"나부터 2진으로 양보하겠습니다."

민혁당은 남아서 가족과 대원을 귀국시키는 사업을 마무리하자고 달랬다. 덕분에 억지로 타려는 사람 모두가 뒤로 물러섰다. 혼란이 가까스로 수습되었다. 결국 민혁당이 다음 차례에 가기로 양보하고 백범을 비롯한 한독당 인사가 비행기에 올랐다.

"지금 한 걸음은 나중에 백 걸음입니다."

유자명은 하루라도 먼저 들어가야 국내에서 주도권을 잡는다며 양보는 바보짓이라고 발을 동동 굴렀다. 하지만 누군가 양보하지 않았다면 아무도 귀국을 못하고 풍비박산이 날 뻔했다.

나는 민혁당을 지휘해 동포와 임시정부 가족을 몇 명씩 또는 몇십 명씩 묶어서 비행기에도 태우고, 기차에도 태우고, 배에도 태워서 귀국시켰다.

연안에서 해방을 맞은 조선의용군도 평양으로 들어간다는 소식이 왔다. 조선의용군 가족은 평양으로 보냈다. 하지만 중국에서 모은 재산을 처분해야 하는 사람도 있고, 몇십 년 살던 터전을 정리해 떠나려니 시간이 적지 않게 소요되었다.

나는 1945년 12월이 되어서야 민혁당원 몇 명만을 이끌고 미군 비행기에 몸을 실을 수 있었다. 미군은 개인 자격이라고 했지만 임시정부 군무부장 자격을 놓지 않았다. 미군이 해체해버린 조선인민공화국 군사부장 자격도 버리지 않았다.

최동선은 모든 동포가 다 떠난 다음에 마지막 일행으로 오겠다면서 남았다. 막 태어난 아들 중근이를 데리고 겨울 추위를 뚫고 나설 엄두를 내지 못한 까닭이다.

유자명은 조선에서 한 농업 연구를 중국에서 하겠다면서 남았다. 지금 조선에 가보았자 혼란스러운 나라에서 제대로 연구할 기회를 얻기 어려울 거라며, 굳은 악수로 행운을 빌어주었다.

우리가 탄 비행기는 김포공항에 내리려 했으나 기상이 나빠서 군산 옆에 있는 옥구비행장에 내렸다. 28년 만에 당당하게 돌아온 고국이다. 하지만 그 잊지 못할 첫날 밤을 논산 근처 여관에서 보내야 했다. 갑자기 많은 사람이 들이닥치자 여관 주인은 놀라서 눈이 휘둥그레졌다. 임시정부 요인이라고 해도 눈만 멀뚱멀뚱할 뿐이었다.

영원한 디아스포라

경찰서에서 돌아와 사흘을 두문불출했다. 박차정을 보내고 집에만 있던 사흘처럼 눈물이 멈추지 않았다. 박차정을 보낼 때는 이별에 대한 슬픔과 더 잘해주지 못한 후회, 더 좋은 병원에 데려가지 못한 자책으로 흘린 눈물이었다.

이번에도 슬픔, 후회, 자책으로 흘린 눈물이기는 했다. 하지만 성질은 전혀 다른 눈물이다. 힘없는 나라에 대한 슬픔, 일본이 망하기 전에 국내 정진군을 보내지 못한 후회, 임시정부 귀국 비행기를 1진으로 타지 못한 자책, 그리고 하나 더, 일제강점기에 조선 사람을 탄압한 매국노 반역자가 해방조국에서 애국자 행세를 하며 활개 치는 세상에 대한 분노가 얹혔다.

사흘이 지나고 방을 나와서 최동선에게 결심을 밝혔다.

최동선은 담담했다. 작년 미군정에 잡혀갔다 온 날부터 입 밖으로 내놓지 않았을 뿐이지 언젠가는 했어야 할 말이라며, 내 말에 선선히 동의했다

"더 이상 남쪽에는 희망이 없어요."

최동선도 우리가 더는 남쪽에서 할 수 있는 일이 없음을 알고 있었다.

이발사를 집으로 불렀다. 머리를 빡빡 밀고 무한에서 상해로 갈 때

했던 승려 차림으로 꾸몄다. 일본식 불교 덕분에 승려에게 부인과 자식이 있다고 이상하게 여길 사람은 없다.

우리나라 신문기자는 믿을 수 없는 상황이라 어쩔 수 없이 마크 게인을 불렀다. 작년부터 취재차 여러 번 만난, 〈시카고 선〉이라는 미국 신문이 조선에 파견한 기자다.

나는 '유엔 감시가 가능한 지역에서만이라도 총선거로 정부를 세운다는 논리는 남한만 정부를 세운다는 뜻이고, 결국 남과 북에 각각 다른 정부가 세워진다는 뜻이다. 나라를 두 동강 내려는 미국과 이승만 뜻에 따를 수 없다'고 인터뷰를 했다.

"남과 북을 단일대오로 세우는 일을 이제 북에 가서 해보려 하오."

내 말에 마크 게인은 깜짝 놀라는 표정을 지었다.

"미스터 김은 영원한 디아스포라네요."

디아스포라는 고향이나 고국을 떠나 떠도는 무리를 말한다고 했다. 집시에서 시작된 말인데 유대인에게도 썼다고 했다. 일본을 피해 해외를 떠돌다 고향에 돌아왔지만 결국 또 떠나야 하는 지금 내 상황이 디아스포라 운명과 같다.

"일제강점기 동안 조선 사람이 나라를 떠나 떠돈 일에도 잘 어울리는 말이군요."

내 말에 마크 게인도 크게 공감했다.

해방조국에서도 좌우가 갈라져 극심한 갈등을 겪고 있으니 이념에 따라 디아스포라가 이어질 수밖에 없다는 내 말에 고개를 끄덕이며, 디아스포라는 카나리아 같다고 했다. 광산 노동자가 막장에 카나리아 새장을 가지고 들어가는데 산소 부족에 가장 먼저 반응하는 새라서 카나리아가 죽으면 산소 부족이니 얼른 빠져나오는 신호로 삼는다는 말이다. 마크 게인은 또 디아스포라를 선택하는 사람이 많은 사회는 멸망으로 가는 신호라고 했다.

나는 디아스포라를 시대가 내리는 엄중한 명령이라고 바꿔 말했다. 북으로 가는 것은 선택처럼 보이지만 결코 선택이 아니다. 하나 되는 조국을 위해 절대 복종해야 하는 명령이다. 시대를 외면하거나 배반하지 않으려면 명령을 따라야 한다.

1948년 4월 9일 새벽. 민혁당 청년당원이 운전을 하고 뒷자리에는 동선과 중근, 그리고 조국에 돌아와 낳은 둘째가 탔다. 서울을 빠져나간 차는 고양을 지나, 파주를 지나, 개성을 지나 38선을 넘었다. 만나기로 약속한 초가가 점점 가까워진다. 마루에 앉은 사람 몇이 천천히 일어선다. 가운데에는 김두봉, 그 왼쪽에는 박효삼이 있다. 그리고 반대편에는 김산…… 을 많이 닮은 조선의용군 동지가 있다.

멀어지는 남쪽 땅을 보며 내 마음속에 늘 하던 말이 떠오른다.

나는 언제나 실패했다.

번번이 실패했다.

하지만 또 실패를 향해 시도한다.

앞선 실패보다 조금만이라도 더 나은 방법으로 시도한다.

김원봉 연보

연도	김원봉과 관련 활동	국내외 상황
1898년 3월 (1세)	경남 밀양 출생	12월 미국, 필리핀 점령
1905년(8세)	서당에서 공부 시작	7월 29일 가쓰라-태프트 밀약 성립 11월 17일 을사늑약 체결
1908년(11세)	밀양 보통학교 2학년 편입	12월 28일 동양척식주식회사 설치
1910년(12세)	밀양 동화학교 편입과 중퇴	3월 26일 안중근 의사 여순 감옥에서 순국 8월 22일 일본에 국권 빼앗김
1911년 10월 (14세)	표충사에 들어감	중국 신해혁명 시작
1914년(17세)	봄, 전국 무전여행 시작	7월 28일 제1차 세계대전 발발
1916년(19세)	연초, 서울 중앙학교 입학 10월 중국 천진 덕화학당 입학	6월 25일 경복궁 터에 조선총독부 청사 공사
1917년(20세)	여름방학 때 귀국	10~12월 대한광복회 활동 활발
1918년(21세)	9월 중국 남경 금릉대학 입학	1월 미국 윌슨대통령, 민족자결주의 발표 11월 11일 제1차 세계대전 종료
1919년(22세)	2월 말, 3월 초 남경에서 심양으로 옮김 6월 서간도 신흥무관학교 입학 9월 신흥무관학교 퇴교 11월 의열단 창설(길림)	1월 파리평화회의 개최 3.1만세운동 시작 3월 2일 모스크바에서 코민테른 결성 4월 13일 상해 대한민국임시정부 수립 북경에서 5.4운동 시작 10월 중화혁명당에서 중국국민당으로 개편
1920년(23세)	안창호 의사 면담 의열단 1차 암살·파괴 의거(곽재기·이성우 등 밀양에 폭탄 반입 시도) 박재혁, 부산경찰서에 폭탄 투척 최수봉, 밀양경찰서에 폭탄 투척 의열단 본부 북경으로 옮김	봉오동 전투 승리 청산리 전투 승리

연도	김원봉과 관련 활동	국내외 상황
1921년(24세)	상해에서 반이승만 운동 참여 김익상, 조선총독부에 폭탄 투척	7월 상해에서 중국공산당 창당
1922년(25세)	3월 김익상·이종암·오성륜, 일 육군대장 다나카 저격 시도 6월 의열단 제2차 암살·파괴 활동 계획 착수	
1923년(26세)	신채호, 〈조선혁명선언(의열단선언)〉 작성 김상옥, 종로경찰서에 폭탄 투척 6월 상해에서 의열단 총회 개최	1월 상해에서 국민대표회의 개최 5월 상해에서 국민대표회의 결렬 9월 일 관동대지진 발생
1924년(27세)	1월 김지섭, 도쿄 황궁 앞 이중교에 폭탄 투척 4월 무기·자금 마련 위해 광동행 9월 무기·자금 마련 위해 홍콩행 10월 천진행, 상해로 귀환	1월 중국 제1차 국공합작 성립 6월 황포군관학교 개교
1925년(28세)	2월 〈동아일보〉에 '민족운동과 사회운동' 기고 3월 이인홍·이기환, 일제 밀정 김달하 처단 가을, 의열단 광주로 이동 11월 이종암·배중세·고인덕, 국외로부터 무기 반입, 거사 준비	3월 손문 사망 4월 17일 서울에서 조선공산당 창당 7월 광동국민정부 수립
1926년(29세)	1월 황포군관학교 4기로 입학(광주) 봄, 한국혁명청년회 조직, 중앙위원 피선 12월 나석주, 동양척식주식회사·조선식산은행에 폭탄 투척	7월 중국 북벌전 시작 12월 25일 히로히토 일왕 즉위
1927년(30세)	4월 한국혁명청년회 2차 임시대회 개최 4월 광주 탈출, 상해 거쳐 무한으로 이동 5월 의열단 〈독립당촉성회운동 선언〉 발표 8월 중국공산당의 남창봉기에 참여 11월 의열단 중국본부 한인청년동맹 창립에 참여	2월 신간회 창립(국내) 4월 장개석, 공산당 세력 숙청 시작 7월 중국 제1차 국공합작 종언 8월 남창봉기 12월 광주봉기
1928년(31세)	3월 의열단 회의 개최(상해)	6월 중국 북벌군이 북경 점령, 북벌전 종료

연도	김원봉과 관련 활동	국내외 상황
	10월 의열단 3차 대회 개최, 강령과 슬로건 발표(상해) 10월 이해명, 박용만 암살(북경) 11월 의열단 창립 9주년 선언 발표	
1929년(32세)	3월 1일 의열단 3.1운동 10주년 선언문 발표 의열단 본부 상해에서 북경으로 옮김 안광천과 '조선공산당 재건운동' 전개 5월 [레닌주의] 창간호 발간 8월 의열단 중앙집행위원회 〈국치기념선언문〉 발표 12월 의열단 상해지부 해체 선언	11월 3일 광주학생운동(국내) 10월 뉴욕 월스트리트 주가 폭락, 대공황 시작
1930년(33세)	의열단원들, 조선공산당재건동맹 만주지부 결성 4월 레닌주의정치학교 개교	1월 한국독립당 결성(상해) 2월 호치민, 베트남공산당 결성(상해) 5월 '간도 5.30폭동' 발발 7월 신채호, 대련법원에서 10년형 언도 7월 한국독립당 조직(길림)
1931년(34세)	3월 박차정과 결혼 6월 의열단원들, 조선공산당재건동맹 조선지부 설치(국내) 10월 의열단 5차 임시 대표회의 개최(북경)	7월 '만보산 사건' 발발 7월 '만주사변' 발발
1932년(35세)	4월 권인갑, 강릉공작위원회 결성 주도 봄, 의열단 남경으로 이동. 중국국민당정부와 제휴, 조선혁명군사정치간부학교 개설 합의 여름, 조선혁명군사정치간부학교 입교생 모집 시작 9월 의열단 6차 정기 대표회의 개최, 김원봉 중앙집행위원장에 선출 10월 조선혁명군사정치간부학교 교장에 김원봉 취임 11월 의열단, 한국독립당과 한국대일전선통일동맹 결성(상해)	1월 한인애국단원 이봉창, 동경에서 일왕이 탄 마차에 폭탄 투척 3월 만주 괴뢰국 수립 4월 한인애국단원 윤봉길, 상해 홍구공원에서 천장절 기념식장에 폭탄 투척
1933년(36세)	4월 조선혁명군사정치간부학교 1기생 졸업 6월 의열단 대표회의 개최(남경)	

연도	김원봉과 관련 활동	국내외 상황
	7월 조선혁명군사정치간부학교 2기생 입학 7월 조선혁명군사정치간부학교 1기 졸업생들 국내와 만주로 파견 12월 노석성, 평남적생농민조합 조직	
1934년(37세)	3월 한국대일전선통일동맹 2차 대표회의 4월 김구 조선혁명군사정치간부학교 방문 4월 조선혁명군사정치간부학교 2기생 졸업	10월 중국공산당, 국민당정부의 토벌 피해 대장정 시작
1935년(38세)	4월 조선혁명군사정치간부학교 3기생 입학 7월 김원봉, 민족혁명당 창건, 중앙집행위원 겸 서기부장에 선출 10월 조선혁명군사정치간부학교 3기생 졸업	9월 조소앙 등 한국독립당 계열 민족혁명당 탈당
1936년(39세)	1월 민족혁명당 기관지 [민족혁명] 창간호 발행 7월 민혁당 남경조선부녀회 결성(책임자: 박차정)	3월 14일 신채호 여순 감옥에서 사망 8월 25일 '일장기 말소 사건' 발생 12월 12일 서안사변
1937년(40세)	1월 민혁당 2차 전당대표대회 개최(남경) 4월 민혁당 이청천 제명 9월 민혁당 산하 조선 청년들 중앙군관학교 성자분교 입학 12월 민혁당·해방동맹·혁명자연맹, 한구에서 조선민족전선연맹 결성(이사장: 김원봉)	4월 이청천 등 민족혁명당 탈당 7월 7일 중일전쟁 발발 8월 한국국민당·한국독립당 등 우파 계열, 한국광복운동단체연합회 결성 9월 중국 제2차 국공합작 성립
1938년(41세)	4월 국내 혁명동지들에게 궐기 호소문 발표 5월 민혁당 3차 전당대표대회 개최(강릉) 5월 성자분교 조선 청년들 6개월 훈련 후 졸업 6월 성자분교 졸업생들 무한으로 이동 7월 김원봉, 중국국민당정부 군사위원회에 '조선 무장부대(의용대) 건설 계획안' 제출	6월 최창익 등 49명 민혁당 집단 탈당 후 조선청년전위동맹 결성

연도	김원봉과 관련 활동	국내외 상황
	10월 조선의용대 창설(총대장: 김원봉) 10월 조선의용대, 무한봉기 참전 10월 조선의용대 총대, 계림에 안착	
1939년(42세)	4월 조선의용대 후원회 결성(뉴욕·시카고·로스엔젤레스 등) 5월 김구와 함께 '동포에게 고함' 발표 8월 민혁당·한독당·조선혁명당·전위동맹·해방동맹 등 7당회의 개최 9월 전위동맹·해방동맹 이탈로 5당회의 속개, 전국연합전선 합의 결성	제2차 세계대전 발발 11월 10일 창씨개명 공표
1940년(43세)	연초, 조선의용대 3지대 신설 10월 조선의용대 1·3혼성지대, 화중 화남전선에서 중경으로 철수 10월 조선의용대 창립 2주년 기념대회 11월 조선의용대 확대간부회의 개최(의용대 화북 지방으로 이동 결정)	
1941년(44세)	연초, 조선의용대 각 지대 낙양으로 이동 4월 조선의용대 화북 지방 진입, 적후방 공작 시도 5월 민혁당 5기 4차 당중앙회의에서 임정 참여 선언 10월 민혁당, 임정 의정원 참여 시도 12월 민혁당 5차 전당대표대회, 임정 참여 선언(중경)	1월 환남사변 1월 10일 화북조선청년연합회 결성(태항산) 6월 독일, 소련 공격 시작 11월 28일 대한민국 임시정부 건국강령 발표 12월 8일 태평양전쟁 발발 12월 10일 대한민국 임시정부, 대일선전포고문 발표
1942년(45세)	5월 조선의용대, 광복군 제1지대로 편입 6월 화북 지방 조선의용대 참변으로 윤세주·진광화 등 사망(호가장) 7월 화북 조선의용대, 조선의용군으로 개편 10월 민혁당, 임정 의정원에 참여. 김원봉은 경상도 대표의원으로 선출 12월 김원봉, 광복군 부사령관 겸 제1지대장 취임	6월 미드웨이 해전 승리 계기로 미국이 태평양전쟁 주도권 장악
1943년(46세)	2월 민혁당 7차 전당대표대회(중격)	2월 독일과 이탈리아, 아프리카 전선에서 항복

연도	김원봉과 관련 활동	국내외 상황
	5월 주인도 영국군 대표 맥킨시와 민혁당 인도연락단 파견에 관한 협정 체결 10월 민혁당 의정원 35차 회의, 광복군권 회수 주장	9월 이탈리아 항복 11월 22일 카이로 회담 개최
1944년	5월 8일 김원봉, 임시정부 군무부장에 취임 5월 27일 부인 박차정 사망	6월 6일 연합군 상륙작전 시작(노르망디)
1945년(48세)	1월 최동선과 재혼 2월 대한민국 임시정부, 대독일 선전 포고문 발표 4월 민혁당, 임정 의정원회의에서 '독립운동가 대표 대회안' 제출 5월 '독립운동가 대표 대회안' 통과. 광복군권, 임정으로 넘어옴 6월 한독당 측에 재정 공개와 비밀외교 중지, 광복군 인사는 민혁당과 상의 등 요구 8월 15일 광복 8월 민혁당, 간수내각안 제안 9월 김원봉, 조선인민공화국 군사부장에 추대 10월 민혁당, 9차 전당대표대회(중격) 11월 임정 요인 상해로 이동 12월 맏아들 중근 출생 12월 2일 김원봉 등 임정 요인 2진, 옥구비행장 통해 귀국 12월 3일 김원봉 일행 서울 도착 12월 8일 김원봉, 전국농민조합총연맹 결성식 참여	2월 얄타회담 5월 독일 항복 7월 포츠담 회담 개최 8월 9일 미국, 일 히로시마와 나가사키에 원자폭탄 투하 12월 조선공산당 북조선분국 3차 확대집행위원회, 김일성을 책임비서로 추대
1946년(49세)	1월 2일 김원봉, 김성숙과 함께 국내 좌익 세력 대표와 회담 1월 9일 김원봉, '5당회의' 임정 대표로 방청 1월 23일 김원봉, 비상국민회의 탈퇴 2월 8일 이극로와 함께 '5당회의' 주선 2월 15일 민주주의민족전선(민전)에 참여, 공동의장에 추대 2월 25일 대구 도착, 환영식 참여, 기자회견 2월 26일 고향 밀양 도착	북조선임시인민위원회 출범(위원장: 김일성) 3월 20일 제1차 미소공동위원회 개최

연도	김원봉과 관련 활동	국내외 상황
	2월 27일 황상규 묘소 참배, 밀양 제일국교에서 수만 명 운집한 가운데 연설 2월 29일 부산민전 주최 환영회 참석 3월 1일 부산 3.1절 기념식에 참석, 연설 6월 27일 김규식과 좌우합작 문제 회담 7월 중순 민혁당 좌우합작에 관한 4원칙 제시 7월 29일 민혁당 좌우합작 5원칙 지지 8월 민혁당 부산시당, 경남도지부 결성 9월 민전 의장단회의 10월 2일 '대구 인민항쟁' 시작 10월 '영남 10월항쟁 조사단' 단장 맡음 10월 21일 성북경찰서 경찰관으로부터 폭행당함 11월 14일 이주하 구명 위해 대법원장, 검찰총장과 면담 11월 3일 민혁당 서울시당부 결성 12월 기록필름 '조선의용대' 부산 상영	
1947년(50세)	1월 민전 의장 재선 3월 미군정 경찰에 피검 4월 9일 무혐의로 석방 6월 민혁당 10차 전당대표대회 개최(서울), 인민공화당으로 개칭 6월 20일 인민공화당, 미소공위 대책회의 개최. 김원봉을 미소공위에 참가하는 대표로 선정 7월 김원봉·김규식·여운형·허헌 회담. 김원봉은 서재필을 만남 7월 17일 '미소공위 경축 임정 수립 촉진 인민대회' 주관 8월 3일 '여운형 인민장' 장례위원 선임 8월 12일 김원봉 자택 습격 사건, 민전과 인민공화당 사무실 폐쇄 8월 트루먼 미 대통령의 특사 웨드마이어, 김원봉에게 면담 요청	1월 25일 미소공동위원회 개최 2월 22일 북조선인민위원회 결성(위원장: 김일성) 7월 19일 여운형 피격 사망 8월 중순 미군정, 8.15 폭동 음모설 유포하며 좌익진영 전면 공격

연도	김원봉과 관련 활동	국내외 상황
	9월 인민공화당, 한독당 등 12개 정당 '각 정당협의회' 개회	
1948년(51세)	1월 유엔한국임시위원단 내한 3월 유엔한국임시위원단, 김원봉과 면담 희망 4월 9일 김원봉 월북 4월 19일 남북제정당사회단체연석회의 주석단의 일원으로 선출, 인민공화당 대표 자격으로 축사 6월 29일~7월 5일 남북정당사회단체협의회에 김원봉 참여 8월 21일~25일 해주에서 남조선 인민대표자회의 개최. 김원봉, 최고인민회의 대표의원으로 선출 9월 9일 북한정부의 국가검열상에 취임	2월 조선인민군 창건 2월 김구·김규식, '남북지도자회의' 소집 제안 3월 평양방송, 전조선 제정당사회단체 대표자연석회의 제안 4월 3일 제주도 '4.3항쟁' 시작 5월 10일 국회의원 선거 실시 7월 17일 대한민국 헌법과 정부조직법 공포 8월 15일 대한민국 정부 수립
1952년(55세)	5월 국가검열상 해임 7월 노동상에 취임	
1953년(56세)		7월 27일 정전 성립
1954년(57세)	10월 조완구 장례위원회 위원장	
1955년(58세)	1월 <로동신문>에 <남북조선 간의 경제 및 문화교류는 평화적 조국통일의 첫걸음> 기고	
1956년(59세)	7월 재북평화통일촉진협의회 결성식 참여	7월 박헌영 총살 8월 조선노동당 중앙위 전원회의에서 최창일 부수상 등 연안파가 숙청됨
1957년(60세)	9월 최고인민회의 상임위원회 부위원장에 선임	
1958년(61세)	3월 노력훈장 수상 9월 최고인민회의 상임위원회 부위원장에서 해임 11월 숙청설	3월 조선노동당 대표자회의에서 김두봉을 숙청

세상에 알려진 의열단 거사

1920년 3~6월

의열단 제1차 암살·파괴 의거. 곽재기·이성우 등이 조선총독부·동양척식주식회사·매일신보사·각 경찰서·기타 왜적 주요 기관에 투척할 폭탄을 밀양으로 반입하려 한 의거(폭탄 16개와 권총 동원: 추진 중 기밀 누설로 실행 실패)

1920년 9월

밀양 폭탄 반입 사건에서 검거된 의열단원들에게 중한 실형을 선고한 일제에 대한 응징으로, 박재혁이 부산경찰서장 하시모토를 폭사시킨 의거

1920년 12월

최수봉이 밀양경찰서를 폭파한 의거(폭탄 2발 사용: 청사 일부 손괴)

1921년 9월

김익상이 조선총독부에 폭탄을 던진 의거(비서과: 불발, 회계과: 폭발)

1922년 3월

김익상·이종암·오성륜이 상해 황포탄 부두에서 일본 육군대장 다나카 기이치를 저격한 의거(폭탄 불발과 총탄 빗나감으로 암살 실패)

1922년

국내 부호들로부터 독립운동 자금 조달의 분위기 조성을 위해 일제기관 투탄 거사 추진(미실행)

1923년 1월

김상옥이 종로경찰서에 폭탄을 투척한 의거(권총 3정, 실탄 5백 발, 살포용 격문 휴대)

1923년 3월

의열단 제2차 암살·파괴 의거. 의열단원 김시현·남정각·유시현 등과 경기도 경찰부 황옥 경부가 함께 폭탄 등 무기를 국내로 반입하려 한 의거(실행 직전 좌절)

1923년

만철(안봉선) 파괴 및 연변 교란, 무정부주의 그룹과의 제휴에 의한 동경 시내 대형 폭탄 거사, 국내 대폭동 격발용 암살·파괴 거사의 동시 실행을 추진(폭탄 50개 준비: 관동대지진 발생 및 사전 발각으로 중도 좌절)

1923년

적기단과 합작하여 동경 시내 폭탄 거사 추진(폭탄 3백 개 동원을 계획: 자금난으로 중도 좌절)

1924년 1월

관동대지진(1923년 9월) 때 일제가 한인 6천 명을 학살한 것에 대한 응징으로 김지섭이 도쿄 황궁 앞 이중교에 폭탄을 투척한 의거(투척 폭탄 3개 모두 불발)

1924년 1월

의열단 제3차 암살·파괴 의거. 구여순·문시환·강홍열·오세덕·김정현 등이 계획한 암살·파괴 의거

1925년 3월

이인홍·이기환이 베이징에서 10년간 조선총독부 밀정으로 활동한 김달하를 처단한 의거

1925년 11월

이종암·배중세·고인덕·한봉인 등이 국외로부터 무기를 반입하여 거사를 준비하였던 '경북의열단사건'

1926년 12월

'경북의열단사건' 공판일에 맞춰 나석주가 조선식산은행에 폭탄을 투척, 총기 난사한 의거